双洲记
A Tale of Two Continents

——政党国际交往亲历

Personal Experience in CPC's International Relations

艾平 ◎ 著

当代世界出版社
THE CONTEMPORARY WORLD PRESS

图书在版编目（CIP）数据

双洲记：政党国际交往亲历 / 艾平著. -- 北京：当代世界出版社，2018.8（2023.2 重印）
ISBN 978-7-5090-1419-6

Ⅰ.①双… Ⅱ.①艾… Ⅲ.①回忆录—中国—当代 Ⅳ.①I251

中国版本图书馆 CIP 数据核字（2018）第 158508 号

书　　名：	双洲记：政党国际交往亲历
出版发行：	当代世界出版社
地　　址：	北京市复兴路 4 号（100860）
网　　址：	http://www.worldpress.org.cn
编务电话：	（010）83907528
发行电话：	（010）83908410（传真）
	18511282488
	13601274970
	18611107149
	13521909533
经　　销：	新华书店
印　　刷：	北京一鑫印务有限责任公司
开　　本：	710 毫米 ×1000 毫米　1/16
印　　张：	17.5
字　　数：	205 千字
版　　次：	2018 年 10 月第 1 版
印　　次：	2023 年 2 月第 3 次
书　　号：	ISBN 978-7-5090-1419-6
定　　价：	58.00 元

如发现印装质量问题，请与承印厂联系调换。
版权所有，翻印必究；未经许可，不得转载！

目 录

自序 ………………………………………………………… 1

第一部分　上路

第一章　起点 ……………………………………………… 2
第二章　入行 ……………………………………………… 16
第三章　留学 ……………………………………………… 29

第二部分　非洲篇

第四章　群众演员 ………………………………………… 48
第五章　知与行 …………………………………………… 73
第六章　代表国家 ………………………………………… 104
第七章　重返非洲 ………………………………………… 133

第三部分　交友周边

第八章　迷人的印度 ……………………………………… 153
第九章　中巴情深 ………………………………………… 174
第十章　佛国新缘 ………………………………………… 197
第十一章　多边渠道 ……………………………………… 217
第十二章　下南洋 ………………………………………… 235

结束语 ……………………………………………………… 261

致谢 ………………………………………………………… 267

自　序

本书《双洲记》是我对亲身经历过的中国共产党的对外交往的回忆。我自1977年起在中共中央对外联络部工作至今已逾40年，基本与改革开放以后中国共产党走向世界的努力同步。其间主要负责同非洲和亚洲两大洲数十个国家的交往，这部分工作较少为人所知却并非不重要，记述下来奉献给读者。2017年1月，习近平主席在达沃斯发表演讲时，曾引用过英国作家狄更斯名著《双城记》书中的话。狄更斯以伦敦、巴黎两座城市为背景写出不朽名著。本书受其启发，故名《双洲记》。

我们这代人经历了天翻地覆的时代。1966年，在原本应该上学读书的年龄，我们赶上了史无前例的"文化大革命"，有了"老三届"这样一个称呼。1969年1月，我同包括习近平在内的一千三百多名"北京知青"一道，前往陕西延川插队落户，通过艰难的生活而非读书理解国情。1973年，我作为这代人中的幸运儿，被推荐上了北京外国语学院，在国门洞开的改革开放时代到来之前掌握了英语这一国际交往的得力工具。1977年，我被分配到中联部非洲局，自此一直从事党的外事工作。

我在中联部的职业生涯，可谓善始善终。1977年底，在我入部仅两个多月以后，就发生了一件中国共产党对外交往史上具有分水岭意义的事件。那年12月20日，中央批复中联部、外交部关于非洲等地区一些民族主义国家执政党要求与中国共产党建立关系问题的请示，同意与黑非洲等地区一些国家执政党建立关系，突破了只同马列主义政党交往的传统作法。当年，中联部时任非洲局长吴学谦向我们传达中央这一决定的场景至今仍历历在目。

吴学谦告诉我们，我们党曾长期坚持只同共产党来往。中苏论战开始之后，又将许多跟着苏共走的外国共产党视为修正主义党，中断了同它们的来往。非洲大陆相对落后，本来共产党就很少，而同我交往较多的南非共产党和留尼汪共产党也中止了同我党的交往。同时，一些在争取民族独立过程中就得到我们支持的民族解放运动执政后仍然希望继续以党的名义同我交往，我方却往往以对方不是共产党或者马列主义政党为由，拒绝与之交往。最近，莫桑比克党政第二把手、议长多斯桑托斯希望率党政代表团来访，我方不同意，坚持要对方去掉那个"党"字，仅作为政府代表团来访。访问期间，中方给对方安排了很高的礼遇，请华国锋主席会见。即使如此，对方仍耿耿于怀，不满之情溢于言表。于是，会见结束后，华国锋将陪同会见的外交部和中联部的同志留下来，讲了一段话，大意是：他总称我"同志"，我未搭腔，他肯定有感觉。你们外交部、中联部认真研究一下，这样做到底好不好，对反对苏联霸权主义是否有利。对于他提出的这个问题，两部认真研究后起草了请示上呈中央。结果，不仅是对非洲的政党工作实现突破，实际上中国共产党整个对外交往都逐渐进入了一个新的历史阶段。

2013年12月16日，在我即将离开中联部领导岗位之前，王家瑞部长带领部领导班子全体成员向习近平总书记汇报了十八大以来的工作。作为总书记听取中联部工作汇报，在历史上恐怕也为数不多。

在这"始终"之间，就是我的职业生涯。在中联部期间，我先是从事对非洲的工作。从新入部的大学生开始，逐渐成为一名称职的口语翻译，具备了"国际舞台上群众演员"的资格。随后，在实践中不断丰富、积累关于非洲的知识，努力成为这条战线上的哨兵和参谋。其间除了两年留学、两年到中央党校接受培训、一年到基层挂职，一直没有离开非洲局。直到 2000 年，通过公开选拔，我成为驻外使节后备人选。次年，受命担任中国驻埃塞俄比亚特命全权大使，在这个代表国家的岗位上干了三年五个月，2004 年结束任期返回中联部。从 2005 年起，我先是在一局主持工作，后来担任局长，一共五年时间。当时中联部一局承担着与南亚、东南亚 15 个国家的政党联络工作，同时还负责与"亚洲政党国际会议"有关的多边交往。2010 年，我受命担任中联部副部长，分管本部调研工作以及同撒哈拉以南非洲和南亚、东南亚国家的交往。总的来看，我一生当中打交道最多的是非洲和亚洲国家。

通过参与对外交往的实践，我有机会亲身体察中国共产党对外关系的演进。首先是将党际交往扩大到共产党和马列主义政党以外，不断拓展联系世界各国决策集团以及整个世界主流社会的新的渠道。其次是进一步丰富新形势下党际交往的原则、形式、内容和特色，使之符合各方的实际需要从而具有可持续性。再次是在形成党际交往特殊渠道和交往内容的基础上，更加积极主动自觉地参与国家的总体外交，特别是配合首脑和政府外交的需要。

实际上，这个阶段也是中国共产党作为执政党，通过对外交往实践，不断深化对当今世情的认识，逐渐走向世界政党舞台中心的过程。在经济全球化时代，国际政治交往的重要性丝毫没有下降，反而变得更加丰富多彩。诚然，当今世界经济全球化最主要的推动者和实践者是跨国公司。然而首脑峰会和各类政府间国际组织的支持与协调在很大程度上规定了全球治理的基本格局。就发展中国家而言，加快经济发展和社会进步乃是最大的政治，理应成为执政党的首要关切。而对外关系往往成为后发国家能否实现赶超越来越重要的因素。政治家们通过政党等渠道的交往，可以就更广泛的问题进行更少拘束的交流。显而易见，包括政党交往在内的总体外交是中国外交的特色与优势。中国共产党的对外交往，是推动中国特色社会主义事业进入新时代总体努力的有机组成部分。

鉴古论今，对于刚刚发生的事情，盖棺论定显然太早，比较现实的做法是从参与者个人的角度讲些故事，这也是"记"的本意。

这本书，首先是为过去、现在和未来从事党的对外工作的人写的。对老领导，是汇报；对多年的同事，是分享；对后来者，是期待。这40年，党的对外交往对象不断扩展，工作成效日益显现，对国家总体外交和党自身建设的贡献越来越大，经验教训值得梳理，我在其中的甜酸苦辣应能对后人有所启迪。

当然，这本书更是为关心中国共产党的对外交往乃至整个中国外交的广大读者写的。这40年，中国不断扩大对外开放，应该说开放同改革和综合国力不断提高密切相关，而中华民族先锋队国际交往日益丰富在其中也发挥了不可或缺的作用。然而，尽管对外工作既是党的事业重要组成部分，也为总体外交发挥了积极作用，其具体情况却往往并不为人所熟知。党的对外工作要得到各方越来越多的支持，也需要更广泛地为人所知晓和理解。

我在这里除了尽可能掀开神秘面纱讲些故事，也希望初步梳理总结一些经验教训。中国共产党走出相对封闭的状态，国际交往日益广泛，并不是一帆风顺的过程。尽管我本人从事的主要是同友好国家的交往，其中也还是需要克服困难，开拓创新。要积累知识，开阔眼界，知行合一，找到各方利益的汇合点和实现方式。当前，我们正前所未有地接近实现中华民族伟大复兴的中国梦，前所未有地接近世界舞台的中心。越来越多的人将会走出国门，开展国际交往与合作，不断加深对世情的认识将会像改革开放初期深刻认识国情那样重要。希望我的经验教训能够发挥些许积极作用。

全书分为三部分、十二章。第一部分"上路",主要讲述为从事党的对外工作所做的准备,包括从童年到出国留学的经历。第一章:"起点",内容包括清华园里的童年、"文革"风起、知青岁月、参加工作。说明以插队落户形式获得的对国情的初步认识,成为毕生同外国人打交道、研究外国问题的基础。第二章:"入行",讲述作为"工农兵学员"学习英语的曲折经历和进入中联部后在老同志指导下提高翻译水平的经过。第三章:"留学",叙述加拿大留学经历。我很同意有些人把留学称为"洋插队"的说法,它使我的眼界扩展到西方发达国家。第二部分"非洲篇",介绍参与中国共产党对非交往与合作的全过程。第四章:"群众演员",描述作为口语翻译等初、中级官员直接参与中非政党交往的所见所闻。第五章:"知与行",介绍通过调查研究、学术交流、国际合作、特别是实地考察和直接交往等各种渠道、方式逐渐深化对非洲认识的过程。第六章:"代表国家",讲述担任中国驻埃塞俄比亚大使的经历,从一个侧面反映参与对非交往的探索和成效。第七章:"重返非洲",主要讲述多年后以中联部副部长和中国国际交流协会副会长身份再访非洲,享受丰收的喜悦,梳理经验教训。第三部分"近邻篇",记述从事对南亚、东南亚等周边国家工作中的故事。第八章:"迷人的印度",介绍同这个与中国有同样悠久、灿烂的古代文明,面临相似艰巨、历史性的现代化课题国家的各类政党交往的经历。第九章:"中巴情深",讲述在巴基斯坦政局动荡、政权更迭的复杂条件下,努力使党的交往同中巴传统友谊相适应的艰辛过程。第十章:佛国新缘,描述与尼泊尔这个刚刚经历了武装斗争、正在废除王室、走向共和进程中的国家不同政党交往的故事。第十一章:多边渠道,叙述中国共产党参与"亚洲政党国际会议"这一多边组织活动的具体内容。第十二章："下南洋"，讲述同东南亚国家政党交往的情况。最后是结束语与致谢。

  中国共产党的对外交往是党的工作的一条重要战线，是国家总体外交的重要组成部分。毕生从事中国共产党的对外工作给我带来丰富的人生经历，让我充满自豪感和成就感。党和人民培养了我，我也将毕生精力投入到党的对外工作中。

  下面，就让我来讲述其中的故事。

第一部分　上路

相对本书的主体，这一部分只是引子，简述我的童年、少年和青年。

走向世界，首先要走出象牙塔，走入社会。在一个农业人口占80%的国家，还要走向农村。失去正规教育的机会，更加渴望获得知识。认识社会，不仅通过书本，更要通过生活、劳作与谋生。

走向世界，还要有适当的准备。在国门即将洞开的时刻，最好的准备莫过于掌握国际通行的英语。其次，是获得参与外事工作的身份。

这些都不是可以计日程功的，还要负笈海外。北美成为我第一个涉足的海外大陆。不仅提高英语，而且有一段"洋插队"的经历，最后隐隐约约明白了我的毕生事业是国际交流与理解。

第一章　起点

清华园里的童年

1953年8月4日，我出生在北京清华园。到1969年1月13日作为一名"知识青年"出发去陕北插队落户，我在那里度过了15年时光。

国人几乎都知道，清华园是清华大学的校园。清华园原本是皇家园林。20世纪初，在中国外交官的强烈要求下，美国打算退回超出美方实际损失部分的"庚子赔款"，用于资助中国发展赴美留学等教育、文化事业。1909年，清政府外务部拟建"游美肄业馆"，请求"恩赏"清华园，得到清廷批准。1911年4月9日，游美肄业馆改名清华学堂。1922年正式设立"国立清华大学"。对后发国家来说，现代化的首要途径是新式人才的培养，而新式教育机构的设立、发展、演变反映出沧海桑田的曲折进程。清华没有直接"太学"的嫡传血统，却有外来的经费保障，课程也更同美式教育"接轨"，为近代中国培养了一批具有世界水平的建设人才。新中国成立后经过院系调整，清华大学更为直接地服务于社会主义建设，其别称也从"中国的麻省理工"变为"红色工程师的摇篮"。出生在这里，应该说是极大的幸运。

我的父亲艾知生，原籍湖北省汉阳县，1928年出生，1946年考入清华。后投身学生运动，1948年加入中共党的地下组织，1950年毕业后留校。1951—1966年担任清华大学党委副书记，是"文革"前全国最年轻的校级领导之一。我的母亲齐卉荃，

1930年出生，原籍河北省蠡县，1949年在北京女一中入党，后考入清华大学物理系，毕业后留校任教。

我和1955年出生的弟弟艾民都在出生后不久就被送进托儿所的"全托班"。那时，我们这一生的道路似乎非常明确，用当时清华大学校长蒋南翔的话说就是"一条龙"：从清华幼儿园到清华附小、清华附中、清华大学，长大后为祖国的社会主义建设贡献力量。

孩提时代，父母的工作都极繁忙。上小学后，我就成了第一代脖子上挂钥匙、自己到食堂打饭吃的孩子。功课自然全靠自己，父母的关心更多地体现在为我们购置的《十万个为什么》《红旗飘飘》《星火燎原》等课外书上。有时，我也会翻看父亲的"内部读物"，如《中央情报局内幕故事》。

当时，清华大学领导不仅迫切希望尽快为国家培养急需的工程师，而且关注如何使附属中学和小学的教育与之相适应。在"大跃进"的热潮中，有过将中小学教育改成"九年一贯制"的设想；后来虽然摆脱了最初的狂热，还是让我们在小学上了五年制实验班，比同龄人早一年升入中学。

然而，我们进入清华附中不到一年，"一条龙"就戛然终止了。"文革"风骤起，席卷清华、北大。当时的时髦说法是，"学制要缩短，教育要革命，资产阶级知识分子统治我们学校的现象再也不能继续下去了"。清华附中成了第一支"红卫兵"诞生的地方，而我，却因为爸爸是"黑帮分子"（后来改称"走资本主义道路的当权派"），充其量也只是"可以教育好的子女"。我当时还未满13岁，被这突如其来的暴风骤雨惊得目瞪口呆。然而有些不可思议的是，班上一个与我同岁的同学竟然少年老成地劝我不必过虑，等到运动"后期"会有机会"平反"。我希望他的话能够变成现实，然而当时并无迹象证明他的早熟：我们被赶出原来的住所，挤在工棚改建的平房中栖身。无论在中学还是大学，"文革"运动都很快失去控制。没过多久，清华爆发了"百日武斗"，爸爸被关进科学馆的地下室里，只能由我和弟弟轮流去送饭。我们家的南北两侧，分属武斗双方的制高点，房顶常有冷弹飞过。

运动发展到后来，显然高层已经意识到，这样的局面必须尽早改变。于是，由解放军和首都工人组成的"毛泽东思想宣传队"开进清华园，制止了武斗。可下一步怎么办？据说领导层认为我们已经在"文革"中得到洗礼锻炼，是该毕业的时候了。然而当时既没有高一级学校招生，城市里也没有更多的就业机会，对于我们这些"出身不好"的"知识青年"来说，唯一的出路就是上山下乡、到农村这个广阔天地插队落户。1969年1月，一队大轿车拉着我们从学校驶向北京火车站，启程赴陕北插队。当车过清华西校门外，我望着远处曾住过的16公寓，心中生出一种难以言传的滋味。刚过15岁，前路茫然，等待我的将是什么样的生活？此生此世能否再回到熟悉的清华园？面对时代的洪流，我实在没有把握。

插队落户

1969年1月17日，我来到陕西省延川县关庄公社二八甲大队八甲村插队落户；两年零两个月后，我被县副食品公司招募为合同工；又过了差不多两年半时间，我被推荐并由北京外国语学院录取为英语系七三级"工农兵学员"。其间，我在陕北生活了近五年时间，应该说，延川是我的人生启蒙之地。

从清华园到八甲村，路上走了五天。当时火车速度很慢，经过一天多时间才到达终点站铜川，我们在铜川又住了一夜，这样两天时间就过去了。第三天，我们又坐上军用卡车，从铜川奔赴延安。当时这段路全都是沙石路，240公里左右卡车差不多走了整整一个白天，到延安已经是晚上，只能住下来。第四天一早继续坐卡车上路，先到了延川县的冯家坪公社，吃了午饭后，再步行翻过一座山，到达关庄公社又住一晚。次日，也就是离开北京的第五天，我终于到了插队落户的八甲村。

从北京到陕北，印象最深刻的就是到关庄之前徒步翻过的那座山。当时我只有15岁，身高还不到一米六，见到那座山，觉得高的耸入云霄。等爬到山顶一看，目力所及都是那无边无际的黄土高原——被沟壑切割得七零八落的塬峁岭沟，一直绵延到天边。当时，回想起几天来一路奔波，感觉已经离北京非常遥远了，来到一个完全陌生的世界，心里真是百味杂陈。

我插队的关庄公社后来出过一个很有名气的知青作家，也来自清华附中的史铁生。关庄公社所在的那条川叫青平川，他插队的那个村叫关家庄。他在那篇著名的《我那遥远的清平湾》小说里，把村的名字改成清平湾，作为背景描述了在村里的生活。

我插队的八甲村，原来有大约三十多户、一百余口人。八甲当时算是一个生产队，同邻村二甲一道组成二八甲大队，再往上则是关庄公社。关庄一共来了三百多名北京知青，二八甲大队一共二十名，两个村各十名。

我们村的十名知青六男、四女。六名男生都是六八届的初中毕业生，其中五名来自清华附中，另外一名是外校同朋友一起来的。四名女生当中，两名是六八届的高中生、两名是初中生。

两年多的插队生活给我留下了四点印象。

一是生活真不容易。那时候，水要到河边的井里去挑。每到雨季，井被洪水埋了，多少天吃水都是问题。做饭烧的柴要到山里去砍。黄土高原上实在没有多少像样的树木，能收拢来的柴往往只是崖畔上的酸枣刺和黄蒿草，忙活一天打来的柴烧不了几顿饭。当时村里磨面还没有钢磨，用生产队的牲口推磨还要排队，排不上队就得人推。那些年难以磨灭的印象首先是饿。其实第一年吃国库粮，每月45斤细粮，卖给我们的原粮更多，可就是不够吃。想来原因可能是我们都正值长身体年龄，平日又没有油水，饭量就变得很大吧。我上中学时身高1.42米，比班上一些女生都矮，插队第一年一下子蹿到1.70米以上。插队第一年，我的全部收入只有260斤原粮和6元多粮钱，第二年会饿成什么样可想而知。不仅是米糠、麦麸、树皮、野菜，就连家猫、野鸽子也没逃过我们的辘辘饥肠。其次是干活时光阴的漫长和效率的低下。当时陕北是典型的靠天吃饭、广种薄收。川道里的平地很少，于是把坡度略小的山峁及坡地也都种上庄稼。从开春就忙着种五谷杂粮，一直种到仲夏的荞麦。什么时候赶上一场好雨，就有一部分庄稼有稍好的收成。由于山地单产很低，亩产只有几十斤，结果随着人口的增加，越是缺粮，开垦的坡地越多，水土流失就越严重。生产队只有为数不多的几头牛和毛驴，无论送粪、掏地、锄地、收割还是运输，主要还得靠人力。当时提高生产水平的主要办法是"学大寨"、修梯田，但集体劳动、记工分的办法导致人们往往出工不出力。其实同别的地方特别是军垦兵团、国营农场相比，我们干活的强度实在不算什么。在吃大锅饭的体制下，老百姓也会偷懒。现在看来，随着人口增加，当时陕北农村普遍处于不可持续的状态。

延川插队住过的窑洞

二是认识与现实的矛盾。从清华园到八甲村，反差之大不难想象，而且我们又是来插队落户和接受"再教育"的。坦率地讲，村里的老乡对我们开始是新鲜，后来只有同情和尽可能的帮助，实在很少有"教育"的自觉。尽管我们的背景差距很大，但在那种极低的生产生活水平下，相互拉扯、扶持、帮助的客观需要，很快拉近了我们之间的感情。更多启迪我们的应该是生活本身。第一年国家还有安排，我们年轻适应性又强，生活上的困难相对还容易克服。然而首都北京、清华园和清华附中的熏陶，还是很快使我们意识到，我们这些所谓的"知识青年"实在没有多少知识，我们要改变现状，恐怕首先是得改变自己。在这片广阔天地中，确有更大的活动空间，包括读书、自学。而这种努力在知青"集体户"中又是非常容易传染的。当然，那里没有人为你规定该学什么、读什么，全凭兴趣和能够找到什么。我第一年开始读的一套书是《中国文学史》，干活之余背诵一些唐诗宋词，竟然终生不忘。更多人还是依照"学好数理化、走遍天下都不怕"的思路，找来"文革"前出版的《中学数理化自学丛书》，一本一本地啃。我开始不想吃那个苦，选择从文史哲开始。爸爸终于被"解放"以后很快来了一封信，告诉我祖国需要建设，大学迟早还要招生，"文革"前留下的那点底子实在差得太远，要赶紧着手自己补习。

　　三是艰苦磨炼养成的乐观精神与坚韧意志。按理说，那么苦应该成天愁眉苦脸才对，然而不论是在村里，还是秋后回北京，聊起陕北的事，我们总是讲得眉飞色舞。个中原因是什么？似乎在那片天地中更自由、更实际、更重感情，也有更多故事。知青在村里难免也干过一些调皮捣蛋的事，然而老乡记住的只是我们做过的好事。"故事"的潜台词，是新鲜事、出乎意料的事，比从书本中学来的知识更生动有趣的事，尽管可能是冤枉、倒霉的事，经历过，就是财富。后来我得出一个结论：人生不可能一帆风顺，也不会一劳永逸；经历是最大的财富，年轻时吃点苦、受点挫折，实在是福分。

　　四是收获。尽管我们错过了掌握书本知识的最佳年龄，但却通过这段经历接受了生活本身的教育，也读了一些书，更悟出一些道理。在当时的历史条件下，"读书无用"成了各地普遍的潮流，然而在延川插队的三百多名清华附中知识青年几乎都先后拿起书本。努力不负时光，收获自在其中。很快，大学恢复招生,得风气之先的人更坚定"要自学、靠自己学"和"学问是自己抓来的"信念。在"老三届"这一代人中,上山下乡期间是否读书,对以后的人生影响极大。没有这段经历,不了解农村,怎敢说了解当代中国?而不了解中国国情,又何以了解外国和世情?

参加工作

据说当年周总理从北京知青那里听说陕北的实际情况后潸然泪下:当年转战陕北时老乡家里尚有两坛子小米一缸酸菜,现如今解放那么多年农民的生活却鲜有改善。于是给每个大队从北京派来一名干部,想尽办法解决困难,同时尽早安排知青就业。最早的一批安排在县里当合同工,村里的北京干部老高问我愿意不愿意去,我表示"服从分配"。于是,1971年3月18日,巴黎公社起义100周年那天,我到县副食公司当了一名合同工。

那时候实行的是计划经济,每个县国营公司一应俱全。在副食品公司,我被分配到收购组,任务是收购生猪、菜羊、鲜蛋,上缴上级公司,供应城市。生猪一般是在县里几个集市赶集时定点收购。为了避免不够标准的猪也被赶来交售,我们事先要到集市周围各村上门验猪。到收购的时候,老收购员凭经验估摸猪的出肉率,评定等级,我则负责开票或付款。收购菜羊一年一次,是在秋后羊最肥的时候。收鸡蛋的主渠道是供销社,等农民上门去卖,我们是在下乡收猪时当成副业捎带干。有时,我们像个体小贩一样挑个担子,带上针头线脑,以物易物,换取老百姓的鸡蛋。

在县副食公司工作的经历,使我对延川有了更广泛的了解。县收购站的责任区包括全县15个公社中的11个半,收购员下乡验猪全靠步行，不到一年时间我几乎走遍全县四分之三的生产大队。赶上饭点就在村里吃"派饭"，给老百姓交四两粮票一毛钱，晚上则睡在生产队的"公窑"里。在老乡家吃饭，总要找些话题聊聊天，而他们最关心的莫过于一年的收成。

日子一长，练出了一双铁脚板，感受最深的是，同样距离的路，走得越慢越累。每次在乡下收来的猪，都要趁着夜里天气凉爽赶回县城，然后再用卡车运往延安，或在县里宰杀供应市民。记得有一次到30里外的文安驿公社收猪，晚上赶猪回县城。途经一个村子，突然村口人家养的狗狂吠起来，吓得猪群掉头狂奔，我们只好拼命追赶，一直跑出几里地才拦住猪群。好不容易把猪找齐，回过头来赶路，没想到那条狗又狂吠起来。我们没有办法，又没可绕的路，只好把猪找齐拢在路边，一直等到天明再上路。等我们筋疲力尽终于回到县城，我称了一下自己的体重，一夜之间竟然减了5斤！

在县副食品公司下乡最惨的经历是染上黄疸型肝炎，高烧不退，挣扎着回到县城住院。好在那只是急性病，并无后遗症。等到康复后，公司把我调到了永坪副食站的旅社做出纳员。

永坪镇地处延安、延川、子长三岔路口，据说曾号称陕北第一大镇。更为可靠的说法是，当年徐海东率部在这里同陕北红军会师。这里还是中国最早工业化开采石油的地方，虽然叫"延长油矿"，总部和炼油厂却设在永坪，大概那时延川还未单独设县，永坪属延长县管辖。我在永坪旅社上班时，最主要的客人是省运输公司往榆林地区运送救济粮的汽车司机。他们晓行夜宿，傍晚时来店歇脚，清晨出发。因此我白天也没什么事，只有在五天一次的集市时到前面的国营食堂帮忙刷盘子洗碗。于是，在永坪这一年多里，我有大把的时间自学数理化文史哲，准备在1973年大中专院校招生时放手一搏。

争取上大学

本来1972年就有多所高校来延川招收"工农兵学员"。由于"文革"中把从高中毕业生中直接招收大学生的做法当作"修正主义教育路线"来批判,"文革"后的招生办法要求报考者应有二年以上社会实践经验,而招收的主要依据是报考者周围的"群众推荐"。1972年的推荐开始时,我正在下乡,结果副食品公司没有推荐我。等我赶回县城时,推荐已经结束。虽然我当时懊悔不已,单位同事却很不理解:你都有工作了,还上什么学?我费尽口舌告诉团支部书记:别看我是个"北京知青",可知识还差得远呢!最后他们保证,来年若有机会,一定推荐我。从他们的同情心出发,与其说希望推荐我上大学,不如说希望我能通过上大学回北京。与此同时,我也找来那一套《数理化自学丛书》加紧自学,不能再错失良机。

在县里招收合同工以后,延安以及陕西各地的国营厂矿也都先后来招工。同时,1972年高校招生规模也相当可观。到那时候,延川的北京知青已经不多了,留在延川的知青大体有三种情况:一是在县里当了干部或者工人;二是仍在生产队,希望上大学;三是因"家庭出身"或健康状况不符合条件,没有走成。因此,相对知青数量,每年招生名额相当可观。对我来说,当时最大的障碍是陕西省的一项规定:所有已经参加工作的知青只能报考师范院校,毕业以后回当地学校教书。仔细读了各校的招生简章后,我发现当时外交部直属的北京外国语学院的简章说不受这项规定约束,并可以从全部考生中优先录取。我觉得这是回北京的唯一机会了,于是放弃了从小想上清华当"红色工程师"的念头,报考北外的英语专业。

永坪旅社

报考北外我还面临另外一个潜在的问题。北外的培养目标首先是外交部的口语翻译,其次是懂外语的外事干部,最后是外语教师。为此,该校招生对象的政审要求符合"绝密"条件,当时这意味着要"查三代"。父亲曾经告诉我,他当年参加革命的原因之一,就是因为抗战期间他担任国民党高官的父亲同我奶奶离婚,另娶了小老婆,结果奶奶带着父亲、叔叔和两个姑姑生活,饱尝人间疾苦。我记得"文革"中父亲受批判时,曾听到他承认出身于"反动官僚"家庭。那么我能通过北外招生的政审吗?于是我给爸爸写信,询问他的意见。这时父亲已经被"解放",重新担任了清华大学党委的常委,他回信支持我报考北外,并说国务院曾专门发文,规定革命干部的子女政审不受祖辈身份影响。此外,当时我并不知道,解放初期父亲担任清华团组织负责人,曾作为北京代表团成员参加华北团代会,团长就是后来北外党委书记杨伯箴。父亲在接到我的信后给杨伯箴写了一封信，说明了我的情况，表示他认为根据有关文件精神我符合北外招生的政审条件，希望予以考虑。杨伯箴把这封信提交院党委会讨论，会议同意我父亲的看法，于是信又转到了去延安招生老师的手中。这位老师在前往延川的途中经过永坪镇，在旅社见到了我，嘱咐我要认真准备应考。这次副食品公司推荐了我，开卷考试我又取得了平均分90分以上的好成绩，终于如愿被北外英语系录取。

重聚清华园
前排左起：叔叔艾伏生、父亲艾知生、母亲齐卉荃，后排左起：艾平、艾民。

然而，1973年延川县的大中专招生却是几家欢喜几家愁。那一年原本属于"文革"高潮过后的"回潮"时期，高等院校招生试图强调文化水平，尽管开卷，但还是要考试的。许多知青经过较长时间准备，成绩突出。但是，在各地考试期间，冒出个辽宁考生张铁生"交白卷"事件，说自己作为生产队长没有时间复习，而有些人不好好劳动却利用大量时间复习。由此引发了招生复查，致使许多考试成绩优秀的知青被取消了录取资格。

后　话

　　离开陕北以后，我曾多次苦苦思索：那段生活到底给了我什么？这中间似乎有许多阴差阳错。知青插队落户，宣告"一条龙"设计显然不现实。副食品公司"合同工"的身份，让我放弃了"红色工程师"的理想。同时，并非出于严谨的算计，我在改革开放之前掌握了英语这一极为有利的人生武器。在陕北，我知道了生活的艰难，不再指望人生一帆风顺，甚至一劳永逸地改变命运。我也曾庆幸，有这些经历垫底，我将不会为小事烦恼。当我开始同外国人打交道时便坚信：我对国情的了解是真实而深厚的，而我对他们的了解远胜过他们对中国的了解。

　　2016年12月9日，中央党校的几位同志为编辑《习近平的七年知青岁月》一书采访我。他们为使读者对那个时代有更多了解，让我描述在延川的经历，同时询问我怎么看插队经历对习近平总书记治国理政的影响。

　　我告诉他们，我们都是1953年出生的，同一天从北京出发到延川插队。就我个人而言，这段经历令我刻骨铭心，终生难忘。虽然每个人具体情况不同，但我相信经历过那段岁月的知青都会对此念念不忘。

　　我说，在陕北插过队的知青都知道那里的特点，是北方农村，也是革命老区，不同于城市、工厂、兵团和国营农场，插队知青相对更自由一些，可以和农民有更全面、更亲近、更真实的接触。在这样的环境下，习近平在梁家河看到了真实的农村，和农民建立了真挚的感情。延川县的北京知青到1973年就基本走得差不多了，而习近平还继续留在那里，入了党、当了支部书记，带领老百姓改天换地，直到1975年才上了清华大学，回到北京。

我认为，梁家河的经历让习近平治国理政思想的根基深深扎在中国最广阔的土地上，扎根在最深厚的人民群众基础上。从最基层的村支书干起，从为人民办实事的具体实践做起，不断扩大实践范围，不断深化实践层次，不断在实践中夯实自信心，并把这种自信心提升为中华民族的自信心，发展为中国特色社会主义道路自信、理论自信、制度自信、文化自信。可以说，7年知青经历是习近平治国理政思想的历史起点。

经过这次采访，再读那本书，我从习近平更为完整、典型的知青经历中形成进一步的认识：那是世界观形成的过程，是人生的起点。去过，就不一样，刻骨铭心。当然，人生的路还要一步一步坚定地走下去。

第二章　入行

"工农兵学员"

凭着北京外国语学院的一纸录取通知书，我找回当初注销的户口，又成了北京人。到校报到，尽管未能进入清华这个工程师的摇篮，总归如今有书可读，也只能面对将英语作为专业的现实了。

北京外国语学院有着光荣的传统。其前身是陕甘宁边区的外训大队，新中国成立后曾作为俄语学校培训了大批赴苏联学习的留学生，后来成为直属外交部的重点院校。当时的院长是著名的老一辈革命家廖承志，党委书记杨伯箴和其他主要领导浦寿昌、胡叔度都是由外交部派来的资深外交家。当时有6个系：英语系、俄语系、法语系、西语系、东欧语系和亚非语系。"文革"中，高等院校不能直接录取应届高中毕业生，只能招收具有两年以上社会实践经验的"工农兵学员"。我们那一届是"文革"后外院招收的第二届，一共600余人，英语系一家就占了260多人。部队学员比例相当高，特别是俄语系。地方学员中来自农村的知青较多，其中不少"文革"前曾在外国语学校学习，算是基础比较好的。

外语学院历来重视口语能力培养，每个班只有16人左右，便于练习口语和翻译。英语系七三级共17个班。前四个班是所谓的"高班"，学员多数有过"文革"前在北京、上海、杭州、广州、南京、天津等一线城市外语学校学习的底子，也有个别是酷爱外语靠自学脱颖而出的。后面13个班是"平行班"，学员大都没有什么基础，基本上是从字母学起。我在 7 班，因为开学不久就有一个内蒙来的北京知青邵文光调到 1 班，所以只有 15 人。其中有 8 名部队学员，地方学员以插队知青居多。年龄最大的是来自东北兵团的女同学李清源，23 岁，她也是党支部书记。最小的是新疆军区来的梁建军，只有 17 岁。当时我 20 岁，正好居中。班干部中党小组长王春芳也是女生，只有班长李士毛、副班长肖援朝是男生，我当时学着鲁迅的口吻开玩笑说："武则天当道，谁敢说男尊女卑？"我的同桌陈知涯，是开国大将陈赓的幼子，比我小两岁，天津警备区的标图员。英语对话练习的伙伴，是小学同学张海华，同在延川插队。

入学时的同班工农兵学员

既然隶属于外交部，教学大纲就要为之服务。培养目标首先是口语翻译，其次是懂外语的外事干部，最后是教授外语的老师。尽管我们这批工农兵学员都很珍惜来之不易的学习机会，但真要让我们成才实在不是一件容易的事。我们年龄相差很大，来自天南地北，受过的正规教育非常有限，未经过严格的入学考试，别说外语，许多人普通话都不够标准。好在外院是来自解放区、共产党自己兴办的学校，不乏帮助近乎零基础的学生尽快成长的经验。首先，有非常实际的目标：培养外交工作迫切需要的人才，如口语翻译和初级外事干部。其次，重视打牢基础，从外语的听、说、读、写、译开始。既然首要目标是培养翻译，口语就要好，特别是语音语调。我至今仍清楚地记得我们的第一任主课老师金学文老师授课时，常打着拍子让我们感受英语的语流和节奏。我们出生在北京的学生，受方言影响，说话吞音，容易用汉语单音节词的发音方式念英语的滑动双元音。对此她不厌其烦，既讲道理，又做示范，带着练习。有了初步词汇积累后，我们就开始通过两人对话小组的句型练习，学会用最简单的句型表示尽可能多的意思，尽快提升口语水平。系里还有多位外国专家。记得开始时有些同学醉心于背单词，将单词量等同于外语水平，英国专家克鲁克告诉我们，他日常用六七百个单词即可准确进行沟通，引导我们更注重表达能力，而非抽象的单词量。

  在当时的情况下，最大的困难还不是工农兵学员起点低、差别大，而是"文革"带来的影响远未消失。"文革"初期一度在教育方面的指导思想是"学制要缩短，教育要革命，资产阶级知识分子统治我们学校的现象再也不能继续下去了"。为了落实这一思想，当时大学普遍将学制缩短到三年。面对学员的现实，外院的领导和老师都存在矛盾心理：既想从实际出发适当延长学制，又怕被扣上"复辟、回潮"的帽子，于是提出"学制四年，第一年是预科"的变通办法。

  当时"革命教育路线"的另一个金科玉律就是"学生以学为

主、兼学别样，即不但学文，也要学工、学农、学军，也要批判资产阶级"，因此强调"开门办学"。秋季入学不久，我们就到山西夏县驻军营地学军一个月，在部队教员指导下拔军姿、踢正步、练队列、打步枪"第一练习"。学军结束回北京，我们还顺路到昔阳县大寨大队参观。

退学风波

对我来说，回到北京，进入外国语学院，从一名"知识青年"变成"工农兵学员"，还不是真正的"时来运转"。那只是"文革"期间一次短暂的"右倾回潮"，很快就遭到"反击右倾翻案风"的迎头痛击。

当时清华大学党委书记迟群还兼任国务院科教组副组长（组长刘西尧重点分管科技工作），在教育界颐指气使，全国教育部直属高校大都围绕他所控制的清华、北大"两校"见风使舵，为数不多的例外是像外院这样的部属院校。如何让这类不服管教的异类听话呢？恰巧当时发生了高干子弟钟志民上大学后又写退学申请重返基层的事，于是迟群就打算利用"三箭齐发——批林批孔、又批走后门"来实现自己的意图。

1974年1月25日是阴历大年初三，一场有中央国家机关及北京市几乎所有领导干部参加的万人大会在首都体育馆举行。当时党和国家领导人除毛主席外几乎悉数到场，由迟群、谢静宜宣讲批林批孔的"一号文件"。"9·13事件"发生后，人们普遍认为林彪问题的实质是"极左"，应该乘机纠正当时普遍存在的诸多偏差。但当时党内高层占主导地位的看法是林彪的实质是"形左实右"，是要"搞复辟"。为了论证这一说法，还把林彪书写的孔子"克己复礼"等条幅展示出来，连同毕生称颂周礼的孔子一道批判。这其中的逻辑关系已经相当令人费解，没想到迟群在讲解过程中又节外生枝。他在毫无先兆的情况下突然又提出"北外走后门严重",还说要把相关人员退回去。

此言一出,对我们这届学员和外院领导来说,无异于晴天霹雳。如果我们1973年没被推荐,1974年还可以争取;而如果被退了回去,恐怕再也没有机会了。迟群的打算是借题发挥,打击不听他话的部属院校。

前面说到,在"右倾回潮"期间,外院为了提高招生质量,突破各地的"土政策",在各地寻找"文革"前进过外语学校、有些基础的知青,其中不乏带着名单去招生的。

当时正是寒假期间,学生和教师都在放假,殊不知多少事情正在紧锣密鼓地进行。开学后我问辅导员奚宝芬要不要写"退学申请",她未置可否,只是劝我"相信组织"。

忽然刮起的"退学风波"是如何收场的?在《毛泽东年谱》第6卷520页上有一段相当详细的记载:

(1974年)2月15日　阅叶剑英一月三十日来信。叶剑英在信中根据江青等人在一月二十五日批林批孔动员大会上批判走后门的情况,提出将在空军三十四师当飞行员的孩子调回原部队下农村劳动锻炼,孩子表示听主席的话,到农村中去。毛泽东批示:"剑英同志:此事甚大,从支部到北京牵涉几百万人。开后门来的也有好人,从前门来的也有坏人。现在形而上学猖獗,片面性。批林批孔,又夹着走后门,有可能冲淡批林批孔。小谢、迟群讲话有缺点,不宜向下发。我的意见如此。"二月二十日,中共中央根据毛泽东的意见发出通知,提出"对来自群众的批评,领导干部首先应当表示欢迎"。对走后门问题应进行调查研究,确定政策,放到运动后期妥善解决。

这些细节我当时自然无从知道。我所知道的，只是听说毛主席给叶帅复信的大致内容，周总理曾派秘书来外院了解我的表现。1974年2月20日晚间的《新闻和报纸摘要》节目中，播发了次日《人民日报》社论《批"克己复礼"》。在这篇文章快结束的地方有一句似乎轻描淡写的话："要避免纠缠于某些问题"干扰了斗争大方向。听到这，我的心踏实了：看来暂时不会被退回去了。上大学的机会来得这么艰难曲折，我得对得起所有的人呀！

特殊时期的求学经历

"工农兵学员"经历中最突出的特色是"开门办学"。前面已经提到"学军"的经历，后来我们又去了北京纸箱厂、首都机场、东海舰队外训大队和辽阳化工基地。

在纸箱厂"学工"时，我们的英语水平还不足以发挥任何作用，因此基本上是参加体力劳动，同时了解一些计划经济条件下企业运作的情况。等到1976年春去首都机场"实习"时，我们已经可以用所学知识给边防检查站的警官办班提高英语了。同年7月，我们又到上海郊区吴淞口海军东海舰队外训大队"开门办学"，也有一些教学与实践相结合的意味。当时，中国向巴基斯坦海军出售了若干艘037型巡逻艇，我们的任务就是翻译相关手册，同时在中方人员训练巴方接船人员时担任翻译。其实，巴方人员很多都是留洋的博士，回想起来，给他们上课做翻译多少有些荒唐。

"开门办学"不仅能够了解各行各业，更是"行万里路"的好机会。在上海时，我们利用周末去逛南京路、游览豫园，还去了金山石化基地。等到这次实习结束时，我和肖援朝、陈知涯一起搭乘上海小三线企业的班车前往几百公里以外的黄山。那时的

双洲记

赴金山石化基地

黄山几乎见不到一个人，只有设在山顶的气象站。下山后，我们乘长途汽车去杭州。"文革"期间清华武斗时，我曾在杭州的姥爷家住了两个多月时间。那时，我躲开清华园里呼啸的枪弹和高音喇叭中刺耳播报着的大批判文章，每天陪着他老人家绕西湖走一圈，听他讲各种故事，使我对这人间天堂留下了美好的印象。1976年的杭州还能让我们感到欣喜吗？西湖没有使我们失望，然而就在湖畔的保俶山上，扩音器中忽然传来阵阵哀乐：毛主席逝世了！迄今为止，1976年灾难频发，国内政治氛围也越来越紧张。年初，敬爱的周总理逝世，我们同许多同学、市民一道，自发到天安门广场去表达哀悼之情。清明期间，再次出现哀悼周总理的高潮，并明显表现出对"四人帮"的愤恨，结果招致镇压与迫害。年中，朱德委员长逝世。我们在上海期间，唐山发生强烈地震，现在毛主席又逝世了。我们这代人可谓命运多舛。陈知涯低声告诉我们，江青似乎同他家有仇，主席在时她还有所顾忌，现在不知会发生什么。虽然毛主席逝世后停止一切娱乐活动，但我们还是决定按原计划从杭州乘船经大运河去苏州：饱览祖国山河并非一般意义上的娱乐，只要公园开门我们还是要到苏州、无锡看一看。

回到北京，我们原来的集体已不复存在。我入学时是在7班，一年后原来的6班被拆掉，我们便成了6班。后来，不断有同学提前离校，参加工作、选送国外进修或改学小语种。到1976年秋天，我们6班和另外一个班也被拆掉，我被分到3班。这时3班正在东北辽阳石化基地"开门办学"，我听说后马上要求去那里加入新集体，内心其实是不愿意失去这次旅行的机会。我买了火车和轮船的联运票，自己从北京到天津新港乘船去大连，再乘火车去辽阳。我的这番苦心没有白费：实习结束时安排了参观鞍钢、抚顺露天煤矿和沈阳。正是在辽阳期间，我们听到了传达粉碎"四人帮"的中央文件。

转　折

这次我真是彻底时来运转了。退回陕北的可能已不复存在，曾经高悬在师生头上的"白专道路"等威胁也几近消失。现在该好好读书了。

其实，我入学不久就得出结论，是否有机会接受高等教育将对我的一生产生决定性的影响。对我来说，如果没有机会上大学，那么我所接受的学校教育就几乎只有小学那些。此外，相对其他学科的"工农兵学员"，学英语专业的更为走运。因为其他知识，或迟或早总会过时，而掌握一门外语，即取得一项获取新知识的重要能力，其价值只会不断上升。

尽管当时政治环境相当困难，但我们还是有幸得到一支最强师资队伍的教诲。许多全国著名的教授，如许国璋、张道真、王佐良、钟述孔先生等，他们虽然在"文革"中被诬为"资产阶级反动学术权威"，实际上仍享有盛誉。还有一些受到中国革命强烈吸引定居中国的外国专家，这在当时也是极为难得的。有些老师，如程镇球和王佐良，曾参与过《毛泽东选集》的英译工作，而钟述孔则来自外交部翻译室，他们不仅有深厚的学识，更有丰富的实践经验。

我在外院收获最大的显然是最后一年。这不仅是因为"四人帮"已被打倒，政治干扰不复存在，老师们可以全力以赴从事教学工作，而且是因为口译培训无疑是外院多年形成的优势领域。这门课在教学中，每个单元用一个领域的参观介绍作底本，练习口译，并从中体悟两种语言的差异和口语翻译的规律。这种从实际出发的训练方法，既能适应学员起点低、水平参差不齐的现状，又能满足主要用人单位的当务之急。毕业后，我在接待外宾参观访问过程中，一听到主人介绍的内容都是我们在学校练习过的，就不再紧张。当然，这是后话了。

当时的教学自然少不了受那个时代的影响。师生都熟知马克思的语录：外国语是人生斗争的一种武器。显然，这种斗争不是为了个人利益，而是为了宣传毛泽东思想、支援世界革命。记得当毛泽东的《论十大关系》公开发表时，我们曾在课堂上举行过模拟记者招待会，练习翻译中国的方针政策。

还有一些极端的做法就有点让人哭笑不得了。入学初期有个口号："工农兵学员要上大学、管大学、用毛泽东思想改造大学。"后期，学校编纂《汉英字典》，动员学员参加部分工作，有些教师多少有些文人相轻，遇到一些学术问题争执不下，于是就拉学员来评判。

工农兵学员中党员比例相当高，学校也一直非常重视发展党员的工作。我从入学起就希望加入党组织，可1·25大会之后，不把我退回去已经是万幸了，更不要说发展入党了。打倒"四人帮"以后，大环境好了，但我原来那个班被拆掉了，我被分到3班。在一个新集体当中，能否在一年之内赢得大家的信任，加入党组织，也是个考验。应该说，大环境的变化还是起了作用，由1班和3班党员组成的党支部同意将我作为培养对象，支部书记同意做我的入党介绍人。过了一段，党小组认为我的条件已经基本成熟，请上级党组织安排外调。外调最主要的内容是我父亲的情况：清华这地方实在太特殊。外调的目标是弄清楚父亲同迟群等"四人帮"爪牙的关系，没想到清华接待外调的人不愿给予明确答复。没有办法，我只好建议他们直接去找同我父亲长期共事的校领导何东昌伯伯，这才避免了节外生枝。

与此同时，我还希望能在毕业前解决另一件人生大事，这样毕业后就可以集中精力做好工作。我"锁定"正在同我一起争取入党的张迈健，并在我们一起宣誓入党之后不久确定了恋爱关系。

进入中央机关

1977年10月，我作为北京外国语学院英语系73级的毕业生被分配到中共中央对外联络部三局（西亚非洲局）工作。到中联部工作，我的第一个奋斗目标自然是当个好翻译。翻译，曾被周恩来总理称为"国际舞台上的群众演员"。我当时虽然已经从中国口语翻译的最高学府毕业，但要胜任这项工作还要经过艰辛的努力。

我是在一个特殊的时刻来到中联部工作的。那段时间后来被称为改革开放之前的徘徊时期，中联部同全国一样，面临着百废待兴、拨乱反正的历史任务。就三局而言，在我们之前，已经十几年没招录过大学生了。1959年至1965年入部的青年人，经过"十年浩劫"，已步入中年，大多过了从事口译工作的黄金阶段。因此局里这次一下子新进了5名英语毕业生，准备从中挑选重点培养，而我有幸入选。

为了集中力量提高英语特别是口语翻译水平，局里安排我们到综合处工作，一是考虑先适当减少日常工作，二是当时主持综合处工作的齐锡玉是中联部最好的两名英语翻译之一，尤其以英译中见长。

回想起来，我的第一位领导齐锡玉更像是我的导师。他并不是毕业于英语专业，而是新中国成立前清华大学的地下党员，新中国成立后先是到全国总工会工作，后来又到中联部工作。他毫无保留地向我们传授自己的经验。为了增强我们成为优秀翻译的信心，他坦率地告诉我们，他第一次接待外宾时热情地告诉对方各项安排，结果对方却一点都没听懂他那带有湖南口音的英语；然而，经过艰苦努力，他后来可以将外宾几十分钟滔滔不绝的演说一次从头到尾完整无误地翻下来。

那么我们该怎样提高呢？齐锡玉的"秘籍"是中英对照读《毛泽东选集》。我们在北外时，就曾听参与过《毛选》英译的老师上课，对老师的高明佩服得五体投地。到中联部以后，听说了更多内情。老齐告诉我们，当年的翻译班子不仅集中了国内的大师，还有"兄弟党"的高层人士参加。并且从一开始就明确，毛泽东著作的英译文要通俗易懂，让外国的工人农民都能理解。尽管如此，翻译工作仍然经历几次反复，可谓千锤百炼。因此，英文版《毛选》的很多内容都很接近口语，这既符合原文的风格，也使译文朗朗上口。多年之后，我结识建国初期主持毛选英译工作的前辈徐永煐之子徐庆来，了解了更多情况。他编著的《徐永煐纪年》一书中，记载了中联部1960年下设"全四卷毛选英译审稿组和翻译组",1962年划归中央编译局并定名"《毛泽东选集》翻译室"。参与此事的美国专家李敦白在其回忆中也提到与齐锡玉共事的情况。

1978年3月,经过了近半年的闭门苦读,领导第一次安排我出差——借调到对外友协,参加接待南非"自由战士"来华军训。

非洲的所谓"自由战士",大多是指为反对宗主国殖民统治、争取民族独立而奋斗的志士仁人,其中一些人不惜为此拿起武器开展武装斗争。1964年,当时已经获得独立的非洲国家成立了"非洲统一组织"。为了支持尚未取得独立的民族解放组织开展不同形式的斗争,"非统"专门设立了"解放委员会",由坦桑尼亚总统尼雷尔担任主席。坦桑尼亚在自己的国土上为莫桑比克解放阵线等南部非洲民族解放运动设立营地,邀请中国等社会主义国家派教员帮助进行军事和政治培训。

当我到中联部工作时,莫桑比克、安哥拉等国家已经取得独立,仍然需要国际声援的非洲民族解放运动主要是指津巴布韦、纳米比亚和南非(当时非洲人自己往往称为"阿扎尼亚")的相关组织。受中苏论战的影响,这三个国家都有相互对立的两个组织。

我第一次参与接待的是阿扎尼亚泛非主义者大会青年组织代表团。这个代表团有20几个人,除了团长岁数稍大外,其他人大都是"索韦托事件"后流亡国外的大中学生。

那次访问历时3个月。第一周基本是在北京座谈、授课、参观,以及少量游览活动。第二周起安排赴外地参观,包括上海、南昌、井冈山、韶山等。然后是在广州军区外训大队进行军训。

在北京重要活动的翻译,都由老同志承担,我从旁听中有许多收获。到了外地,我开始担任参观活动的翻译工作。那时的参观点讲解，特别是在上海的"一大"会址和井冈山地区，讲解员和导游都是滔滔不绝地背诵解说词，其中充满大段的"毛主席语录"，要不是几个月中英对照读《毛选》，我肯定无法招架。

我的实践证明，"中英对照读经典"确实是一个好方法，因为这些经典都属精心之作，背诵范文可谓请无言导师。在中联部工作的最初两年，我除了少量日常工作，所做的主要就是"中英对照读经典"，长期坚持这一"功课"，终于走通取得"群众演员"资格的捷径，加之通过接团的实践锻炼，翻译水平得以迅速提高。1979年下半年，组织上决定送我到加拿大留学。

回首往事

"工农兵学员"的经历，同"老三届"、插队落户一样，都是空前绝后的。如同我们在农村接受"再教育"、错失了读书的最好时光一样，上大学期间也有太多分心的事。然而坦率地讲，在我们那一代人中，我并不是最倒霉，甚至可以说是运气最好的。相对于恢复高考后上大学的人来说，他们毕业时，我们已经工作了五年。人生的境遇，绝大多数不依个人意志为转移。人们创造历史，也都是在既定条件下进行的。遇到挫折，虽属不幸，但也是资本。个人如此，一代人如此，一个民族也是如此。

第三章　留学

入部两年的努力成效明显：我可以承担一些翻译任务了，组织上也重点培养我，决定送我到加拿大留学，进修英语。1979年，加拿大一所大学预科性质的私立学院再度致函中方，希望推荐两名中国学生到该校学习，而且校方愿意提供全额奖学金，外加该国航空公司往返机票。中方不愿再次伤害对方的热情，就由教育部从派往国外留学生预备人选中选了两个相对年轻的语言生推荐给该校。于是，我在大学毕业且工作两年之后，又进了一所外国的"中学"。又是一次阴差阳错。尽管如此，两年后我可以说英语过关了，还比一般留学生更多了解了加拿大这个西方国家，而且明白了什么是我毕生的事业。

皮尔逊学院

我所去的学校全名是"皮尔逊太平洋学院"。皮尔逊是加拿大前总理，曾获得诺贝尔和平奖。晚年在竞选失利退出政坛后倾全力办学，于是这学院便以他的名字命名。

实际上，皮尔逊学院只是"世界联合学院"网络中的一员，模仿英国的"大西洋学院"建立。

大西洋学院是1962年由国际知名教育家库尔特·哈恩创办的。哈恩1886年出生于德国柏林的一个犹太名门，曾留学英国牛津，有广泛国际交往。一战中，他运用其国际知识为德国外交部服务，后曾担任德国最后一任帝国首相马克斯亲王的私人秘书。德国战败后，哈恩转而从事中等教育，同马克斯亲王共同创办萨勒姆寄宿学校，并在1920—1933年间担任校长。后因公开

深山老林中的皮尔逊太平洋学院

反对希特勒被投入狱中，由英国首相麦克唐纳出面营救，获释后流亡英国。随后，他在苏格兰创建了戈登斯敦学校，并一直工作到1952年，使之成为英国最好的私立贵族学校之一，包括菲利普亲王、查尔斯王子等在内的诸多王公贵族都在此就读过。

哈恩提倡"做中学"，"先行后知"。他一贯重视学生的"脑、心、手"全面发展，强调培养他们的自信心、冒险精神、社会责任感和创造力，注重动手能力、户外拓展训练、探险和置身异域文化。二战后，他在执掌戈登斯敦学院的同时，还协助恢复了德国的萨勒姆学校，并推动英德两国之间的中等教育合作。

1955年，哈恩应邀前往巴黎北约防务学院发表演讲。当他看到二战期间分属交战双方的军官如今成为盟友，不禁设想：如果在青年人思想可塑性更强的岁月，让他们到国际性寄宿学校一道学习，不是可以使相交相知的种子埋得更深吗？他想兴办一所

"大戈登斯敦",把大西洋沿岸各国的青年聚拢起来,使他们不仅对本社区、本国具有责任感,而且对世界和平抱有信念。起初,哈恩的想法只是从英德两国的曲折关系,想到北约成员国的青年。等到英国王族成员蒙巴顿勋爵加入这一事业,他就将大西洋学院的理念扩展到全球,决心把苏联东欧国家也拉进来。于是,大西洋学院成了拟议中的"世界联合学院"体系当中的第一所。后来,蒙巴顿勋爵还说服中国驻英国大使馆派人考察该校,并促成中国1973年向该校派出15名留学生,其中包括王光亚、张志军、陈姗姗、乐爱妹等人。据说,这是新中国成立后第一次向西方国家派出留学生。

与此同时,通过国际教育交流与合作促进各国青年之间相互了解与友谊从而制止战争,也成为联合国教科文组织的基本信念之一。该组织人士也认为,关键是大学前的预科阶段。这时青年的思想已经基本成熟,但还有一定可塑性。为了使不同国家的学生在这个阶段有机会共同生活,相互了解,建立感情,联合国教科文组织提倡兴办大学预科阶段的国际学校,并专门为之设计了"国际证书教学大纲"(IB),使进入国际学校学习的青年完成学业后能够取得世界各国广泛承认的证书,从而可以回到本国上大学。哈恩的想法同联合国教科文组织的理念不谋而合。IB为大西洋学院提供了理想的教学大纲,大西洋学院则同10所学校一道率先采用,而大西洋学院更因其国际性成为推动这一理念的最重要实践者之一。

在欧洲当时的条件下,哈恩这套教育思想主要靠说服社会各界名流捐资实现。学校以私募基金的方式成立并运作,使学校既可以吸引一流的师资,又可以向学生提供全额奖学金。同时,他大力游说各国认可这一思想的名流成立民间的"国别委员会",负责在本国推广"世界联合学院"的理念与实践。加拿大前总理皮尔逊就是在参观该校后萌生了建立此类学校的念头。当我去加拿大的时候，世界联合学院系统的第二所学院已在李光耀的支持下在新加坡建成，皮尔逊学院则成为第三所。后来在斯威士兰、美国、意大利、香港、挪威、印度等地又建成多所。

皮尔逊学院设在加拿大著名的花园城市、不列颠哥伦比亚省省会维多利亚郊外几十公里人迹罕至的森林深处，处于温哥华岛南端一处风景如画的海湾边。

学校的设计与建设追求环保。所有建筑体量都不大，最主要的建材是松木。学生宿舍依地势错落有致，两层的木板房共10间宿舍，采用复式，每间住4个人，整栋板房住40人。每栋宿舍楼中还住有一家教师，设有一个大家共用的客厅兼书房。

这所预科性质的学校只有两个年级，每年招收100名学生。然而这200名学生（当时）却来自50多个国家。我和北外校友、由新华社选派的陈南星是学校里来的第一批中国学生。

学校的课程按"国际证书大纲"安排，每个学生都要在5类课程中各选一门，即本国语言、外语、数学、理科（包括物理、化学、生物）和人文（包括哲学、经济学、历史），另外可按个人兴趣加选一门。同时，按照哈恩留下来的传统，学校非常重视学生的全面发展和社会责任感，要求大家参与课外活动和不同形式的"社会服务"（公益事业），为学校或临近社区提供服务。当然，这些活动也增加了各国同学之间交流的机会。

校内生活

这一切听上去十分美好，然而它全是为初中毕业生设计的。我的外国"同学"比我要小将近10岁。我的世界观早已形成，留学要达到什么目的心里很清楚。我在国内大学已经毕业，组织上送我来进修英文，只打算学完两年回去报效祖国。开始我们曾经设想过转学，但再一思量，真要进大学、读学位，就必须按照学校和老师的要求做，其实未必符合我们（单位和自己）的需要。在这里虽然有些难受，但人家是邀请我们来的，很多事情好商量。比如选课，既然没有再进大学的打算，也就不必受学校安排的束缚。于是我以提高英语为主要目标，按照自己的理解选了课：英语是重点，选了两门，包括当作母语和外语教的；数、理、化，我没有基础，按照当时的理解，也未必有助于提高英语，都不选；历史、哲学和经济学或许对提高语言更有帮助，我就都选了。另外还选了法语课。公益服务活动我选了海上救护，以及到临近社区的老人院和小学服务。

校方费那么大劲把我们从世界各个角落搜罗来，是要实践"世界联合学院"网络的目标。学校的校训是 INTERNATIONAL UNDERSTANDING，其含义是异域文化之间的相互理解。按照哈恩先行后知的传统，相互理解的前提是接触、交往和共同命运，这靠奖学金和课程安排来实现。学校为增进各国同学之间相互了解的许多安排都颇具匠心。比如说，学校远离城市和社区，周一到周五全体教职员工和学生都住在校园里。又比如，一间宿舍住4个学生，而且要来自不同国家，这在高度关注个人隐私的西方是非常罕见的。再比如，在校园放映多国的电影，组织国际事务讲座和活动，举办不同国家和地区的纪念日活动等等。

当然，学校也认识到，只让外国学生了解校园里的加拿大是远远不够的。校方想了两个办法：一是鼓励加拿大学生在圣诞节假期邀请外国学生到自己家做客，二是设计一种类似我们当年"开门办学"的"课题周"，由学生自己提出研究（或调查）课题，学校帮助安排，走出校园一周时间，回来撰写微型论文。

对我来说，到底如何充分利用这次留学机会呢？提高英语不是难事，只要在这种英语环境里住上两年，英语会自然而然提高。我想，在中联部工作，这两年可能是我一生当中唯一深入了解西方社会的机会，不应轻易放过。如果在加拿大学习两年，一直呆在这个深山老林里，而对加拿大的社会和国情一无所知，那就太对不起送我出国的祖国了。

我先从最简单易行的地方做起：既然身在校园，首先还是充分利用学校的特点，广泛接触各国学生以及各国的老师。其次，是自己找更多的书来读，增加书本知识。

很多人出国留学相信都曾经历过文化冲击，而对我来说，冲击来自年龄与能力的反差。我启程前往加拿大时，兜里只有教育部给的2美元小费，然而一路上得到了驻外机构人员无微不至的照顾。抵达温哥华时，总领馆的张援远到机场接我们，听说我们身上只有2美元，马上掏出钱包，预支了下个月的生活费。从这时起，我就开始接触到加拿大同学。他们受学校委托，开着面包车到机场，举着写有我们名字的牌子，看到我们走过来，就热情地自我介绍，然后帮忙搬行李、装车，一切都显得驾轻就熟。实际上，他们要比我和陈南星小8、9岁。随后的几天里，我们无数次地感受到同学们的热情，同时也感到某种惭愧或者无奈。事后回想起来，这就是第一个文化冲击。当然，这里的文化是"皮尔逊学院文化"，可以说是加拿大乃至西方发达市场经济文化中一种特殊的"亚文化"。

接下来接触更多的当然是我的同屋。学校安排每间宿舍住4名学生：2名老生、2名新生。和我同宿舍的2名老生是特别要求与第一次出现在校园里的中国学生住在一起的。一个是加拿大学生陶德，另一个名叫尤恩，只是他的国籍比较复杂。尤恩多少有些尴尬地告诉我，他的母亲出身于一个有800年历史的德国名门望族，当年侵华的八国联军总司令瓦德西是她的一个近亲。我逗他问，从中国抢回去的东西怎么处理了？他说，那是国家财产，收藏在一座古堡中。二战后他母亲家道中落，流亡到意大利，同一名英国情报官结婚。所以，尤恩出生在瑞士，长在意大利，上的是法语学校，在家里讲德语和英语，从小4种语言都讲得接近母语水平，但书写起来每种语言都会夹有很多拼写错误。

在学校里学习最刻苦、成绩也最好的是来自香港、日本、印度、新加坡等地的亚洲学生，也包括我的第三个同屋，来自马来西亚的提姆勒。马来西亚国内教育设施条件有限，于是政府与优秀高中毕业生签订合同，贷款送他们到英国、美国、加拿大等国留学，学成后回国到政府部门工作，按月从工资里扣还贷款。

我在学校最初的日子里，还有一个特殊的朋友，名字叫邓肯。他在大学专科学了3年摄影，毕业后找不到工作，于是来这里投奔父亲的老朋友杰克校长，帮学校编辑年度校刊，挣点零用钱。他的年龄同我差不多，有更多的社会经验，我们有更多的共同语言。

更为强烈的冲击来自流行音乐和"迪斯科"。校园里每到星期五都有舞会，一律是"迪斯科"，每每延续到次日凌晨三四点钟。高分贝的"音乐"震耳欲聋，音箱喇叭的纸盆和蒙布随着音乐节奏上下起伏，对我真是噪音。还有流行歌手的演唱，几乎千篇一律地像在扯着沙哑的嗓子喊。如果说"音乐"振聋发聩，那迪斯科则是"群魔乱舞"了。而登峰造极的表现，则是一部长达3个小时的关于伍德斯托克音乐节的纪录片。其中记录了美国40万人自发来到纽约州的田野中间，唱了三天三夜。看了那部纪录片后，我问邓肯有何感想。他说，这部电影使他又想起那个时代。他告诉我，从1969年音乐节以后，他几乎每隔一、两年都要重新看一次这部片子。距离那个时代越远，对一些问题也就看得越清楚。那次音乐节正是越战升级期间，美国政府的战争政策在国内造成严重的对立，许多青年拒绝当兵，一些学生上街游行遭到镇压，引起全国上下强烈不满。这次音乐节就是在这种背景下举行的，大会的口号是"和平、爱情"。他说，他也曾为那种音乐、那种活动而激动过，但终究感到这种活动并不能带来什么结果，既有体制太强大了，人们也无法洁身自好，以音乐摆脱尘世的苦恼，最多只能是对得起良心。

后来，我从一本名叫《理解音乐》的书中读到：音乐这一艺术形式从它的原始阶段到现在已经走过了漫长的道路，但是它仍与人类喜怒哀乐这一源泉保持着密切的联系。第一次世界大战以后，城市生活的紧张节奏，工业化社会的铿锵激流，都在音乐日益复杂的节拍中得到体现。二次大战后的艺术创作是在持续不断的社会动荡背景下进行的。从20世纪下半叶开始，人类文明面对的难题越来越多、越来越严重。在西方，人们感觉，人类终于发展到有能力把自己从地球表面完全抹去。这种感觉的阴影笼罩着我们的时代，人们从他们祖先那里继承下来的道德观念比以往任何时候都更多地受到怀疑。这种不安自然要在艺术中得到反映，于是开始了一个用新的表现手段来进行前所未有的探索的阶段。人们毫无顾忌地探讨新的思想与感情，甚至干脆抛弃思想与感情。

当然，在校园里靠接触师生和读书了解西方社会毕竟有隔靴搔痒之感，我盼望着圣诞节假期到来，可以走出校园，去旅行，到同学家里做客。

圣诞节假期

为了增进对加拿大的了解，我同陈南星相约在第一个圣诞节假期到加拿大东部同学家里做客。

首站温哥华，我们顺便到总领馆汇报学习情况。随后乘火车前往位于东部的首都渥太华。火车显然不是加拿大热门的远途旅行工具，车厢里乘客很少，原本三天三夜的旅程竟然因为误点变成三天四夜。到了首都，自然少不了去使馆教育处，另外还到新华社分社看望陈南星的同事。

随后，我们来到安大略省一个名叫波特霍普的小镇，到同学碧芭家里去做客。碧芭把我们介绍给她的父母罗逊夫妇。罗逊先生家也算是书香门第了。他本人在当地一所私立学校教书，父亲曾是那所学校的校长。罗逊太太没有固定的职业，但对社会工作十分热心，时常到镇上的福利机构做一些公益工作。我们到的第三天即是圣诞前夜，罗逊先生邀请我们一起到教堂去看看。他说，很多基督徒一年只去两次教堂，一次是"平安夜"12点钟，一次是圣诞节上午10点。"这是一年当中最大的两次礼拜，你们就是从'开眼'的角度也该去看看。"碧芭告诉我们，镇上教堂的牧师前几年退休了，还没找到合适的人选。因此凡有重大活动就请她父亲客串做主持。在观看完罗逊先生主持的"平安夜"仪式后，我问他："我注意到您在主持仪式中，总在看坐在最后一排的我们，是吗？"他点点头，说："是啊，我在想，这一切在来自无神论国家的青年眼中具有什么含义？"听到这儿，我字斟句酌地问这位准牧师："现在科学进步，教育普及，绝大多数人都知道世界不是上帝7天造出来的，为什么还有那么多人信教呢？前些日子教皇去美国，几百万人涌上街头。他们是真尊敬他呢，还是看看热闹？"罗逊先生微微一怔，慢条斯理地回答："在资本主义社会，必须要有宗教。因为这个社会本身没有任何道德规范，它的信条就是人人为自己、上帝为大家，鼓励的就是个人发财致富，而不管其他人和社会，可以说是肆无忌惮。因此必须用宗教作为道德观念的补充。"他忽然一笑说，"在你们中国不也要讲道德吗？不也要扶老携幼吗？不也要为人民服务吗？"

双洲记

在波特霍普期间我们还了解到，当年第一颗原子弹的部分放射性物质就是在这里提炼的。罗逊夫人自称继承了罗逊先生母亲的立场，是一位反核社会主义者。他们一家在日常生活中实践其节约能源的信念，冬天不到万不得已不打开电暖气。

在罗逊先生家住了4天以后，邓肯来接我们到他家小住。邓肯的父亲是杰克校长的老朋友，而他的奶奶原本要乘首航的泰坦尼克号来北美，后因生病推迟了行期，幸运地躲过一劫。作为杰克校长的朋友，他们一家自然熟知皮尔逊学院的理念，很高兴我们能来作客，并许诺满足我们的所有要求。第二天，邓肯开车带我们去格里文赫斯特参观白求恩故居，并游览了尼亚加拉瀑布。随后，他父亲又热情地陪同我们一起去拜访他的两位老朋友。他们和杰克校长、邓肯的父亲一样，都是中学教师出身，不同的是，在教书之余还都经营着家庭农场和牧场。这些人大概都属于中等收入阶层，构成加拿大社会的主体。

与邓肯的父亲一起在白求恩故居前

1980年圣诞节假期，学校给我们提供了又一次在加拿大同学家民宿的安排，这次是到西部艾伯塔省的卡尔加里。艾伯塔省紧邻不列颠哥伦比亚省，远离位于东部的加拿大传统中心安大略和魁北克省，有更多西部特色。艾伯塔也是加拿大能源资源最丰富、开采最集中的地区，同联邦政府财政关系矛盾也最尖锐。

　　这次，学校安排我们住在一位76届毕业生家里。父亲厄尔本·吉尚是一个马具连锁店的老板，一个很有趣的人。他的祖先来自爱尔兰，父亲是加拿大西部草原上的一名牛仔，他自然从小混迹于草原和牛仔中间，熟知自然和动物的秉性。后来，他同马具商店老板的女儿结了婚，并继承了那份产业。吉尚太太也是一名爱尔兰移民后裔，她的父亲1905年同朋友合股开办了马具店。后来朋友退出，吉尚太太的父亲就成了全资所有者。我们去作客时，吉尚先生已经60多岁了，他的马具店也开到北美和南美的好几个国家，而他自己仍亲自掌管着生意。吉尚太太56岁，孩子们都已长大成人，有的已经工作，有的进了大学，她需要有自己的事情打发时光，于是投身地方政治活动和社会事务。

　　吉尚先生同中国有一段亲密接触。1972年，他加入北美第一个商界人士旅行团前往中国。那时中加两国刚刚建交，对普通加拿大人来说，去中国几乎像登月。吉尚先生没同任何人商量，就自作主张加入这个8周旅行团。老先生已然有些耳背，中方陪同对他无微不至的照顾，使他深受感动。中国的一切都与加拿大十分不同，旅行给吉尚先生留下了美好印象。比如说，当时中国各级学校都要组织学生到农村去帮助公社抢收庄稼，这种做法很让这位由牛仔转变而来的生意人感动。

　　在这次民宿期间，我们有机会见到吉尚夫妇的5个子女。老大是儿子，29岁，多伦多股票交易所的掮客。他带来了未婚妻，还招来许多老同学到家里聚会。老二是长女，比我小一岁。如果说我是"老三届",她则属于"反战青年"。她高中毕业后没有上大学就工作了,当时正在补习功课,准备重返校园。二女儿排行老三,已经从不列颠哥伦比亚大学西语专业毕业,当时在一家旅行社当导游。三女儿就是皮尔逊学院的76届毕业生,正在耶鲁读四年级,在我看来就像"文革"后恢复高考进入北大学习的大学生。最小的儿子布莱恩刚进大学,寒假期间还总忙着完成计算机编程作业。5个孩子都出生在富裕家庭,但吉尚夫妇对他们要求很严格,在假期和店里繁忙时都要去帮工,使他们从小就熟悉牛仔以及生活的艰辛。

在艾伯塔,我们参观了商业公司和其他机构。这里也是我第一年同屋的加拿大同学陶特的家乡,他的父亲带我们走访了他就职的房地产公司。另一位朋友肯尼迪先生带我们去了一家石油公司,了解从支付特许开采费到销售产品的全过程。我们还参观了一家保险公司、一家医院以及省立大学。当然,也有单纯的游览项目,比如去举办过冬季奥运会的班夫国家公园和艾伯塔省恐龙公园。

可以说,圣诞节假期是我在加拿大留学期间最开眼界的时刻。

课题周

皮尔逊学院还有一种类似我们当年"开门办学"的安排,叫做"课题周"。具体做法是,每个学年拿出一周时间,鼓励学生自己设计一个研究课题,学校协助安排有关机构,帮助学生完成研究课题。作为一个来自社会主义中国的学生,我向学校提出的研究课题是了解跨国公司。对皮尔逊学院来说,为此做出安排并不困难。为了维持学校的正常运转,学院投入很大精力募集基金,而学校的董事会、监事会中也不乏大公司的代表。安排外国学生去公司观摩，更可以直接展示皮尔逊学院的理念。于是，学校的行政主任约翰·戴维斯就联系了从事林业、造纸及相关产业的CZ（加拿大）公司让我去参访。这家公司的美国母公司因其在推翻智利阿连德政府中的作用而名声在外。

1980年3月1日，我乘长途汽车到温哥华，住在麦克莱恩先生家里。他是一家经营百货连锁店的公司的总经理，也是学院监事会成员。第二天是星期天，麦克莱恩先生带我去了他的办公室，给我上了一堂关于加拿大现代公司的小课，随后带我去动物园看鲸鱼和海豹表演，最后是去他的俱乐部，会见他的企业家朋友并共进晚餐。

3月3日是星期一，我正式开始观摩CZ公司。麦克莱恩先生亲自驾车把我带到公司总部，随后公司公关部的加德纳先生送我到水上飞机停泊站。经过10几分钟的飞行，我抵达海湾对岸的停泊点，见到来接我的戴尔·福奈斯先生，一位50多岁的长者。他驾驶着一辆越野吉普，带着我驶上一座长满云杉的山坡，不远处几台伐木机械正在收集刚被伐倒的树干。他把车停在简易道路旁，开始给我介绍CZ公司的情况：这里是这家造纸及相关产业公司全部事业的起点。公司买下9万英亩森林的采伐权，每年砍伐约1400英亩森林，同时补种相同面积的树苗，以保证林产的永续利用。公司20世纪20年代到这里修筑铁路、公路，最后成为一家综合性林业企业。目前采伐部门有约180名工人，他们每小时工资9~16加元，整个工艺属资本密集型。福奈斯先生做完介绍又耐心地回答了我的所有问题，最后他问我："发达国家和发展中国家收入水平差距真的那么大吗？"显然，他是做了功课的。我说，按固定汇率计算，一个加拿大工人一天的工资基本相当于一个中国工人一个月的工资，这里既有劳动生产率水平的差异，也涉及社会制度和体制机制等不可比因素。

双洲记

　　星期二我参观了一个锯木厂，晚上，公司董事会主席罗杰斯先生邀请我共进晚餐。星期三，我参观了公司的胶合板厂。从这天起，公司增派了一名专业摄影师陪同参访。周四，公司安排我去看一家造纸厂。这时我有些担心：这些工业企业内部管理大同小异，而我又并不真对其工艺技术感兴趣，还能有什么收获？没想到，这一天出面接待我的是厂里的首席会计师，一位来自台湾的周先生。这位周先生不仅详细地给我介绍了他的日常工作及其背后的考虑和逻辑，还向我讲述了他自己的故事。我问他，台湾真有那么多人希望"独立"吗？他苦笑了一下，给我讲了些台湾国民党当局处置党外人士的事情。

CZ 公司胶合板厂

　　星期五是我参访 CZ 公司的最后一天，除了公司总部的各个部门外，主人还让我观摩了董事例会。最后，总经理带我到一家饭店，出席本市企业家俱乐部的午餐会，席间听了加拿大广播公司一位知名主持人的讲演。

当1981年的课题周即将来临时，我决定利用这个机会了解一下媒体在加拿大社会当中的作用。于是学校帮我联系参观《温哥华太阳报》报社。那个星期的前四天，我一直同一位来报社实习的新闻专业大三的学生一道在城里到处转悠，包括旁听法院审理的刑事案件，同时听他讲以往的经历。他告诉我，第一次实习时，他不知道报道什么好，就到各大饭店打听有没有什么新鲜事，结果一无所获。这时他心生一计，写了一篇报道，说是今年旅游旺季推迟，各大饭店房间空置率居高不下。没想到，第二天这篇报道被刊登在报纸头版的显著位置上。最后一天，我去参观编辑部，那里的一位女士同我大谈新闻自由和媒体无冕之王的地位。这时编辑来通知她，因为她的稿子涉嫌诽谤，报社的律师担心打官司，决定撤下来，弄得她灰头土脸。

"国际交流"

留学的日子既轻松又充实。

首先，比较圆满地完成了组织上交给我的任务——提高英语能力。既然免除了考试的压力，无论选班上课还是自学读书，完全看今后工作需要和个人兴趣。很快，通过上课、收听新闻、参加活动，我逐渐做到只要熟悉内容，听懂不成问题。无论校园内外，提高口头表达能力的机会都很多。准备演讲的副产品是学会了用英语思考，这恐怕是真正掌握英语的标志。同时也感到，下一步是要丰富知识，掌握词汇的不同含义，特别是在知识体系中的特定含义。这就要通过拓宽知识面来提升语言知识和翻译能力。通过上历史、哲学、经济学等课程，以课程讲授为经，课外书为纬，尽可能系统地熟悉不同领域，特别是同外交、内政、经济等各类政策相关的内容。读书当然有偏爱：一是加尔布雷斯对当代资本主义的解剖；二是历史，如阿尔弗雷德·钱德勒对美国经济史的梳理。

其次，凭借皮尔逊学院的良苦用心，我抓住各种机会，以加拿大为代表了解西方社会。既通过读书增加书本知识，也不放过任何增加感性认识的机会。

第三，尝试着通过讲演等实践，增进外国友人对中国的了解。我们是维多利亚地区第一批中国留学生，而中国刚刚从"文革"中走出来。我们来自中华人民共和国的身份足以引发人们的兴趣，不时有人邀请我们去介绍中国，对象从小学生、学者到扶轮社里的企业家。通过这些经历我悟出一个道理：在国际交流中，更加知己知彼的一方更容易影响对方。在交流时，不仅要明白对方提出的问题，也要知道问题背后的原因和逻辑，才能处于更加有利地位。

回过头看皮尔逊学院"国际理解"的校训，觉得完全可以为我所用：我这一辈子不可能永远做翻译，总有一天会成为懂外语的外事干部，介绍、说明中国，必将成为我工作的重要内容。

就在这一年，中国共产党同8个民主党派及无党派人士发起成立了中国国际交流协会，其英文名称在请教资深外国友好人士后确定为CHINESE ASSOCIATION FOR INTERNATIONAL UNDERSTANDING。我自然非常认同这个名字。严格地讲，中英文并非完全一致，中文更侧重交流的动作和过程，英文则更强调相互理解的结果。但从那以后，不管是中文还是英文表达的意思，我都视为我的毕生事业。

35年之后

2016年，我接到世界联合学院（中国·常熟）的邀请，出席在那里举办的一次夏令营活动。35年前我在加拿大留学时绝对无法想象，世界联合学院体系的第十五个成员学校竟然会设在中国。而且，其创办人、董事长竟然是2000年毕业于北欧红十字世界联合学院的中国残疾人学生王嘉鹏，以他为主席的世界联合学院中国理事会成员也都是各成员学校的校友。王嘉鹏2000年提出在中国建立学校的设想，2003年在北欧学校支持下向国际董事会提出申请。其间虽然出现过一些波折，在2013年4月终于签署合作协议书。常熟市政府为此提供了土地和相关融资安排，学校2014年3月奠基，2015年9月正式落成。想想当年哈恩和皮尔逊等创办大西洋学院和皮尔逊太平洋学院的坎坷过程，知情人难免目瞪口呆。然而，有关中国的国际交流、理解与合作依然任重道远。

第二部分　非洲篇

纵观我的人生经历，应该说把最好年华奉献给了祖国与非洲大陆的交往与友谊。主要途径则是知行合一：访问，理解，丰富交往形式与深化内涵。

人的认识自实践始。我参与实践的第一个身份是做好翻译，周恩来总理曾称翻译为"国际舞台上的群众演员"。然而我在这个舞台上参与的戏码不是代表中国政府，而是代表中国共产党。这是中国总体外交中不可或缺的组成部分。

认识不仅来自直接接触，还要有理性成分。不仅在国内集思广益，还要通过国际学术交流借鉴他山之石。在循环往复的过程中，形成我们的特色和优势。在逐渐深化对非洲大陆认识的基础上，发现它的历史性课题，以及中国——特别是中国共产党——能够为之做出的贡献。

我从事对非交往工作的高潮是在最适当的时刻，得到最高层的授权，代表国家赴一个最恰当的国家——埃塞俄比亚担任大使。参与谋划和协调促进中埃双边合作。将认识付诸实践，参与探索中国特色的国际关系和政党外交。

离任6年之后重返非洲，既享受合作成功带来的欣慰，又看到了新的进展，通过高访和其他渠道，更广泛地传播经验。

第四章 群众演员

分水岭

1977年10月，我从北京外国语学院英语系毕业，被分配到中共中央对外联络部三局（西亚非洲局）工作。报到后几个月内，正赶上中共对外交往史上一件具有分水岭意义的事情。那年12月20日，中央批准中联部、外交部关于非洲等地区一些民族主义国家执政党要求与中国共产党建立关系问题的请示，同意与黑非洲等地区一些国家的民族民主政党开展交往，突破了以往中共只同马列主义政党建立党际关系的传统作法。结果，不仅是对非洲的政党交往实现突破，实际上中国共产党的整个对外工作都逐渐进入了一个新的历史阶段。

这种变化是如何实现的呢？

长期以来，中国共产党曾坚持只同外国共产党进行党际交往。20世纪50年代中苏论战开始之后，又将许多跟着苏共走的外国共产党视为修正主义党，陆续中断了同它们的来往，转而同一些新成立的自称坚持"马列主义"的政党交往。当时这种做法被称为"支左反修"。非洲大陆经济社会发展相对落后，本来共产党就很少，而原来同我党交往较多的南非共产党和留尼汪共产党也中止了交往。

与此同时，在莫桑比克等少数通过武装斗争赢得民族独立的非洲国家，那里的民族解放运动在开展武装斗争时期曾得到中国的大力支持。取得独立以后，莫桑比克解放阵线成为执政党，打算走社会主义的发展道路，希望中国提供政治、经济、军事等各个方面的支持与援助。当时正值"文革"末期，中国自身经济相当困难，同时中方一贯认为发展经济应以自力更生为主，因此未能满足莫方全部的经援要求。在政治方面，尽管莫解阵自称以马列主义普遍真理与莫桑比克人民斗争的实践相结合为指导，并在独立后宣布要将自身改造成工人农民的"先锋党"，为此还更改了名称，增加了一个"党"字，但中方仍认为对方是"民族主义政党"，不能与之建立党际关系。这样，中方在同莫桑比克保持良好国家关系的同时，对莫方建议开展党与党之间的交往，均以各种理由予以婉拒。而苏联这时却同莫桑比克建立了密切的全面关系，从而使中莫关系又增加了复杂因素。

1977年末，事情终于有了转机。当时莫桑比克党政第二把手多斯桑托斯希望率领党政代表团访华，中方考虑后，坚持要对方去掉那个"党"字，仅作为政府代表团来访，对方也同意了。访问期间，中方接待上给予了很高的规格，请华国锋主席会见。即使如此，对方仍耿耿于怀。会见结束后，华国锋将陪同会见的同志留下来，讲了一段话，大意是：会谈中他总称我"同志"，我未搭腔，他肯定有感觉。你们认真研究一下，这样做到底好不好，对反对苏联霸权主义是否有利。他的倾向显而易见，于是中联部、外交部两部研究后起草了请示上呈中央。

请示中提出：在新形势下，进一步加强同非洲和第三世界其他国家人民的团结，主动而又适当地开展对这些国家的民族主义政党的工作是完全必要的。这有利于扩大我对非工作面，与这些国家发展友好合作关系，推动它们在民族民主革命道路上继续前进。对其中要求同我党建立一定关系的民族主义政党，在策略上可灵活掌握，在具体做法上可以适当松动，可以有选择、有重点地以我党的名义同它们进行一些联系和往来。这样做的出发点是进一步加强同非洲和第三世界其他国家人民的团结，扩大反帝、反殖、反霸的国际统一战线。

起　步

　　由于特定的历史条件和国际背景，索马里革命社会主义党成为中国共产党最早开展友好交往的非洲民族主义执政党之一。

　　索马里曾经沦为英国和意大利的殖民地，1960年7月1日建立索马里联邦共和国。独立初期，实行多党制。1969年10月21日，西亚德·巴雷等人发动政变，成立最高革命委员会，禁止原有80余个政党活动。同年11月，最高革命委员会设立公共关系办公室，负责组织、动员群众的工作。1973年10月，西亚德宣布要按照"科学社会主义"的原则建立"新型政党"。1974年，公共关系办公室改组为政治办公室，除在国内举办短期干部培训班外，还派人到苏联、东德、捷克、南斯拉夫等国学习。1975年，最高革命委员会下设的社会和政治事务委员会在苏联党务专家的帮助下，开始起草党纲和党章。1976年6月27日—7月1日在首都摩加迪沙召开建党大会，宣布建立革命社会主义党，出席大会的约3000名代表成为第一批党员。大会通过了党纲、党章，选举产生了党的领导机构和领导人。西亚德在大会上宣布解散最高革命委员会，由党领导全国事务。此后，党的中央委员被派到全国各地，宣传党的宗旨，吸收新党员。在此基础上，召开了州、区党代表大会，选出领导机构，改组原有政权机构。

　　索马里革社党在建党过程中曾受到苏联、东欧国家执政党的重要影响。早在1971年，索马里最高革命委员会就曾应邀派团出席苏共24大，同苏共建立准兄弟党关系。然而70年代中期埃塞俄比亚发生政变，不久苏联即转而大力支持门格斯图政权，减少了对索马里的支持。1977年7月，埃索之间爆发欧加登战争，苏联邀请埃塞领导人门格斯图访苏，索马里因此驱逐了6000名苏联顾问。11月，由于苏联和古巴公开站在埃塞一边，西亚德便宣布废除索苏友好条约，革社党与苏共的关系随之恶化。

与此同时，革社党一直对中共采取友好态度。革社党一成立，西亚德就于1976年7月23日以总统兼革社党总书记的身份致电中共要求建立联系。索马里驻华大使卡欣也为此事多方奔走，转达索方要求中方介绍经验、帮助培养干部的愿望。由于中国共产党当时只同外国马列主义政党来往，遂由对外友协出面，于1977年6月接待了由革社党中央委员、中央保安局长率领的友好参观团访华。1978年4月，西亚德总统来访，再次提出同中共建立关系的要求，随同来访的副总统、革社党助理总书记伊斯梅尔同中联部部长耿飚进行了会谈，双方一致同意建立友好联系。5月，应中联部邀请，革社党中央社会事务局长法拉赫率领党的干部代表团访华。这成为是中共直接以党的名义接待的第一个非洲民族主义政党。1979年12月，以中联部副部长吴学谦为团长的中共党的工作者代表团成功访问索马里，实现了两党间的互访。

通过笔译提高口译

1981年夏天，我在加拿大留学的第二个学年结束。我很快回到国内，到局里上班。

留学归来，外语能力很有长进，但仍需提高翻译水平。这时，齐锡玉又给了我第二次终生受益的点拨："要想口译过关，必须笔译100万字。"

有了上次接受他"中英对照读毛选"指导的经验，我决心不折不扣地实践他的要求。为了确保笔译的质量，同时尽量少做无用功，我下决心选择翻译那些能够出版的外文书籍。

我所选的第一本书，是在加拿大留学期间作为教材的《第三世界内幕》。这本书的作者是一名英国记者，长期从事"深度报导"，到过20几个第三世界国家，并做了许多相关研究。他这本书有着浓厚的新闻报道特色，一般每一章开头是一段细致入微的场景描述，多是他的亲身经历，由描写引出问题，再引用相关研究成果，交代背景或更广范围的情况，包括各种不同看法，展现此课题的广泛意义。全书按历史、政治、经济、文化、教育、社会等分为几大部分，再细分为若干章节。我从这本书学到了许多知识，了解了许多情况，也很赞同作者的基本结论，即当前第三世界国家落后的根本原因，一是历史上受到帝国主义国家的侵略、掠夺和剥削、压迫，二是独立后往往照搬西方的发展模式而忽略本国国情的特点。我拿着试译的部分章节找到新华社下属的新华出版社，有关编辑看后觉得值得出版，于是我约了几个同学一起动手翻译。这本书大约30万字，我承担了约三分之二。这本书很快顺利出版，并被评为新华出版社当年的优秀图书，据说还得到当时分管国外分社工作的郭超人副社长的高度评价，要求新华社驻外记者都读一读这本书。

  当然，我翻译这本书的主要目的，还是要通过实践验证齐锡玉的教诲，看看通过笔译到底能否提高口译。初步结论是肯定的。我发现笔译对提高口译有以下帮助。一是没有大量笔译作基础的口语翻译虽然听上去还可以，但如果逐字逐句记录下来往往会"露馅"，在汉语的句型、词序、搭配上往往有问题。笔译是白纸黑字，容不得半点马虎，大量练习有助于养成良好的汉语表达习惯。二是汉语同英语差别太大，中英互译比两种同属一个语系乃至同一语族的语言之间互译难度要大得多，往往必须重新构造句型，如果没有大量笔译积累的基础，每个句子都现想，实在是来不及。在翻译完第一本书之后，我的英译中口译速度有了明显提高，基本可以做到外方讲话过程当中明白对方观点、思路、逻辑，并想好中文表述的逻辑、顺序、句型乃至词序。以笔译作为口译的基础，可以做到"不打无准备之仗"，把现场的思考都提前到笔译练习中去做。

破格提拔

年内，局里仍然让我在综合处工作，继续为我提供更多的翻译实践机会。同时，我也抽时间做些笔译，如摘编《在两个国家实行的非洲社会主义》一书，既通过笔译为口译夯实基础，也为处里从事调研工作的同志提供一些素材。这年11月30日，部里决定调整机构，将我所在的三局一分为二，负责西亚北非工作的部门仍称为三局，负责撒哈拉以南非洲工作的部门新设九局，转年改称四局。齐锡玉同志任三局副局长，我被分配到四局东南非处工作，分管津巴布韦，这样我便结束了集中力量提高翻译水平的阶段，全面接触业务处日常工作。出乎我的意料，仅仅过了几个月，1982年5月14日，部里任命我为东南非处的副处长。这时，我几乎是部里唯一的30岁以下的副处长。

当时，东南非处分管着18个国家，北起埃塞俄比亚、吉布提、索马里，到东南部非洲的肯尼亚、乌干达、坦桑尼亚、马拉维、莫桑比克、赞比亚、津巴布韦、博茨瓦纳、纳米比亚、安哥拉、南非、斯威士兰、莱索托，以及印度洋上的塞舌尔和毛里求斯。就分管国家的数量而言，比部里有些局都多。处长是罗琚，她曾经是清华的地下党员，年龄同我母亲差不多，新中国成立后先是在团中央工作，后来调到中联部，工作勤勤恳恳、兢兢业业。处里其他同志都比我年龄大，但对我的工作都很支持。当时，我入部时间还不到5年，其间还到国外留学近两年，为什么能当这个副处长？回想起来，除了部领导在特殊历史条件下大胆提拔中青年干部的魄力外，实事求是地讲，非洲局当时主要的工作，即同非洲独立国家执政党以及南部非洲民族解放运动组织的交往，是一项全新的工作，大家都没有经验，只能一起摸索，积累经验。其中有些工作，如翻译，要跑前跑后，可能更适合年轻人干。总之，不能不承认，我们这一代人，比许多老同志运气好，赶上了改革开放、开拓创新的时代。

在中国共产党同非洲国家执政党交往的大背景下，中央批准两部请示后，中联部从1978年开始正式以党的名义开展同非洲国家政党的交往。首先同两类政党交往。一类是长期同我友好、早就希望同我开展党际交往的政党，如坦桑尼亚革命党和赞比亚联合民族独立党。还有一类是表现出反对苏联霸权主义倾向的执政党，如索马里革命社会主义党。当然，并不是所有非洲国家政党从一开始就热心与我党交往。有些政党受西方影响较大，有些得到苏联大力支持，甚至就是苏联帮助建立的。但总的说来，我们当时所说的对非洲民族主义政党的工作由点到面渐次展开。

同非洲国家执政党开展交往以后不久，对南部非洲民族解放运动的工作也由对外友协负责转到了中联部。向我移交此项工作的，恰恰是1978年带队接待南非泛非大会代表团的林廷海。

亲　历

在同非洲国家执政党交往的初期，我只是对外交往一线的一名普通外事干部，是国际舞台上的群众演员。群众演员的乐趣之一，是以剧中人的身份目睹周围上演的活剧，在明星的身边一睹他们的风采。这里讲两个故事，从中可以看到中共同非洲民族主义政党交往初期的情况。

1982年10月，刚刚在中共十二大上当选为中央候补委员的中联部副部长李淑铮，应邀作为中共代表出席坦桑尼亚革命党二大，我有幸作为翻译陪同前往。中共代表出席坦党二大的主要任务很明确：在会上宣读中共中央的贺词，并向坦党领导人通报中共十二大的情况。其中最重要的活动是尼雷尔主席的会见，安排在大会开幕当天的上午 8 点。

当我们按时来到尼雷尔主席在达累斯萨拉姆郊外的住所时，中国驻坦桑尼亚大使何功楷等已先期抵达。这是一所其貌不扬的平房。会见将在与正房想通的一座凉亭中进行。那里陈设的家具十分简陋：一把高背木制扶手椅看来是总统专用的，放在凉亭一角，三面围放着几张木制长条椅，看来就是让客人落座的地方了。

稍候片刻，尼雷尔总统来了。他微笑着同我们一一握手。尼雷尔的名字自 60 年代起就为广大中国人民所熟悉，他来华访问和周总理访问坦桑时几十万人夹道欢迎的场面，通过新闻纪录片的传播，给人们留下深刻的印象。然而当我终于有机会同他正面相对时，却感到他比想象中更显苍老。

李淑铮同志对这次期待中的会见早有充分准备，大家落座后她便娓娓道来。她首先转达了中共领导人的问候，然后条理清晰、语言简洁地通报了十二大情况，还介绍了十一届六中全会的决议，特别是对毛主席功过是非的评价。

当时尼雷尔总统兴致很高。他对中共派代表与会表示热烈欢迎，感谢李淑铮同志通报情况，随后又谈起源远流长的坦中友谊。他特别提到，毛主席逝世后，有一段时间他对中国将来的发展趋势有过隐忧，担心苏联在斯大林去世后搞非斯大林化的情形会在中国重演。后来他去中国访问，会见了邓小平同志，小平同志亲自向他阐述了中国党对毛主席功过是非的评价，这才使他放下心来。

说到这儿，尼雷尔总统话锋一转："你们不要看今天他们对我颂扬、欢呼，天知道我死后他们会怎么骂我。我不是神，但也不是魔鬼。我是坦桑尼亚人民的领袖。难道能说坦桑尼亚人民20多年一直在追随一个魔鬼吗？"

听到尼雷尔这些有点激动的话，我心中有种异样的感觉：这位为坦桑尼亚人民的命运贡献了毕生精力的伟人似乎在总结自己的一生。曾几何时，如火如荼的民族独立运动曾迎来一段兴高采烈的日子；发表《阿鲁沙宣言》，探索本国发展道路的努力引人瞩目；以非洲彻底解放为己任，奉行独立自主外交路线的作为曾使世人刮目相看。然而事实证明，巩固政权，发展经济，改善人民生活，实现社会的发展与进步，所需要的不仅是勇气和牺牲精神，还要有必要的国内外主客观条件以及务实有效的政策措施。

几十分钟的会见很快结束了，尼雷尔起身送我们离开。我望着这位垂垂老矣的伟人心里想：历史终会做出公正评价。

中共同非洲国家执政党的关系在实践中逐步调整，改变了以往只同共产党交往的做法，是由同莫桑比克解放阵线党的关系这一具体问题促成的，然而两党之间第一次直接交往却是在1983年4月。当时，中共中央派出以中央委员伍精华同志为团长的代表团参加莫桑比克解阵党"四大"，我又有幸随同前往。

莫桑比克首都马普托看上去比达累斯萨拉姆更漂亮。蔚蓝的大海，万里无云的晴空，一丛丛、一片片怒放的三角梅，幽静的别墅区，高大的建筑群，宽阔的林荫道，都使人感到同想象中落后的非洲相去甚远。但走进商店却发现货架上空空如也，葡萄牙人逃离时留下的半拉子工程（他们已经走了八九年了）又告诉人们，这个新独立国家仍有诸多困难，政策中也不乏问题；而街头荷枪实弹的士兵和进入大会会场的严格保安措施又提醒人们，莫桑比克存在着严峻的安全问题。

莫解阵党"四大"的会场是一个规模不大、但很现代化的礼堂。会议期间，莫党全体政治局委员和外国代表团团长在主席台上就座，台下是大会代表，外国代表团的其他成员及随行人员都安排在二楼上，会议提供5种语言的同声传译。

大会开幕那天，莫党领导人全部身着黑色大礼服，使会场平添几分肃穆。萨莫拉主席作报告。他在报告过程中不时放下印好的讲稿，滔滔不绝地临场发挥。这位总统针对代表中有很多人是农民、工人和莫解阵老战士这一特点，时而做生动、浅显的比喻，时而做入木三分的剖析，话语抑扬顿挫、铿锵有力，再伴以飞扬的神采和有力的手势，始终把握着全场的情绪。当然，这也打乱了预定的时间安排，使会议拖得很长。

经过几天马拉松式的会议，莫解阵党"四大"终于如期闭幕了。会议结束的当天晚上，在总统官邸的花园里举行了盛大的露天招待会，大家都为会议的圆满成功感到高兴。席间，萨莫拉主席致祝酒词。出乎意料又在情理之中的是，他最后高举酒杯用中文说了一句"干杯！"。

第二天，正当我们收拾行李准备启程回国时，莫方官员前来通知：萨莫拉主席将于午前会见中共代表团。于是我们再度来到总统官邸。

总统官邸已无昨晚的热闹，显得幽静、深邃。礼宾官带我们来到外间休息室，示意我们坐下稍候，自己进去联系。一会儿，里间的门打开，我们走进屋里，这时笑容可掬的萨莫拉主席正朝门口走来。他身材不高，显得很结实，两眼炯炯有神。在他身后是莫解阵党外事书记希萨诺。合影留念后，萨莫拉拉着伍精华同志的手在一个长沙发上坐下。伍精华同志代表中共中央对莫解阵党"四大"圆满成功和萨莫拉再次当选主席表示祝贺，萨莫拉表示感谢。很快，谈话就变得无拘无束了。其中一段话给我留下很深的印象。萨莫拉说，我们这些人都是农民出身，没有读过多少马列的书。我们是通过中国了解马克思主义的。我们的许多指挥员都是"南京"(军事学院)培养出来的,在我们的营地有很多毛主席的书。

会客室中不时响起他爽朗的笑声。在整个会见过程中,希萨诺几乎一言未发。

3年之后,当我在美国参加非洲研究学会年会时,传来萨莫拉总统因飞机失事不幸去世的消息,与会的一些学者自发地举行悼念活动。会上,有的人从理论角度阐述莫桑比克实践的意义,有的回忆起在莫桑比克工作的往事,最后大家一道深情地唱起《我们绝不动摇》。看到一位"通过中国了解马克思主义"的非洲伟人在万里之外的异国他乡获得人们发自内心的敬仰,我感到一丝欣慰。

1984年,我又受命陪同著名历史学家、中央党史研究室主任胡绳代表中共出席津巴布韦非洲民族联盟党代会。那次出访第一站先到西德转机,中国驻联邦德国大使盛情安排胡绳一行前往马克思故乡特里尔参观马克思故居。出席会议之后,我们取道英国回国,又去拜谒了马克思墓。

十年小结

1984年暑假之后,部里安排我到中央党校参加为期两年的中青年干部培训班,系统学习了马克思主义理论和党的路线方针政策,加强了党性锻炼,还取得了研究生学历。中央党校培训之后回到部里,我希望有更多时间沉下心思考研究问题,考虑到地区处工作主要时间都忙于接待来访的代表团,于是我提出到相对超脱些的综合处工作的要求。1988年,我被任命为综合处处长。这一年也是开展以执政党为主的黑非洲政党工作10周年,我主笔撰写了一篇《对黑非洲各类政党与组织十年工作小结及对今后工作建议》调研文章。局领导也参与研究讨论并且作了修改,肯定我在文中提出的一些看法。

《小结》首先归纳了10年间联络工作成绩。我们先后同41个非洲各类政党和组织进行了各种形式的交往，接待了140余个代表团900余人次，派出40余个团组170余人次。截至当时，中共同非洲31个执政党、1个参政党、1个在野党、3个民族解放组织和2个共产党保持着良好的党际关系。此外，还以中国国际交流协会名义同9个国家的政党、政党筹建机构、政治组织以及知名人士建立了联系。政党工作，作为对非交往的一个重要方面，开辟了增进相互了解的重要渠道，促进了国家关系的发展，扩大了我在非洲的影响，为贯彻对非方针发挥了积极作用。

其次，《小结》梳理了我们认识的深化过程。在开展对非洲民族主义政党工作的初期，我们的认识局限于发展反帝、反殖、反霸特别是反对苏联霸权主义的国际统一战线的水平上。随着拨乱反正和交往实践的深入，我们认识到这种交往是支持被压迫民

陪同南非非国大总书记恩佐访问厦门大学

族的解放事业和新独立国家的建设事业的一个重要方面，开展这项工作，归根结底是为和平与发展服务的；发展同这些政党的关系，是一条争取非洲国家上层的有效渠道，做好这方面的工作有助于加深国家之间的关系，还有助于着眼于人民、着眼于未来，做青年一代、参政党和在野党的工作。总之，10年来，我们执行中央批准的广泛接触、尽量打开关系、多交朋友，多做工作、长期积累、影响和推动它们向进步方向发展的方针，同绝大多数非洲国家执政党、某些重要的参政党和在野党建立了关系，并同南部非洲民族解放组织进行了交往。

第三，《小结》总结了我们从十年工作中得出的几点体会。比如：着重政治交往，重点交换建设经验；形式多样，结合双方需要（除正式访问外，还包括出席党代会、休假访问等等）；尽可能注入经济因素，适当开展务实合作和帮助；努力做好对南部非洲解放组织、民主人士和政党的工作；对于一些不宜以党的名义直接来往的政党、政治组织和知名人士借助交流协会的渠道来往；以及总结经验，加强调研，使对黑非洲各类政党的交往建立在更扎实的基础上。

《小结》中还提出了初步看法：在同黑非洲各类政党关系普遍打开之后，我们要有选择、有重点地深入发展同一些政党的关系，为此要深入研究，回答一些重大问题：首先，黑非洲国家目前所处的社会发展阶段、面临的历史任务、同世界资本主义体系的关系及其发展趋势；其次，要把黑非洲各类政党放到本国发展特别是政治体制演变的进程中去认识；第三，非洲国家各类政党对如何完成民族化、现代化的任务提出了不尽相同的方针，因此有必要对非洲政党按其纲领、方针、组织等情况分类。

最后，《小结》对今后更好地开展工作提出一些建议。如在广泛接触的同时，突出重点，逐步深入，对此特别要考虑双方的愿望、需要与可能；坚持政治交往为主，重点交换执政特别是国内建设经验；继续做好对南部非洲等国际热点地区政党和其他交往对象的工作；扬长避短，更好地为党中央服务，为国内工作服务，等等。《小结》还建议，要积极贯彻中央外事工作领导小组关于今后每年应有一两批高级别代表团访问非洲的要求。

主管部领导蒋光化认真审阅，除做了认真审改外还提出要进一步研究的若干问题。

经过十年小结，我们本打算理清思路，大干一场。然而，1989年6月发生了北京政治风波。正是在西方大肆鼓噪"制裁"、人民共和国遇到严峻考验的时候，非洲朋友展现了患难之交的本色：风波之后第一个来访的外交部长、政府总理、国家元首都来自非洲。此后接连发生的是苏东剧变和非洲的多党风潮，我们同非洲国家政党交往进入一个低潮期：1990年全年非洲局只接待了4个代表团，数量锐减。

李瑞环访问非洲

虽然1988年中央外事工作领导小组就提出每年应有一两批高级别代表团访问非洲，但真正实现这一设想已是1991年。那一年，中共中央政治局常委李瑞环率团访问了非洲，首先过境埃及，然后访问了塞内加尔、布基纳法索、乌干达和布隆迪四国。

这次出访是70年代末期我党同非洲国家执政党开展交往以来派出的第一个党的高级别访非代表团。这次访问受到往访国党和政府以及人民群众热烈、友好、隆重的欢迎，国家元首、党政最高领导人都亲自出面接待。访问中，代表团认真贯彻执行中央批准的出访方针，李瑞环做了大量富有成效的工作，增进了与往访国高层领导人的相互了解和友谊。整个行程中，代表团与四国的会谈逐步深入，互相理解不断加深，由一般介绍到通报情况，再到小范围交谈，对方主动说明所处困境，倾诉苦衷，摆出疑虑，乃至征求意见。李瑞环有针对性地介绍我有关经验和方针、政策，态度诚恳，语重心长。总之，这次访问对促进中非关系和双边合作产生了积极作用和深远影响。

我作为随访英语翻译，对在乌干达期间特别是会见穆塞韦尼总统的情形印象尤为深刻。

乌干达自然条件得天独厚。首都坎帕拉几乎就坐落在赤道线上，但由于地势较高，并不像人们想象的那样炎热，称得上气候宜人，终年如春。穆塞韦尼总统是在位于恩德培的总统官邸会见李瑞环一行的，那里紧靠非洲最大的淡水湖维多利亚湖，可谓绿水青山。

我们在礼宾官的引导下走进总统官邸的后院，满眼绿草如茵，平坦的草地上支着一顶长方形的帐篷。穆塞韦尼总统早已等候在那里，他微笑着迎上前来与李瑞环同志握手、寒暄，大家一起走进那顶只有天篷的帐篷，在一圈早已摆放好的椅子上就座。

穆塞韦尼总统首先对代表团的来访表示欢迎，并重申希望中国最高领导人访乌。随后，他向李瑞环表示，对乌干达的情况和形势有什么问题，他很乐意回答。李瑞环同志问道，在当前复杂的国际形势下，在多党制的冲击下，一些非洲国家出现了复杂的局面，而乌干达的形势却很稳定，原因是什么？

的确，在当时的非洲大陆，"多党风潮"甚嚣尘上，然而乌干达却没有那种风雨飘摇的景象。以穆塞韦尼为首的全国抵抗运动不为任何蛊惑所动，继续坚持其独特的"运动"体制。我们都很希望听到总统的权威解释。

穆塞韦尼说，多党制实际上是发源于欧洲阶级社会的一种现象，各个阶级通过政党来表达他们的观点。而非洲基本上处于前资本主义阶段，阶级分化尚不明显，人口绝大多数都是农民，加上一些小资产阶级知识分子，也大都是农民的子女。可以说，欧洲社会被"水平切割"，形成诸多阶级，但社会上下层之间有相当的流动性；非洲则是被"纵向切割"，形成许多部族，这种分割又是相对固定的，一个人属于哪个部族，终生都不会改变。乌干达独立初期，由于移植了欧洲体制，也有许多党，但那些党都是代表部族或宗教的宗派集团。不久就导致危机，以后又发生了一系列军事政变。那种模式是搬来的，没有基础。这是非洲的独特情况，那些要实行多党制的人根本不懂。政党的模式在非洲缺乏基础，我们很早就认识到这一点，提出不搞党，而是建立一个所有群众都能加入的"运动"。我们不是一党制国家，我们不排斥任何人，人们也就没有借口成立反对党了。这样我们的国家就很平静、很稳定。虽然也有个别人喊叫几声，要恢复过去的体制，但老百姓没有反应。他们有过多党制的经历，知道那只会造成分裂。

接着，穆塞韦尼历数了非洲国家发展经济方面的经验教训，最后说：如果要做一个总的归纳，应该说是意识形态问题，独立以来非洲最严重的问题是缺乏独立的意识形态。

会见结束，回到车里，我问李瑞环同志对会见的印象。他回答说，穆塞韦尼的分析有他的道理，但把自然条件优越当成非洲人"懒惰"的理由其实站不住脚，其中还是有体制的问题。

在这次访问中，李瑞环热情友好、平等待人，特别是他有丰富的实践经验，面对非洲友人的悉心求教，他每每毫无保留地将中国处理类似问题的经验教训和盘托出。

这是我第一次陪同政治局常委一级领导同志出访，出访期间同李瑞环一起相处的时光，对我们来说也是宝贵的经历。给我留下深刻印象的不仅是他对外交往时的风采，还有对随行同志的关心和循循善诱。他曾长期在地方担任领导工作，有丰富的实践经验和高超的领导艺术。对我们这些长期从事外事工作的同志,他不厌其烦地解释基层和地方工作的特点和基本思路。这次难得的经历更使我认识到,要做好外事工作,除了"知彼"更要"知己",正所谓"汝果欲学诗,功夫在诗外"。

1992年4月,中共中央政治局常委李瑞环会见来访的乌干达全国抵抗运动全国政委、政府第一副总理卡泰加亚

党际交往服务总体外交

20世纪八九十年代,苏东剧变之后,非洲各国受到"多党浪潮"的冲击,台湾也借机加紧开展"弹性外交"。为加强同非洲友好国家的关系,扩大我影响,中央批准以中联部部长朱良为团长、北京市委副书记李其炎为副团长率中共代表团于1992年1月访问非洲。

非洲形势的演变对中非关系产生了一些影响。在赞比亚,同我党有着良好关系的原唯一合法政党联合民族独立党在该国改行多党制后的第一次大选中败北，将中国称为"全天候朋友"的卡翁达总统下台。形势变化了，中赞两国友好关系是否会受到影响？大选前，我党因顾及执政党，拒绝与反对党来往，多少有些疙瘩。卡翁达领导的联合民族独立党败北，成立不久的多党民主运动上台。据了解到的消息称，台湾当局利用该国政局的动荡加紧了活动，这不能不引起我们的警觉。于是，朱良部长决定此次出访将赞比亚作为第一站，以我大使客人名义过境，寻求机会同新上台的多党民主运动接触，为配合国家总体外交尽一份力。

1月17日上午，本来说好赞比亚新任总统奇卢巴会见代表团，但对方临时却以奇卢巴不在首都为由，改由担任政府外长的多党民主运动国际关系委员会主席姆旺加会见。姆旺加外交经验丰富，做了积极表态。他代表总统和赞比亚政府热烈欢迎代表团来访，表示赞方珍视赞中关系，希望继续开展各领域合作。姆旺加还介绍了赞比亚国内的情况。他说，过去几个月赞比亚发生了巨大变化，这是世界变革的一部分，但又有自己的特点，不是外部强加的，而是本国人民做出的符合自身利益的选择。

朱良介绍了中国共产党对外交往的情况。他说，迄今中国共产党同世界上110多个国家的270多个政党保持着来往或接触。很显然，在许多国家会同多个政党有来往。我们在来往中坚持独立自主、完全平等、互相尊重、互不干涉内部事务四项原则。所谓"互不干涉内部事务"，既包括不干涉交往政党的内部事务，也包括不通过党际交往干涉对方国家的内部事务。我们尊重赞比亚人民的选择，对多党民主运动在大选中获胜表示祝贺。在国际事务中，我们认为应当更加重视非洲的声音，因此支持非洲人担任联合国秘书长。朱良还简要介绍了中国改革开放和国内经济社会发展情况。

下午，多党民主运动全国主席奇皮诺、副主席祖卡斯会见朱良一行。他们简要介绍了多党民主运动的情况。该组织成立于1991年7月，随后在改行多党制以后的第一次大选中获胜上台执政。迄今，他们还没有考虑过开展对外交往的必要性。朱良表示，多党民主运动虽然历史不长，但奇卢巴总统长期从事工会运动，并同中国工会领导人有过交往与合作。发展中国家都共同面临着发展经济的任务，交流经验有助于取长补短。他还介绍了中国共产党开展对外交往的情况、遵循的原则、发挥的作用。听了这些介绍后奇皮诺表示，同中国共产党70年历史相比，多党民主运动只是一个婴儿。显然，了解你们党如何取得胜利对我们也会有启发。你们的来访使我们知道到中国应该找谁。我们也很赞同"四项原则"。

朱良会见赞比亚前总统卡翁达

18日下午，代表团还拜访了联合民族独立党领导人卡翁达等老朋友，并进行了亲切友好的交谈。卡翁达对中国坚持既定路线和方针表示高兴，并强调世界需要中国坚持自己的立场，发挥重要作用。

这次"过境访问"达到了预期目的。

部长"授课"

经过一段短暂的扑朔迷离之后，中赞关系继续向前发展。到1993年10月，奇卢巴总统应江泽民主席邀请来访，两国关系进入了一个新阶段。随同奇卢巴总统来访的人员中有多名多党民主运动的官员，甚至还有几名反对党的领导人。奇卢巴总统在同江主席会谈时提出，希望听取关于我国政党体制和党建工作的介绍。于是外交部邀请时任中联部部长的李淑铮同志于9日下午在钓鱼台国宾馆18号楼与奇卢巴总统一行座谈。我受命担任这次座谈的翻译工作。

当我们按预定时间走进会客厅时，奇卢巴总统和参加座谈的赞方人员已在呈马蹄形摆放的沙发椅中主人的一方就座。李淑铮赶忙走上前，同起身迎来的奇卢巴总统握手致意。双方就座后李部长先就座谈的方式征求了对方的意见，随后开始介绍。

我坐在李淑铮侧后面专门准备的椅子上，一面努力准确流畅地翻译着她的讲话，一面留心观察眼前的这位国家元首。奇卢巴总统身材并不算高大，似乎面带倦容。或许是长途飞行的时差还没有适应过来？要不就是安排紧凑的国事访问使他感到有些疲劳？不少人有午后小憩的习惯，而介绍内容又充满"中国特色"，我真担心总统会因疲劳而闭上眼睛。幸好我看到他频频点头，前方不远的其他赞比亚客人也聚精会神，有一位还不停笔地做记录，我这才多少放下心来。

事先做过充分准备的李淑铮部长和中组部的有关负责同志用了不到一个小时，言简意赅地介绍了情况后，我急切地希望听到奇卢巴总统的反应。尽管我已感到他对介绍是重视和感兴趣的，然而他的坦诚仍然出乎我的意料。

奇卢巴总统首先感谢中方的详细介绍，并对中共建党70年来一直保持旺盛的活力表示钦佩。随后他话锋一转，谈起赞比亚国内的情况。他说，目前赞比亚国内的民主制度仍很脆弱，国内存在着不稳定因素。多党民主运动还只有3年的历史，许多人缺乏献身精神和纪律观念。由于赞比亚实行的是开放型的多党制，多党民主运动是群众性的政党，这种情况更难改变。总统略为沉吟，接着说，当然，政党在赞比亚并不是新鲜事，独立前就有非洲人国民大会，后来联合民族独立党取而代之成为执政党，1972年又成为唯一合法政党，直到1990年底。但是这个党的活动使人们对政党、政治失去信心。同时经济形势不断恶化，人民生活苦不堪言。联合民族独立党失去了人民的信任，导致普遍失望和不满。目前各个新党就是在这样的政治气候下开展活动的。同时，"民主"的形式在当前风行一时，这也于事无补。一些人以为我们只是赶时髦，把国外的制度搬来，不知道对我们来说建立新的民主制度是生死攸关的事。要恢复人民的信心，重新塑造人民的精神面貌，党内志同道合的关系十分重要。党的核心要发挥领导作用，要有纪律。现在有些人以为民主就是想干什么就干什么。我作为多党民主运动的领袖，最大的困难在于如何使这个党有起码的纪律。说到此，奇卢巴总统希望中方做进一步介绍。

时间匆匆逝去，不知不觉这次座谈已延续了1小时45分钟。李淑铮同志知道访问行程安排中，李鹏总理4点钟还要会见奇卢巴总统，随即表示欢迎多民运派团来访，以便双方更深入地交流情况。奇卢巴总统也欢迎中方派团访问赞比亚。座谈在双方握手和愉快的道别声中结束。

"挂职"

如果有人问我：在中联部工作期间哪一年收获最大？我会说到山东桓台"挂职"担任县委副书记的那一年。

我这么说有两个理由。

一是我体会，一辈子做外事工作，但深刻认识国情、认识我们的党，实在是做好外事工作包括国际交流和研究外国问题的基础。就像一个人本民族语言水平不高，那外语肯定学不好一样，一个人如果对本国都孤陋寡闻就绝对不可能成为外国问题专家。到中联部以后，只有挂职那一年我是下到基层，通过工作实践了解国情，也是空前绝后的机会。

二是在"县"这个宏观之尾、微观之首的层面上、在县委副书记这个岗位上，不仅可以了解国情，还可探查感受我们的体制到底是如何集中力量办大事的。这符合中国传统认识论的特征——知行合一。

当年在陕北插队，让我了解了农村，但走进机关多年后，当年插队积累的国情知识已经消耗得差不多了，更何况形势已经发生了很大变化。1995年春节过后到1996年春节前的这次"挂职"被我称之为"插县"，让我从一个承上启下的层面了解我们的党、国家和体制。

我从1988年8月担任非洲局综合处处长，1990年2月改任东非处处长，到1995年初在正处级岗位已有6年多了。我工作不懈努力，联络、调研等也都有一些进展，但似乎此时进入了一个平台期，需要采取措施充充电，于是向组织表示希望能挂职锻炼。

组织上同意了我的要求并安排我到山东淄博桓台县，挂职担任县委副书记。

一直以来，桓台县在多个方面都是先进典型。通过多年努力，当时它不仅跻身全国综合实力"百强县"，同时也是中组部命名的"党建先进典型"。先进往往是有传统的。山东历来有"粮食不压桓"的说法，还在人民公社时期，桓台就是我国北方第一个粮食产量"上纲要"（亩产超过400斤）和"过黄河"（亩产超过500斤）的县。改革开放之后，尽管粮食生产效益不高，桓台却没有放弃这个传统优势，继续努力，建成江北第一个（粮食亩产）"吨粮县"。这里自然条件优越，是典型的华北大平原。全县一马平川，平均海拔只有几米，农田基本建设一直处于先进水平。由于自然条件好，人口密度高——507平方公里土地上生活着47万人民，这又使桓台人民不得不较早发展粮食和农业以外的副业，逐渐成为山东"建筑十强"之首。在此基础上，发展"乡镇工业"。总之，桓台作为一个先进县，实际上是中国农村发展进步的缩影。

当然，我不仅想通过解剖桓台这个"麻雀"来认识中国农村的现代化进程，更想实际了解中共在其中如何发挥领导作用。挂职的优势就在于，你不是以一名学者的身份研究中国的现代化，而是以县域领导成员的身份知行合一地实践。

县委副书记都干些什么工作？我的概括是学习、调研、决策、检查、总结、部署。当然，作为挂职的副书记，我基本上就一项任务：学习，向上下左右学习，向人民群众学习，向工作实践学习。

由于我是从中联部到基层来挂职的，缺乏长期实践的积累，首先还是要花很大气力学习书本知识，包括县志。对于分管工作，更要认真学习文件，熟悉方针政策。

在基层，最常用的学习方式是调查研究，也就是毛主席所说的"学个孔夫子的'每事问'"。因为常常遇到的问题不仅书本里没有答案，可能连中央文件里也没有。我到了县里以后最初的日子，除了开会就是"串门"：先是县委、县府机关，然后是各个乡镇，包括当时还很红火的乡镇企业，再往后是结合工作有针对地走访。县里一些先进典型我基本都去过，希望通过了解他们的创业史，积累一些知识和经验。

关于决策，这当然应该是学习研究的重点。但有一类决策挂职干部很少发言，那就是人事安排。而人事安排既是基层做工作的重要手段，也涉及太多人的利益。这些年来，中国有很多例子：一个单位长期搞不好，换个一把手面貌焕然一新。农村还有这样的说法：给钱给物不如建个好支部。一些干部得到破格提拔，往往是在艰苦地区或困难岗位干出了成绩。但我们挂职领导缺乏对干部的深入了解，一般不好急于发表实质性意见。除此以外，我挂职那一年正赶上 5 年召开一次的县党代会，一年一次的"两会"，平日也还有书记办公会、常委会等等。这些会议往往就是民主集中制的缩影。各级党委总揽全局、协调各方。党委最重要的职能是决定方向，任命干部，宣传动员，加强自身建设。人大将党委决策变成国家意志，政府利用财政动员公共资源推进经济建设和各项事业。在我们的体制下，领导和决策都是集体进行的，领导班子内部有分工。集体讨论和决策时，分管同志先发言，提出处理意见，其他同志从不同角度论证，第一把手在听取发言的过程中基本形成结论，最后发言拍板决定。

如果没有挂职的经历，一辈子只做外事工作，我们的眼界和思路就会受到限制，极而言之就会陷入形式主义，为联络而联络、为交往而交往。做好党的对外工作，需要具备相应能力、知识和水平。当具备所有所需能力的复合型人才不足时，我们往往通过分工，靠一个集体来完成任务。但长此以往，分工有时又限制了个人潜力的发挥、知识的积累和能力的提高，使我们局限于眼前的岗位。于是，当组织或者工作向我们提出更高要求的时候，我们可能缺乏思想和实际准备，感到难以胜任，知难而退。对外交往的全部能力、知识和水平不是在工作岗位上自然而然就可以获得的。除了个人努力外，必须根据工作需要不断充电。提高外语、专业知识乃至党性锻炼的必要性更易于理解，实际上在中国，多岗位锻炼是干部成长过程中最宝贵也是最稀缺的资源。

对比我从事的对非工作看，非洲人最需要的是找到符合本国国情的发展道路，中国在这方面取得了举世瞩目的成就。中国的经验，包括教训，对非洲有何启示？如果能够讲清楚这一点，同非洲的党际交往显然将具有强大的生命力。而要深刻认识这一点，就不能仅仅通过文件和报道了解中国和中国共产党，而要走"知行合一"的路。

小　结

这一章讲的是我在中联部作为"国际舞台群众演员"的经历。其中有两个要素。一是经过十年内乱，中国共产党要重新登上国际舞台；二是我要有当好群众演员的能力。前者通过党的对外工作指导思想和实践中的拨乱反正实现了，后者则在组织关心、创造条件，老同志手把手地传、帮、带，以及自己努力下完成了。其中个人努力这一部分可以说实践了毛泽东当年强调的："要自学，靠自己学"，"学问是自己抓来的"。

回过头来看，这也是逐渐形成特色和优势的阶段。特色之一是认真："世界上怕就怕'认真'二字"；从事对非工作，非要问问交往的目的是什么。特色之二是"对外开放"，即国际学术交流，改变关起门来搞调研的传统做法，使我们对非洲的认识与世界同步，同时还保持着我们的优势。特色之三是接地气，以"知己"支撑"知彼"，以"知己知彼"支撑党际交往，锻造出对非工作的真功夫。这些也是下一章的主题。

第五章 知与行

知：调查研究

同非洲民族主义政党交往是一项开拓创新的工作，因此不能不更加重视调查研究。

尽管交往是全新的，但了解、认识、研究对方并不完全是白手起家。早在60年代初期，中联部就设立了西亚非洲研究所等4个研究所，当时编写过《非洲民族主义政党概况》一书。"文革"期间研究所受冲击，机构被解散，人员被下放。1977年11月，当时的部核心小组决定恢复西亚非洲所，后来划归社科院。我刚到中联部的时候，西亚非洲所和西亚非洲局还是一个单位，我们综合处的主力实际上来自当年研究所的图书资料室。耳濡目染，非洲局从一开始调研的氛围就比较浓厚。

调研工作的第一步，是准备一些简单明了的参考材料，供接待代表团和出访使用。其次，是跟踪形势，包括对象党和国家政局当中的重要事件。接下来，我们希望找到结合中联部工作认识、研究非洲的切入点。记得我和同事曾合作撰写《西方马克思主义学者论第三世界问题》，就是希望从中找到一点线索。1986年，我们曾积极参加部里召开的"非洲社会主义"问题研讨会。这时，我们在坚持以马克思主义为指导的同时，注意改变从概念、原理和结论出发，用我们的愿望和理解去套外国的实际，再寻找事实，铺就成调研文章之类的做法，努力寻找客观认识非洲的突破口。

就在这个时候，我们遇到了一次历史性的机遇。

学术交流

就像新时期对外开放加快了我国经济发展和经济体制改革一样，国际学术交流也对我们提高认识非洲的水平发挥了重要作用。而且，这种交流同样是各有所需、互利双赢的。

具体地说，当我国进入改革开放新时期以后，美国主流社会即萌生了同我国学界开展外国（按他们的说法是"区域"）问题研究交流与合作的想法。80年代初，福特基金会安排美国6名研究世界各个地区问题的顶级专家组团应社科院邀请来华访问，交流、考察中国对世界各个地区研究的情况，以决定基金会重点资助两国学界就哪个地区的研究开展合作。福特基金会在了解了中国学界对世界各个地区开展研究的情况后，认为中国在非洲的影响正在上升，美国在非洲一些国家的影响却是空白，资助中美学界就非洲研究开展交流与合作，或许将来可以通过影响中国的学者来间接影响中国的对非政策。

福特基金会这一决策的提出者和具体执行者，一个是驻东亚代表盖特纳（他的儿子20年后当了美国的财政部长），另一个是国民党元老于右任的孙子于子桥。于子桥在美国教书，在台海两岸人脉广泛，又是研究非洲的专家，他的博士论文写的就是中国的对非政策。福特基金会请他出面，联合6所在非洲研究方面享有盛誉的大学共同组成"美中非洲研究交流委员会"，希望中方也能成立类似机构开展交流。

中方对美方的建议予以积极回应。当然，中美两国国情不同，发展阶段不同，社会制度也不同。美国二战以后利益遍布全球，深感了解世界各个地区的重要，于是大力支持大学、智库开展区域问题研究。从美国的国情出发，研究的主力是大学和智库，政府部门除内部研究以外，也提供资助支持研究及相关人才的培养。而改革开放初期的中国，大学科研还在恢复中，面临许多困难，尚未成为研究外国问题的主力军。因此，中方决定由社科院西亚非洲所牵头开展两国非洲学界的交流与合作，我们则以中国国际交流协会研究中心的名义参与。开始时，于子桥觉得中国国际交流协会是中国共产党同各民主党派、无党派人士、各界知名人士联合发起成立的，对我们参与交流合作似乎还有所保留，但经过几次成功合作也就不再推三阻四了。

为我所用

最开始，中美非洲研究交流与合作的主要方式是通过互访相互介绍各自研究的情况，并就共同关心的问题交换看法。起初，中美非洲研究基本不在一个层次上，因此，我们邀请他们来，基本是听他们作学术报告，中方学者去则有短期访问和提供一年奖学金两种形式，但都是进修或深造性质，相关费用大都由福特基金会提供，于子桥具体掌握。

我第一次参加中美非洲学者的交流是在1986年，主要是参加美国"非洲研究学会"（ASA）年会，同时走访加州大学洛杉矶分校、伯克利分校、威斯康星大学等交往合作伙伴。在年会下榻的旅馆里，我们遇到了现代国际关系研究所的朱重贵和阎学通。那时朱重贵几乎搞了一辈子非洲研究，却一直没有机会到非洲访问，第一次出国却是到美国。转年，阎学通利用美方提供的奖学金到美国读博士，后来改行研究中国外交与安全战略。

那次访问虽然时间不长，但通过走访几所大学的非洲研究中心和出席年会，基本搞清楚美国非洲研究的来龙去脉、总体状况、关心所在、日常运作和体制机制特点。概括起来说，美国的非洲研究，同人才培养密切结合。以帮助学生获得硕士或博士学位的形式起步，通过这一过程使学生掌握必要的语言、文化、历

赴美参加学术交流

史知识，了解本学科知识积累的整体情况、新出现的研究课题，以及所选择课题的主要学派、进展情况，在完成相关课程的学分后，同导师商定论文选题，到对象地区实地考察、搜集资料、撰写论文，通过答辩后取得学位。学生毕业后，有的到相关部门任职，有的在大学任教，有的担任国会议员的助手，有的到"美国和平队"或非政府组织当志愿者，积累一定经验后再去读更高学位。在校教师往往每隔几年就利用研究假脱离日常教学撰写专著。专门从事区域问题研究的学者，学业有成又有一定关系者，有机会通过政府、院校和智库之间的"旋转门"到国务院等政府部门或驻外使馆等实务机构任职，积累实践经验，然后再回到学校或研究机构，从事教学或著书立说。除了政府支持之外，由于美国有着大量不同名目的基金会，为各类事业提供资助，从而养活了各类智库和研究机构，既有百家争鸣，又通过年会相互通气，实现最低限度的协调。总之，我感到美国这套研究外国问题的体制机制的特点是学科支撑、智库争鸣、"旋转门"和全国性组织推进，尽管可能养了一些滥竽充数的人，但总体上既可满足支撑美国政府和主流社会决策的需要，也符合深化认识和人才培养的客观规律。

反观当时我们自己的调研，相关人员往往是学外语出身，相关知识基本上是靠"在游泳中学习游泳"的办法在工作实践中逐步积累的；同时日常工作最受重视的还是对外交往，调研基本属于"副业"；此外调研工作基本以行政手段推动，自上而下布置题目，自下而上层层审改。尽管这种状况一时半会儿难以改变，但看到差距、缩小差距的办法也基本清楚了，更何况我们也有我们的优势。

我们的优势在哪儿？首先，同国内其他单位相比，中联部非洲局基本属于一个"结合部"。我们虽然不像外交部那样在一线处理国家关系中的实际问题，但也没他们那么忙，有更多时间开展调查研究；我们虽然不像研究所那样能够全力以赴搞研究，但我们有特定的交往对象，有更多实地考察的机会，因而较少有闭门造车的风险；我们到现场的机会没有新华社记者多，但我们没有发稿任务压着，而且我们有时间、也有必要深入思考一些重大问题。同国外比，我们首先有朋友、有特定的交往对象，因而有书本和媒体以外的信息来源，我们还有更科学的世界观和方法论。尽管美国的非洲问题专家已经在一定程度上把非洲研究变成了一个学科，但他们做这门学问的方法往往不如运用马克思主义思想方法研究问题更深刻。现在的问题是，如果我们不去占有关于非洲的实际材料，用马克思主义之"矢"去射非洲问题之"的"，潜在的优势就不会变成现实的优势。

看到差距，就要扬长避短。我们的一个长项是，研究与交往相辅相成：研究使交往更为自觉，交往则为研究提供了重要的感性知识。为了弥补学术准备不足的短项，就要利用各种办法补课，尽可能做到站到巨人肩上。同时，非洲研究中价值最高的，还是通过参与实践或实地考察直接获得的第一手材料。从1987年开始，除了传统的友好代表团以外，部里还派出考察组到非洲访问。考察组大都由局领导亲自带队，成员多由综合处派出。每个国家都停留10天以上，既拜会高层、走访部委，又深入厂矿农村。每个国家最后一项活动，大多是同使馆座谈，交流考察心得。第一年我们去了赞比亚、博茨瓦纳和坦桑尼亚，第二年又去了索马里、肯尼亚和毛里求斯。考察的内容，聚焦我们的交往对象——非洲国家的执政党，同时了解他们的国情、制度、体制机制、方针政策以及自身建设。

再上一个台阶

这时，于子桥和福特基金会已不满足于两国非洲研究机构之间的相互走访，而希望使交流与合作再上一个台阶，比如联合举办研讨会。经过数轮磋商，双方商定于1988年4月召开第一届中美非洲问题研讨会，主题为"撒哈拉以南非洲国家经济困难的原因"。

这的确是当时非洲研究中的热门话题，为此非洲国家从70年代起就同国际货币基金组织（简称"基金"）和世界银行（简称"世行"）展开了一场论战。以尼雷尔总统为代表的非洲国家领导人认为，导致非洲国家经济困难的一是历史原因，包括奴隶贸易和殖民统治，以及由此造成的畸形经济结构；二是外部原因，主要是不公正的国际经济秩序。他举出一个典型的例子：几年前坦桑尼亚出口一吨棉花就可以换回一辆卡车，而现在要4吨。为此，非洲国家要求西方加大对非洲的援助力度，尽早兑现发达国家将国民生产总值的0.7%用于援助的承诺。代表西方国家的"基金"和"世行"则认为,非洲国家经济困难的主要原因是非洲国家政府"过激、过左",过多地参与和干预经济,造成政府财政赤字和本国贸易逆差,进一步引发通货膨胀,而政府的管控和补贴又使市场机制失灵,无法释放正确的价格信号;因此非洲国家政府应减少对经济的参与和干预,实现经济平衡。

我第一次接触这一问题,是1986年访美期间参加世界银行主办的一个研讨会。在会上,世行分管非洲事务的副行长杰科克斯很高兴看到有中国学者与会,特地过来打招呼。他告诉我自己原来是世行驻中国代表,在中国度过一段美好时光。我马上想起在山东德州参观过的世行项目:改革开放初期,农村实行联产承包责任制,农业科研机构研制成功棉花良种,通过世行贷款、国家配套资金、群众投劳,引黄河水灌溉,使当地农民迅速脱贫致富。杰科克斯特别强调,世行希望继续同中国开展合作,因为"中国既不放弃社会主义,又同世行密切合作",这一成功案例有助于说服安哥拉等"坚持社会主义"的非洲国家。回国后,我开始研读世行的《世界发展报告》,特别是系统反映世行(以及西方发达国家)观点的"伯格报告"——《撒哈拉以南非洲的加速发展》。

在20世纪70和80年代,世行和基金对非洲的重要性不断上升。开始,世行主要为基础设施项目贷款,到1979年和1982年,分别设立了"结构调整贷款"和"行业调整贷款",向非洲国家提供优惠贷款,但条件是必须制定得到基金认可的经济政策——一般表现为"结构调整方案"。后来,不仅是世行贷款,可以说所有西方国家官方援助都以基金认可的"结构调整"为条件。这两家多边金融机构不仅提供资金,而且提供思想。它们通过每年春秋两次会议,以及各种名目的培训,定期联系各国主管官员。基金和世行的刊物,包括年度报告和专题报告,也有广泛影响。世行聘用了世界上最大一支发展经济学家队伍，其中不少人来自发展中国家，但大多在美国和欧洲大学受过教育，接受新古典主义经济理论，薪金优厚，通过他们宣传西方主流观点更易于被接受。到这时，非洲国家独立初期的乐观气氛已不复存在，对发展经济的评价趋于负面，为市场恢复名誉的努力声势浩大。总之，从70年代非洲社会主义和一党制风行一时，到80年代结构调整和多党民主甚嚣尘上，基金与世行实在功不可没。

　　1988年同于子桥一道领衔出席第一届中美非洲问题研讨会的正是"伯格报告"的作者。这种研讨显然不是纯学术性质的。

　　这时，我们通过同非洲国家各类政党的交往、参加各类国际学术交流以及赴非洲实地考察，增加了对非洲的感性知识和理性知识，也更加认识到非洲发展问题的复杂。

　　考虑到这一问题的敏感性，我们在研讨会的发言中强调，造成非洲国家经济困难的原因是复杂的，既有历史原因又有现实原因，既有外部原因又有内部原因。参加研讨会的世行著名经济学家伯格教授追问：那有没有主要原因？我们说，那要具体国家具体分析，不能一概而论。同时提醒与会者，要更加关注非洲同其他大陆不同的"洲情"，除了看到非洲国家经济困难的显性原因，如旷日持久的旱灾、外部经济条件恶化、政策失误、动荡不安的周边关系和国内政局不稳等等，也要看到落后的生产方式、畸形经济结构基础上的外向型经济和尚未找到符合国情的发展道路等更具根本性、普遍性和长期起作用的原因。

　　总之，通过调查研究和国际学术交流，我们对非洲的认识逐渐深化。当然，既不能关起门来搞调研，也不能随波逐流。不是为交流而交流，而是为了在比较中发现不足、形成特色和优势，更好地开展对非交往。

行：探索对非工作的有效途径

在对外交往过程中我逐渐感到，每一位首次到中国访问的人都会发现中国同他以前的想象完全不一样。因此，做好党的对外工作，最基本的就是告诉我们的交往对象：真正的中国是什么样，为什么是这样，怎样成为这样。换句话说，就是告诉对方一个真实的中国，以及中国共产党长期以来积累起来的正反两方面经验教训。当然，要做到这一点，不仅要了解我们自己，也要了解对方，包括对方的文化、历史、思维习惯，以及他们面临的历史任务、瓶颈和出路等等。在对外交往中，谁更知己知彼，谁就更能影响对方。如果我们能够在知己知彼的基础上说明中国经验的启示意义，帮助对方找到符合本国国情的发展道路，那将有助于提升我们的软实力。这不容易，但我却有过一段渐入佳境的感觉。

同埃塞俄比亚执政党的交往

1991年，埃塞俄比亚门格斯图政权被梅莱斯·泽纳维领导的"埃塞俄比亚人民革命民主阵线"推翻。据报道，埃革阵提出的口号是要"用真正的马列主义和社会主义取代门格斯图的假马列主义和假社会主义"。1992年，钱其琛外长访问埃塞俄比亚，次年埃塞外长塞尤姆回访，并提出建立两党关系，为此他专门会见了中联部部长朱良。1994年埃革阵派团来访，要求进行内部访问，重点是学习中国发展农业的经验。

据我们了解，埃革阵是1989年由提格雷人民解放阵线和埃塞人民民主运动联合组成的。提人阵成立于1975年，曾十几年开展武装斗争，其口号由争取提格雷民族利益转为推翻门格斯图统治，夺取全国政权。为扩大代表性，放眼未来全国政治舞台，提人阵推动国内最大民族奥罗莫族成立奥罗莫人民民主组织，并于1990年将其吸收进埃革阵，同时将埃塞人民民主运动改名为阿姆哈拉民族民主运动，成为阿姆哈拉民族的政治组织。1991年1月，埃革阵举行首届代表大会，提出"面包加民主"的口号。其后数月，埃革阵武装力量迅速壮大。同年5月，以武力推翻门格斯图政权。7月1日，梅莱斯主持召开由20多个政治派别和民族组织参加的全国和平与民主过渡会议，并主导成立过渡政府。1993年11月，由埃塞南方17个少数民族政治组织联合成立的南埃塞人民民主阵线加入埃革阵。这样，埃革阵最终由四个以民族为基础的政治组织联合组成，它的代表大会以及大会选举产生的领导机构都由4个组织均等派出代表组成，其中全国执委会当时有20名成员，每个组织出5名；中央委员会80人，每个组织出20人。

1994年埃革阵派出的第一个代表团由6名执委和外事部主任组成。团长是宣传和组织工作总负责人提沃尔德，实际上是埃革阵分管党务的第二把手。其他成员包括奥民组主席、过渡政府内政部长，宣传工作负责人，提格雷州州长，阿民运副主席、阿州州长，组织工作负责人、阿民运书记处书记和外事部主任海尔。由代表团组成即可看出，埃方对中共极为尊重和对这次访问的高度重视。

那次访问从4月18日开始，到5月2日结束。时任中联部副部长的宦国英除到机场迎接外，还同代表团举行会谈。在会谈中对方表示，他们一直关注着中国的进程，并从中国的成就中受到鼓舞；目前，国际形势对世界工人运动不利；希望通过此访同中共建立友好关系，并达到三个目的：一是重点了解中国农村发展经验与情况，二是听取中方关于社会主义市场经济理论的介绍，三是就国际形势及世界工人运动交换意见。宦国英赞赏他们的友好表示，简要介绍了中共历史和当前工作，并建议他们多走走、多看看，增加关于中国的感性知识。

我全程陪同代表团访问，按照对方的要求，以农业发展为切入点，参访中国的东、中、西部，精心设计安排行程。我们从农业发展水平最高的北京郊区顺义开始，而后前往地处"天府之国"四川的都江堰，再到贵州省黔西南自治州的首府兴义市。当时我们国家刚刚开始实施"八七扶贫攻坚计划"，准备以7年时间解决全国8000万贫困人口的温饱问题，而8000万贫困人口中就有1000万生活在贵州山区。我们从省会贵阳一路向西南驱车数百公里，沿途看到大片石漠化山区，代表团成员无不为贵州人民顽强的生存努力而折服。他们感叹道，这里的土地不是上帝奉送的，而是当地人民一点点从石头缝隙里抠出来的。结束对贵州的访问后，代表团又参观了天津开发区。作为全程陪同，我同代表团朝夕相处，利用这些机会介绍参观的背景，同时了解代表团成员的经历、看法及访华体会。

代表团回京后中共中央政治局候补委员、中央书记处书记温家宝会见。温家宝赞赏对方与中共建立友好关系和开展交往的愿望，表示双方都是执政党，中共愿在独立自主、完全平等、互相尊重、互不干涉内部事务四项原则基础上发展两党关系，并相信这种交往必将有助于两国友好合作关系深入发展。

提沃尔德告诉温家宝，埃革阵的领导核心正在研究在当前国际形势下应该如何开展国内工作，并且特别重视中国的情况和经验。他们感到国内外形势严峻，国家面临分裂和破产的威胁，前军政权又败坏了社会主义的声誉。然而通过这次访问，他们亲眼目睹了中国深刻、迅速的发展变化：城市充满生机活力，农村开展多种经营、发展乡镇企业，扶贫事业有序推进，私人企业家对前途和政策抱有信心；中央和各级政府努力发展经济，重点帮扶弱势群体。总之，不仅深受鼓舞，还学到了很多东西。埃革阵目前正处于从丛林到城市转变的关键时期，今后主要工作是发展经济，中国经验很值得参考借鉴。

温家宝介绍了中共领导国家发展的基本经验和当前的中心工作。他简要说明了中共对发展道路的艰辛探索，以及由此形成的基本路线和社会主义市场经济理论。重点介绍了党的十四大和十四届三中全会作出的三步走战略部署，以及处理好改革发展稳定关系的举措。总之，通过党际交往渠道，中方愿意进行无保留的介绍，同时相信埃塞的朋友会根据本国实际正确地决定自己的政策。

提沃尔德最后表示，访问取得极大成功，所有期待都得以实现，对中方安排表示衷心感谢。

1997年，埃革阵又派出包括多名执委组成的高级代表团来访，重点探讨通过党际交往推动经贸合作的可能，我再度全程陪同。

同年，我有幸率工作小组对埃塞俄比亚进行考察，进一步增加了对埃革阵的了解。考察期间，埃革阵领导人亲自介绍本党对国情的分析及治国理政的思路。他们显然对中共努力寻找符合本国国情发展道路的阐述留下深刻印象，并在全党展开讨论，最后通过全国代表大会达成了共识，这就是以农业发展为先导的工业化战略。下一步，他们迫切希望同中方开展务实合作。为此，他们邀请我们工作小组考察提人阵下设的重振提格雷基金。这个基金实际上是提人阵发展工业的重要机构，相当于控股公司，但名义上是为抚恤烈士遗属、安置伤残退伍军人等慈善目的设立的，因而可以享受减免税收等优惠待遇。我们飞赴提格雷省会马克雷，拜会提人阵分管基金事务的执委，随后又驱车前往阿克苏姆等地，考察纺织厂、卡车改装厂等下属企业。我们穿行在一块有深厚历史感的土地上：这里不仅有提人阵开展武装斗争时的根据地，还有1896年埃塞军民击败意大利入侵者、从而捍卫了民族独立的阿杜瓦战场。我意识到，埃革阵成为非洲大陆上探索本国发展道路决心最为坚定的执政党绝非偶然，因为埃塞俄比亚是非洲大陆上极少从未沦为殖民地的国家（它只是在二战期间被意大利法西斯非法占领）。考察临近结束时，蒋正云大使为工作小组访问举行宴会，1994年访华的执委几乎悉数出席。通过这次考察，埃革阵探索符合本国国情的发展道路、政治体制、经济战略和方针政策的认真努力令我印象深刻。

比较研究

在党际交往不断深入的同时，我们并没有忽视借助中国国际交流协会的渠道，通过更广泛的国际学术交流来丰富和深化我们对非洲的认识，而其中一个大手笔，是同坦桑尼亚、美国、瑞典学者一道进行的"中国、瑞典、美国对坦桑尼亚经济援助比较研究"。

这一合作研究的发起者和组织者是当时在美国佛罗里达大学任教的瑞典籍著名非洲问题学者戈兰·海登教授。海登在美国取得博士学位，研究的题目是坦桑尼亚民族解放运动，特别是坦桑尼亚革命党。或许由于专业的原因，他娶了一位坦桑女子为妻。大学毕业后，海登曾长期担任福特基金会驻东非代表，在第一线拓展对非洲的认识，逐渐成为非洲发展问题的专家。他认为，多数非洲国家是在整个世界对"进步"充满乐观情绪的条件下取得独立的；非洲领导人认为取得政治独立后经济独立和社会进步将接踵而至，西方的发展经济学家则以帮助非洲摆脱落后为己任，将在完全不同的历史条件下产生的发展模式搬到非洲，却很少有人努力寻找一种解决非洲问题的非洲办法。

我们注意到海登教授的看法以及对非洲的丰富知识，于是同他联系，建议开展学术交流。海登先生同许多非洲问题学者一样，希望对中国有所了解，以便于开展比较研究，因此于1991年应交流协会研究中心邀请访华。

1992年，海登教授同坦桑尼亚达累斯萨拉姆大学政治系主任穆坎达拉教授一道，提出希望同交流协会探讨开展"中国、瑞典、美国对坦桑尼亚经济援助"合作研究的可能性。海登和穆坎达拉教授指出，当今世界每年有数百亿美元的资金以援助的名义从发达国家流向发展中国家，然而援助的效果并不理想，受援国经济起色不大，对外援的依赖却越来越重，造成愈益严重的债务危机。以往对援助问题的研究大致可分两种类型，一种是关于一国援外情况的总体研究，另一种是关于个别项目的案例研究，大都由官方机构出资进行，研究成果往往不对外发表。为了填补研究领域的空白，他们邀请交流协会和瑞典隆德大学一道开展此项研究。这一合作项目将有三个特色：一是以三个民间学术机构的名义进行，二是反映受援国（坦桑尼亚）的观点，三是介绍国际上很少了解的中国经援情况。海登和穆坎达拉还将联合向瑞典合作研究局提出项目建议书，以争取资金支持。这一合作项目包括两方面内容。一是由4国5名学者组成研究小组，最终将撰写一份报告。其中作为背景，穆坎达拉介绍坦桑接受外援的总体情况，然后中、瑞、美3国学者分别介绍和分析本国经援经办机构30年间在坦桑的工作情况，最后由海登和穆坎达拉提出比较的理论框架并进行归纳与总结。二是利用瑞方提供的资金为坦桑、中国、美国各一名学生提供奖学金，在海登指导下攻读经援研究方面的博士学位。

我们认为，参加这一项目有利于前往坦桑进行实地考察，对外介绍我国经援的努力和成就，并通过合作研究提高调研水平，报经部领导批准后同意参加。同时，穆坎达拉也成功获得瑞典政府国际发展合作署研究合作局立项资助。1993年，四方学者在北京开会，项目正式启动。1994年，四方学者及3名学生同赴坦桑尼亚，对中、瑞、美3国的经援项目进行实地考察。1995年相关学者各自撰写相关章节，1996年在美国佛罗里达大学讨论修改文稿。1997年项目圆满结束，我们提交研究报告。4月17日，瑞典国际发展合作署研究合作局召开题为"捐赠者在坦桑尼亚的战略与行为：对中国、瑞典、美国的比较，1961—1995"的研讨会。后来，项目报告由英国麦克米兰公司出版。

考察途中

在参加这一合作研究过程中，我们坚持"以我为主、适当照顾合作方"的原则，正面介绍我开展国际经济技术合作的指导思想、实施机制和具体做法，重点介绍在坦桑兴办的与农业有关的3个经援项目，同时也分析了我在开展援外工作中遇到的困难，并介绍了近年来为克服这些困难对经援方式进行的改革。文稿提交经贸部有关单位审阅并获首肯。由于此前中国经援的具体情况在国际上鲜为人知，海登教授等对我们从中国实际出发全面介绍情况而同其他国别章节的写法有所不同不持异议，对稿件的质量表示满意。总体而言，该项目报告对中国经援评价最高，对瑞典有所批评，而对美国几乎持完全否定的态度。报告还总结了坦桑尼亚对3国援助的评价：中国的援助是真诚的，瑞典是人道的，而美国是实用主义的。

1998年，海登教授乘火车横穿西伯利亚自费来华旅游。在京期间约我见面，我在新侨饭店请他吃饭。我们仍在为合作研究取得圆满成功兴奋不已。谈话间他突然冒出一句："艾先生，我不知道你怎么看，我觉得你适合当个大使。"我不知道这话从何说起，就轻描淡写地回答："我只是想把中国的事向外国人讲清楚，也下了点功夫。"海登教授显然不完全认同我的说法，又补了一句："不！你知道如何代表你的国家。"他告诉我，酝酿合作研究时他觉得风险很大。以前他有过这样的经历，看中国学者的论文，要么英文很差，要么不知所云；而这次合作，先是喜出望外，后来悟出这么个道理。

当然，报告得到认可，实现预期目标，只是这次国际学术交流与合作的一项收获。通过这次实践，我们还实践了自主与合作相结合的原则，与外国学者相互取长补短，既了解了别人，也有效地介绍了自己，甚至更为深入地了解了自己：要不是这个项目，我未必有机会深入了解中国对非援助的具体情况。

开拓创新

在从事对非工作过程中，我开始是当翻译、做辅助工作。在积累了一些实际经验以后开始思考、研究问题，包括参与学术交流。1996年4月15日，中联部部务会议决定并报中组部同意，任命我为非洲局副局长。从此，开始在对非交往中做一些领导工作，即不仅是带领一个团队完成某一项具体接待或调研工作，还要更宏观地思考中国共产党同主管地区和国家政党交往的方向、目标、内容、办法，使之具有可持续性，进而为国家总体外交和党的建设服务。这就要求我在知与行两个方面都有所提高，使对非工作提高到一个新的水平。

为了在知的方面掌握主动权，我率团以交流协会工作小组名义，于1996年9—10月，前往喀麦隆、加纳、塞拉利昂3国进行考察，接触3国执政党和主要参政党，走访国际组织驻当地代表和有关学术机构，拜访我驻在国使馆、驻外公司和部分华商，参观一些企业。

这次考察的目的是，在国内调研基础上，实地了解3国情况，深化对非洲国家国情、党情的认识，分析新的历史条件对我开展对非政党工作的影响，探索更加积极主动开展工作的途径。

这3个国家总的说来与我双边交往较少，但又各具特点。喀麦隆有非洲缩影之称，有非洲所有有代表性的气候条件，200多个部族包括非洲的主要人种，据说是班图人的发源地，自然资源比较丰富，既有法语区，也有英语区。加纳是黑非洲第一个取得独立的国家，历史上经济社会发展水平较高，独立后政体几经变迁，多党制、一党制、军政权、无党制轮番出现；80年代中期以后，又被国际货币基金组织和世界银行视为执行结构调整方案的优等生。塞拉利昂曾是英国统治时间最长的殖民地之一，该国的福拉湾学院曾是西非最早的高等院校，然而80年代末期以来该国动乱迭起，经济凋敝，国家到了破产的边缘。

90年代初非洲大陆刮起多党风潮、各国纷纷由一党制转为多党制后，3国政局政体走向基本反映了几种类型。喀麦隆的执政党凭借独立后一直比较稳定的政局和口碑尚可的治国政绩，主动实行多党制，而没有像某些法语非洲国家那样，中断原有法统，召开全国会议，实行修宪改制。加纳的罗林斯军政权在80年代曾搞过无党制试验，但当多党风潮涌来时没有硬顶，而是凭借为人称道的政绩，组成政党，通过选举，成立民选政府。塞拉利昂的演变过程则一波三折。原执政党迫于内外压力宣布恢复多党制，却在将要举行大选时被政变推翻；军人执政3年，允诺还政于民，但在军人是否应组党、推举候选人等问题上发生分歧，被又一次政变推翻；而后大选如期举行，军政权向民选总统交权。

到我们去考察时，3国在多党风潮初起时涌现的大批政党几经分化组合已经形成若干主要政党。喀麦隆的执政党仍是原来的唯一合法政党，两个主要反对党一个是原老党中分化出来的，另一个以英语区的政治力量为基础。加纳的执政党是聚集在罗林斯光环下的中间派，另外两个政党则是历史上的激进派和保守派的变种。在塞拉利昂执政的人民党是当年通过谈判领导国家实现独立的最老政党，但其间下野、消失近30年，其主要领导人长期在国际组织任职，并无国内执政经验。这样一些政党，这样一些新政治家，他们开展哪些活动？有何治国方略？对中国什么态度？我们应如何与之交往？这就是我们试图通过考察初步回答的问题。

通过前期调研和实地考察，我们感到多数非洲国家多党制不可逆转，政局变数增多。究其根本，在苏联解体之后，西方不再为争霸支持军政权或一党制国家，而多数非洲国家经济基础薄弱，难以自立，需仰赖外援维持运转，因此不得不争取主要西方国家的承认，从而不得不实行西方认可的多党代议制。由此产生的直接结果就是政局变数增多。实行多党制对执政者并非有弊无利。首先，这一制度为西方大国及其操控的多边金融机构认可，往往可以带来一些经援。其次，经选举产生的政府毕竟更名正言顺，合法性较前为高。第三，实行多党制后，执政者要更多倾听各方意见，对专权和腐败也有所约束。但总体而言，多党制对执政集团牵制更多，经济建设被当作次要问题搁置一边，多党制能否凝聚民心、为发展进步创造政治条件并无保证。

非洲国家政治体制变化，使我们做政党工作的对象增加，重要性上升。在新的历史条件下，我们加强对非政党工作仍有诸多有利条件，包括老一辈打下的基础、近年来我经济发展引人瞩目的成就、我国际地位不断提高等。多数非洲政党感情上同中国是亲近的，重视中国的国际地位，钦佩中国取得的成就，有的希望学习我党建和经济建设经验，开展合作，特别是在经济上给予支持和援助。但他们又往往对中国缺乏了解，受西方传媒歪曲报道的影响，对我还存在一些误解。我们直接从事党际交往工作的同志也应深化对非洲的了解，就非洲问题形成我们的看法，增加双方的共同语言。

工作小组成为我们在交往方面尝试创新的形式。1997年10月3—28日，我又率3人工作小组访问刚果、贝宁、埃塞、乌干达、卢旺达。这次出访主要有4项工作：（一）向埃塞、乌干达等国友好政党通报我党十五大情况；（二）同与我尚无正式党际交往的卢旺达爱阵、刚果（民）解盟进行初步接触，为正式建立关系做准备；（三）考察埃塞、乌干达、贝宁等国近年来政治体制的演变；（四）考察埃塞执政党下属经济实体。总之，对每个国家的访问各有侧重，反映出交往水平处于不同阶段。

在乌干达，穆塞维尼总统的会见情况值得详细说说。他的国务活动繁忙，会见开场先为时间一再变动表示歉意，我则表示他能抽出时间会见我们工作小组深感荣幸。他随后说，那些事情已经忙完了，现在可以充分地谈谈了。我接着说，这次有机会见到总统阁下，希望能通报一下我党十五大的情况。他点点头，示意我尽可放开讲。我在国内曾几次参加部领导向驻京使节及来访代表团通报十五大情况的活动，这次会见前也做过认真准备，于是围绕十五大的历史地位及主要成果作了约20分钟的介绍。总统听得很认真，并就邓小平理论中关于所有制结构等重大问题提出一些问题。总统听后，感谢我的通报，并表示理解这次代表大会的重要意义。

主要任务完成后，我希望充分利用这次会见机会，请总统介绍他对乌干达经济发展和政治体制建设的思路。他深入浅出，侃侃而谈。我想起一家中国公司在乌承包项目出现失误，造成不良影响，希望利用这一机会做些工作，就向总统说明了有关情况。穆塞维尼听后表示，他本人对中国公司并无成见，他还记得1986年全国抵抗运动刚刚上台执政时，国内局势尚未完全稳定下来，中国公司就在坦克保护下修复公路。但是现在乌干达一些项目用的是世界银行和西方捐赠国的钱，他们有时会从中作梗。他刚刚会见了世界银行前行长麦克纳马拉，麦告诉他，世行和西方公司准备将有行贿行为的公司列入黑名单，不许它们参与世行项目。穆塞维尼对我说，"请你转告中国公司，我完全相信它们有实力，不必采取不正当手段竞争。"

总统谈兴甚浓，不知不觉一个多小时过去了。最后我请总统与在座的双方人员合影留念，并再次感谢他的会见。

南非：新的工作重点

20世纪80年代中期以前，我们对南非工作的重点是支持黑人民族解放组织反对种族隔离制度的斗争，由于受极左倾向影响，曾经以主张武装斗争的泛非主义者大会为工作重点。1986年，中共同南非共产党恢复关系。从90年代初开始，南非形势发生重大变化。1990年2月，南非白人当局解除对非国大、南非共、泛非大等政治组织的禁令。我们及时调整方针：不再以泛非大为主要工作对象。同时，还以交协名义同白人反对党民主党和南非基金会等非政府组织（NGO）来往。通过谈判和1994年举行的首次不分种族的大选，种族隔离制度被废除，新南非诞生，非国大成为执政党，南非共成为重要参政党。这时，我们进一步将工作重点转向南非共。后来担任南非共总书记的恩齐曼迪曾任非国大外事委员会主任，多次在非国大执委会上提出同中国建交问题，终于推动非国大通过相关决议。

1998年7月，中共中央委员、中宣部常务副部长刘云山率中共代表团出席南非共十大。

7月1日上午，南非共十大在约翰内斯堡郊区一所培训中心举行。代表有数百人之多，几乎都身着印有南非共标志和口号的红色T恤衫。会场内专为外国代表团以及非国大、工会大会等联盟成员代表团设有席位，其他代表则按省组团、就座。会议正式开始前，各省代表歌声此起彼伏，不时有人和着歌声翩翩起舞。这种场面，几乎在每一次非洲国家的党代会上都能看到，只是红色在这里是压倒一切的主色调，再就是无处不在的镰刀、斧头标志。非洲的一些重大政治活动就像过节，不仅有严肃的报告和讨论，还有轻松的歌舞和震耳欲聋的口号。

下午，曼德拉总统来到会场，场内一片欢腾。在南非共副总书记克罗宁致欢迎词并为曼德拉颁发以南非共前总书记克利斯·哈尼命名的和平奖后，曼德拉起身讲话。他先念了一篇内容平实的讲稿，强调要加强联盟的团结，不给反对派以可乘之机。随后他放下稿子笑着说，"那是我的'老板'为我准备的。现在我来讲讲心里话。联盟中每个成员都有权利阐明自己的观点，包括'内部'关系。"随后，他以非洲政治家惯有的幽默风格，历数他在漫长斗争过程中同南非共结下的深厚情谊。接着，他话锋一转说，联盟内部有分歧是很自然的，但如果南非共在自己的党代会上嘲笑、攻击政府的根本政策，那就要受到警告，要认真考虑后果。非国大政府不仅代表工人，也代表整个国家。相信政府的经济政策最终可以提高南非的国际竞争力，继续实行下去是有好处的。最后他说，他在漫长的个人经历中养成了尊重南非共的习惯，因为共产党人受的迫害最深，吃的苦最多。他已经80多岁了，不会轻易忘却别人做过的好事。

曼德拉讲完话，场内气氛有些压抑。这时南非共中央委员姆婷措（她也是非国大的副总书记）站起来，颇为得体地致了答词。她感谢总统的"两个"讲话，坦言自己也是为他准备第一个讲话的"老板"之一。对于"第二个"讲话，她表示大会文件已经提交给非国大，这里无意辩论。随后大家鼓掌感谢曼德拉总统出席大会，礼貌地将他送出会场。

第二天，非国大主席姆贝基副总统在大会上致辞，虽基调相近，却较少感情色彩，中心意思是非国大政府的经济政策并未违反三方大选前共同制订的竞选纲领《重建与发展计划》。姆贝基还说，指责非国大背叛人民是言过其实，别有用心。姆贝基讲完话后，大会安排他在另一个房间里会见与会的约40个外国代表团。他与每位外国代表握手、寒暄，并合影留念。南非共能做出这样的安排，应该说也是周到得体的。

在南非共十大上，恩齐曼迪当选总书记。他马上提出希望年内访华，中方随即向他发出邀请。

11月，恩齐曼迪访华。戴秉国部长与他会谈，戴秉国说，恩齐曼迪总书记访华标志着中共与南非共关系迈上了新台阶。13日，江泽民总书记会见恩齐曼迪，同他进行了一个多小时的交谈，并称他是中国共产党和中国人民的真正的朋友。

同黑非洲政党交往第二个十年小结及设想

在 1989—1998 年的 10 年中，非洲的形势发生了重大变化。从积极的方面看，1990 年纳米比亚独立和 1994 年新南非诞生，标志着非洲大陆争取民族解放的任务基本完成。另一方面，随着柏林墙的倒塌和苏东剧变，曾在黑非洲风行一时的一党制和军政权受到极大冲击。以贝宁原唯一合法政党人民革命党自行解散、召开"国民会议"、修改宪法、实行多党制为起点，一场多党风潮席卷非洲大陆。到 90 年代中期，除新独立的厄立特里亚宣布暂不实行多党制，乌干达一直坚持实行既非一党制也非多党制的运动体制外，一党制在非洲大陆尽数销声匿迹，少数军政权也气息奄奄。

伴随体制演变而来的往往是政局动荡。索马里和埃塞俄比亚的原一党制政权被武力推翻，赞比亚和刚果（布）等国仓促改制后原执政党下野。安哥拉、莫桑比克、扎伊尔和尼日利亚等国执政党试图通过改制解决国内旷日持久的内战或冲突，然而政局仍长期动荡。卢旺达和布隆迪等国爆发部族仇杀，引发武装夺权和军事政变。多党制并非解决动荡的灵丹妙药。到 1998 年，刚果（金）国内发生得到卢旺达、乌干达支持的反叛，安哥拉、津巴布韦、纳米比亚乃至中非、乍得、苏丹等国相继卷入。

黑非洲形势的重大变化，使我党对非交往面临严峻挑战。在 1988 年底同我党有交往的 40 个黑非洲政党中，不复存在的有 7 个，失去执政地位的有 6 个，另有 3 个因中止外交关系而使交往处于停滞状态。此外，一些政党因要全力维持国内统治地位，难以保持经常性来往。在"多党风潮"中上台的政党多数对我缺乏了解，它们面临的首要问题是国内选举，在对外交往中最关注的是争取物质援助。

这一时期大致可以分为三个阶段。1989—1992 年是第一个阶段。我国面临相当严峻的国际形势，多党风潮在非洲逐渐成为发展趋势。交往出现下降趋势，但仍保持相当规模，每年有 20 个左右代表团互访。1993—1995 年是第二个阶段。非洲多党风潮影响日趋明显，台湾当局争取"国际活动空间"续有得手，我对非党际交往处于低潮。1995 年仅接待 4 个代表团。1996—1998 年是第三个阶段。我开始针对黑非洲国家的新情况更为积极地探索保持交往的途径与方式，双方往来出现回升。

国事访问

1998 年底，部里通知我，胡锦涛同志将以中共中央政治局常委、国家副主席身份出访马达加斯加、加纳、科特迪瓦和南非等非洲四国。这次访问的相关工作由外交部负责，但胡锦涛副主席提议中联部派两个人随团参访，部里决定让主管对非工作的副部长马文普和我前往。1999 年 1 月 18 日，部领导集体研究决定并报中组部备案，我任非洲局局长。

胡锦涛副主席对非洲的这次访问是继江泽民主席、李鹏总理 1996 年和 1997 年访非后我国领导人对非洲的又一次重要正式访问，出访方针是：结识朋友、增进了解、发展友谊、扩大合作。往访各国对访问高度重视，除会见、会谈等政治活动外还安排了一系列参观等活动。此外，每到一地，胡锦涛副主席还会看望使馆、驻外中资机构以及华人华侨代表。

访问期间尽管外事活动繁忙，胡锦涛副主席还是尽可能抽出时间同团内人员谈话，甚至连外交部临时借调帮忙的年轻人也不例外。在完成了对科特迪瓦的访问后，他提出安排时间同马文普副部长和我谈话。

我估计老马会就对非工作或党的对外交往提出意见和建议，

我能不能说点别的？我想，胡锦涛副主席可以说是分管党务工作的最高领导人了，我在长期从事对外工作中有什么体会或建议可以向他提出来吗？我想到自己从一个新入部的大学生干到非洲局局长，几乎没有离开过中联部，经历过于简单，而我们的交往对象，不去说那些领导人、政治家，就是西方国家的专家学者也大多经历丰富，或许这可以作为借鉴促进我们改进干部培养工作。我决定以此为主题。

到了约谈的时间，胡锦涛副主席让我们先讲。马文普同志果然表示希望中央更加重视党的对外联络工作和对非工作。他讲完后，胡锦涛副主席示意让我讲。

应该说，胡锦涛副主席对我并不陌生。我曾在他会见外宾时为他作过翻译，他也知道我父母长期在清华大学工作，还曾让我转达过对他们的问候。于是我从自己谈起，表示我自认为是运气非常好的人，到中联部后所有培养、锻炼的机会都没错过：留学、党校培训、地方挂职，按理说我应该非常知足了。但在同外国人打交道特别是开展国际学术交流的过程中我发现，发达国家的外交官或者专家学者都有更为丰富的经历，而多岗位锻炼实际上更符合人才成长规律。我们大学毕业以后几乎一直在从事党的对外工作，但要不是插队和挂职，我对国情和党的国内工作实在缺乏了解。因此，从党的事业和国家前途考虑，我认为我们的干部工作也应研究和遵循人才成长的客观规律，通过多岗位锻炼培养更多人才。

马文普同志和我讲完之后，胡锦涛副主席表示中央非常重视对非工作，希望中联部研究一下如何深化对非洲政党工作，特别是加大对非洲新一代领导人工作的力度。随后他转变话题，诙谐地娓娓道来：要不是"文革"，我可能还在清华教书呢！不是说教书这个工作不神圣，而是说"文革"后我到基层当了技术员，后来又到省里工作。到团中央工作之后，又到贵州，正赶上学潮。当时提出要同学生对话，有同志不同意，觉得风险太大。我不那么看：我们共产党人没什么见不得人的地方！后来对话的效果挺好。在西藏工作时多少有一点不确定：同藏民谈话都要经过翻译，可谁知道翻得准不准？说到这，胡锦涛副主席又朝我说：你说到挂职，光挂职不行，必须任职，否则不真承担责任。忽然，胡锦涛副主席话锋一转，说："你们这些人都可以当大使嘛！"我一愣，这次是胡锦涛副主席说我能当大使，我不能不重视了。我说，中联部很多人在使馆工作过，他们应该可以当大使；我没在使馆工作过，可能有困难。他说："不能当大使，先当参赞也行。不是你们中联部那种搞调研的参赞，而是'二把手'。"接着又补了一句："使馆的人来自四面八方，像个'小联合国'，真干好也不容易。"他说，派出去的不是要照顾，而是作为锻炼培养干部的安排。

胡锦涛总书记会见非洲国家政党代表团

没想到，这次"谈心"竟然有这么具体、实在的内容。

戴秉国部长出访非洲

为了落实胡锦涛同志关于加强对非工作的要求，部务会决定，戴秉国部长2000年率团访非。访问于2000年2月15日开始，到3月1日结束，包括喀麦隆、马里、埃塞俄比亚、肯尼亚、南非、毛里求斯等6个非洲国家。

喀麦隆由原法属和英属殖民地合并立国，独立后政局保持稳定，盛产石油，经济发展水平相对较高。我们的航班飞抵首都雅温得机场，隔着舷窗就可以看到载歌载舞的欢迎人群。打开舱门，更可以听到激越的赤道鼓声。在整个访问期间，所到之处都受到热烈、隆重的欢迎。执政党总书记同代表团会谈，并同戴秉国同志签订两党合作议定书。政府总理会见，祝贺代表团访问取得圆满成功，并表示两国执政党之间的交往必将有力推动国家关系的发展。

第二站马里，是法语非洲的代表，最早同中国建交的非洲国家之一。代表团受到更高规格的接待：科纳雷总统会见，执政党主席宴请、主持工作会谈，安排参观中马合资、合作项目。马方表示，现在的执政党仅有几年的历史，但其成员多是参加过争取独立斗争的老战士，是马中友好的继承人，热切期盼加强战略合作关系。他还表示希望加强双方经贸合作，希望中方授人以渔，相信中国道路适合非洲。他还高度评价中方提出的举办中非合作论坛的倡议，期待这次会议开出新意。关于国际形势，他认为意识形态斗争并未终结，霸权主义只是变换了手法，希望中国更加重视非洲及其一体化。他表示，苏东剧变值得反思，多党民主浪潮给马里和整个非洲带来诸多问题。

第三站是埃塞俄比亚。代表团2月20日抵达当天，适逢执政党埃塞俄比亚人民革命民族阵线的主要成员组织提格雷人民解放阵线建党25周年，代表团直接前往提格雷州首府马克雷，会见该党领导人、政府总理梅莱斯。会见在一座古堡风格的饭店举行，戴部长走在前面，看到一个穿着夹克衫的人笑容可掬地走上前来，没想到他就是梅莱斯。后面跟着驻华大使，同样穿着夹克衫，他的另一个身份是提人阵中央委员。梅表示，埃方高度重视同中国共产党的关系，这也是埃革阵当时唯一的党际关系，两党关系成为埃中两国关系的坚实基础。他还表示，在新形势下政党必须加强国际交往，以免落后于形势；埃革阵要想避免边缘化，就必须尽快改变国家贫穷和不发达状况，而中共是埃革阵的天然伙伴。今天的埃塞同50年前的中国相似，中国可通过传授经验、转让技术、培训人才帮助埃塞。他对非洲政治、经济有自己看法，认为非洲国家要发展，首先党和政府要反映人民意愿，可以发挥私人资本包括外资的积极作用，但这不意味着国家不能发挥重要作用。他认为中国可以在非洲的发展中发挥特殊作用。首先，中国也是发展中国家，其经验比发达国家更可行；其二，中国培养出更多适用的专门人才；第三，中国的高速发展将改善非洲的外部环境。他希望，中非之间良好的政治关系可以推动经济技术文化合作，不断丰富双边交往的具体内容。

在亚的斯亚贝巴，代表团还拜会了非统代理秘书长吉尼特。他表示，世纪之交，非洲面临3大挑战：一是努力实现和平、安全与稳定，二是促进团结与一体化，三是顶住外来压力，按照自身特点发展民主与人权。在所有这些方面都需要中国等友好国家支持。

第四站肯尼亚是原英属殖民地的代表。23日，年逾古稀、访美夜航刚刚回国的莫伊总统会见代表团。莫伊总统强调，肯尼亚独立以来始终奉行"一个中国"政策，只承认中华人民共和国。

两国在各个领域都保持着密切合作，在政治和国际事务方面，双方有着相同或者相似的立场。在经济发展方面，有多年良好合作。莫伊强烈希望进一步密切两国关系，特别是拓展经贸领域的合作，欢迎包括香港在内的中国企业家来肯投资。在政党交往方面，肯尼亚非洲民族联盟也希望得到中国党的支持和帮助。作为执政党，肯盟在努力解决贫困问题，但迄今收效甚微，全国仍有47%的人口处于贫困状态。在这方面可向中国共产党学习，这有助于深化两党关系。两党也可更多地就世界问题交换意见。

第五站是南非，作为非洲首强，其重要性不言而喻。非国大副主席、副总统雅各布·祖马会见代表团。代表团与恩科萨扎纳·德拉米尼·祖马外长共进午餐，并拜会贸工部长欧文。戴秉国一行还与南非共总书记恩齐曼迪举行了会谈。

祖马副主席高度评价两党关系。他说，非国大早在艰难的反对种族隔离制度斗争时期就得到中国和中国共产党的宝贵支持，对两党长期友好关系感到骄傲。两党志同道合，非国大重视加强两党交往与合作，希望向有50年执政经验的中国共产党学习。祖马认为，在全球化时代两党和两国应加强磋商与合作。苏东剧变以来，西方认为它可以支配整个世界了，各国革命和进步力量都面临共同的挑战。如果世界由西方主宰，弱小国家无所作为，大国就会联手推动世界朝着有利于它们的方向发展，全球化将成为贫困的全球化。因此广大发展中国家和进步力量要加强磋商和合作，采取共同行动，影响舆论和国际事务的决策，使世界的发展符合广大发展中国家的利益。中国共产党的力量、影响和中国的制度决定了它在世界进步力量中处于重要的战略地位。南中两国应在国际事务和经济组织中加强磋商，联合广大发展中国家，对世界进程施加影响。祖马副主席希望两党就上述问题进行更深入的探讨。

最后一站是西印度洋上的岛国毛里求斯。毛里求斯人口虽然只有100多万，但华人人数却是非洲第一。代表团于29日抵达，华人社团举行盛大欢迎晚宴。访问期间，工党领袖、政府总理纳文会见，工党主席舒米埃尔率副主席、代总书记等9名高级官员（其中5名部长、3名副部长）与代表团会谈并设宴欢迎。纳文总理对中国政府和党的援助表示感谢，认为非洲前景广阔，潜力巨大，当前的主要问题是冲突和战争耗费了大量精力和财力。毛里求斯经济发展较快，很大程度上得益于政局稳定和地区合作。毛里求斯工党重视发展同中国共产党的关系，认为世界进步政党应加强磋商与合作。

通过这次访问，我们对世纪之交的非洲形势及今后对非工作思路形成了更为清晰的看法。

公选高级外交官

2000年初，我看到中央发出进一步加强驻外使节队伍建设的文件，其中指出，驻外使节队伍总体上是好的，为贯彻执行中央外交方针政策做出了重要贡献。同时也指出，驻外使节队伍存在来源单一、经历单一和知识结构单一等问题，应通过多种措施进一步加强驻外使节队伍建设。这些措施包括抽调更多外事干部到国内工作部门、企业和地方任职，增加对国情的了解，以及从外交部以外选拔一批干部作为驻外使节队伍的后备人选。显然，中联部也属于选拔单位。这时，我才真正明白了胡锦涛副主席所说的"你们这些人都可以当大使"的含义。

随后，中组部、外交部成立专门工作班子落实文件要求，在中央、国家机关和地方选拔高级外交官后备人选。具体选拔程序有推荐、审查、考试等6个环节。当年4月，开始组织推荐，随后相关单位对被推荐人选进行资格审查。6月举行综合考试、面试等。再经过组织考察和审定，最后共有12人入选，我也名列其中。这12人，除中央、国家机关外，还有来自北京、上海、福建、广东、浙江、湖南、湖北等对外开放前沿省市的。国庆节后，我们集中到外交学院，进行为期三个月的强化培训。期间，曾庆红、唐家璇等领导同志接见并与我们座谈，杨洁篪等资深外交官亲自来授课，曲星、秦亚青等知名教授比较系统地讲了新中国外交史、国际法等课程。培训结束后，组织决定12人中，多数先到驻外使领馆任二、三把手，在老大使的指导下实践锻炼一个阶段，然后再担任大使。而来自中联部长期做外事工作的两个人则直接派任大使。2000年底，经全国人大常委会批准、由国家主席任命我为驻埃塞俄比亚大使。2001年初，我们先到外交部有关司局熟悉情况。3月6日，我到埃塞俄比亚赴任。

第六章　代表国家

组织上任命我担任驻埃塞俄比亚大使的决定让我喜出望外。

对埃塞俄比亚，我可谓情有独钟。埃塞俄比亚有数千年未中断的文明史，也从未沦为殖民地。历史上两次对意大利侵略者的抵抗使之成为非洲争取自由解放的象征，由此，埃塞俄比亚在非洲具有特殊地位。联合国非洲经济委员会和非洲统一组织（现在的非洲联盟）都把总部设在这里，亚的斯亚贝巴也因此被称为非洲的"政治首都"。就我个人而言，我与埃塞俄比亚长期打交道，在执政党中有很多朋友。

开　局

2001年3月6日，我再度来到埃塞俄比亚。这次，我的身份是中华人民共和国驻埃塞俄比亚联邦民主共和国的大使，而非中联部的局长。

递交国书是就任后第一项重要对外活动，意味着使节身份的正式确立，虽然只是程序性安排，但事关双方国家尊严，容不得半点马虎。

国书由国家主席签署，外交部长副署。这份有江泽民主席、唐家璇外长亲笔签字的文件，可以说是我一生当中与我直接有关的最重要的一份文件。国内有关部门在准备国书的同时，还精心起草了一份颂词，寥寥数语，却包含了对两国关系的评价及今后进一步发展关系的方向。在国内拿到国书后，我一直悉心保管。

递交国书的前奏可以说从我抵达亚的斯亚贝巴的次日就开始了。3月7日，我前往埃塞外交部，拜会礼宾司长和亚澳司长，除相互结识、初步交流外，实质性的内容是听取有关递交国书安排的介绍。3月12日，我再度前往外交部，拜会副外长并递交国书副本。

根据埃塞俄比亚总统内加索博士的工作安排，我正式递交国书的时间定在3月13日上午11时。当天上午10时，埃方的礼宾官、礼宾车和开道的警察就来到使馆，迎接我们起程前往国家宫。

国家宫是20世纪50、60年代海尔·塞拉西皇帝统治时期兴建的皇宫。庭院苍翠，高树参天，绿草如茵，建筑宏伟，颇有气势。1996年江泽民主席来访时曾在这里下榻。

我走进门厅，看到韩国大使夫妇正向接见大厅走去，我们则被引进右手的休息厅稍坐。礼宾官抓紧时间再次交待程序安排。很快，亚澳司长进来，示意我们可以前去了。

接见大厅约有30米长，我同埃方礼宾官并排走进大厅后，内加索总统起身迎接。我们在总统身前约2米的地方停下脚步，埃方礼宾官再前行一步，用阿姆哈拉语向总统通报后示意我讲话。我说："内加索总统阁下：今天，我荣幸地向您递交江泽民主席任命我为中华人民共和国驻埃塞俄比亚联邦民主共和国大使的国书。"随后上前双手递过国书。总统双手庄重地接过，稍停再转身交给身边的礼宾官，然后同我握手，表示欢迎，并示意我们就座。接着，我完整地讲了颂词的内容，总统认真听后，表示埃方重视对华关系，对双边关系现状表示满意，他还赞扬了前任中国大使的工作。接下来，我们进行了比较轻松的交谈，我将陪同递交国书的使馆政务、经商参赞等介绍给总统。

会见结束后，总统和我们一同来到休息厅，签字留念，并在门厅外的台阶上合影，握手告别。埃方电视台的记者早已在门外等候采访，我在采访中传达出中国重视中埃关系并将努力加强合作的积极信息。

递交国书后，我就可以正式开展工作了。使馆办公室准备了给使团的照会，通知各国驻埃塞使馆中国新任大使已递交国书，并期待同他们建立良好的合作关系。秘书也着手帮我联系拜会埃总理、政府相关部长等要人。真正的考验开始了。

迈开双脚

按照常理，大使在驻在国拜会的第一位部长应该是外交部长，而我在埃塞俄比亚见到的第一位部长却是工程部长。地点也不在他的办公室，而是在远离首都几百公里的一处水电站工地上。

这中间有偶然因素。埃塞俄比亚的外交部长塞尤姆是执政党的领导人之一，他的主要精力用在协助总理、执政党总书记梅莱斯处理党政要务上，日常外交事务多由副部长特科达博士负责。此外，我就任大使时，中国万宝工程公司已在埃塞俄比亚承揽了多项国际招标的工程项目，包括三条公路和为提撒拜水电站提供机电设备并负责安装。电站项目进展顺利，已接近完成，工程部长要亲临视察，万宝办事处负责人希望我能到场，以显示中国政府对双方合作的支持。

然而偶然之中也有必然。应该说两国关系中不存在任何政治问题。埃方高层大都是60、70年代的大中学生，用他们自己的话说，自从投身学生运动之日起，就一直景仰、向往中国，执政后更把同中国发展友好合作作为国策，在国际事务中与中方密切合作。同时，埃方还希望将两国友好从政治领域延伸到经济领域，直接服务于本国的经济发展和社会进步。在这方面，埃塞俄比亚同一些非洲国家不同，从不向外开口要援助，而是努力探索互利的合作途径。比如说，埃方非常欢迎中国公司投标参与埃塞向国际招标的工程。当时由世界银行提供融资实施的一期公路建设规划共有9条，中国万宝公司和中国路桥公司各中标三条，超出了中国公司的预期。然而，这种互利合作进展得并不顺利。工期三年，当时已经过去了一年多，而万宝公路项目中进展最慢的一条仅完成总工程量的3%。按照世界银行的通行作法，严重拖期的承包商将被清场，且再无资格参加世行项目投标。中国四川国际就曾在乌干达遭此厄运。万宝当然要全力以赴避免重蹈覆辙，除紧急更换分包商外，也希望以本公司以往在水电设备供货、安装方面的成功实践说服埃方，最好不要采取清场的下策。这也是他们希望我能陪同埃塞政府工程部长海尔视察水电工地的目的。

  万宝承揽项目拖期的情况我在国内即有所闻。到埃塞赴任后，我请经商参赞全面介绍了两国经贸关系的情况，并听取了万宝代表处的详细汇报。按说工程承包是公司独立行为，不属两国政府关系，责成经商处督促中国公司解决工程中出现的问题也就说得过去了。但我隐约感到，政治友好给经贸合作带来的机遇难能可贵，而经贸合作的失败可能给政治关系带来阴影。怎样解决好这个问题，靠坐在家里是想不出好办法的，不如"迈开双脚，学个孔夫子的'每事问'"。于是，我答应同经商参赞和李成杰代表一起去提撒拜，陪同海尔部长视察工地。

  我们提前一天到了工地附近的巴赫达尔市项目营地。项目经理部负责人认真地作了汇报，而对我来说，一方面要尽可能弄懂水电站是怎么回事，更重要的是借此解剖一个国际招标项目，了解在国外承包工程的特点、难处、经验教训。

  第二天，我们到了工地，看望施工现场的约30名中方人员，并陪同海尔部长视察。海尔是工程师出身，比我要内行得多，但他显然对能在这里见到中国大使感到高兴。晚上，合作双方在巴赫达尔城内的饭店举行烧烤晚宴和篝火晚会，预祝电站项目成功。然而，当海尔部长和我单独在一起的时候，我们谈得更多的是三条公路和另一个电站。

与埃塞俄比亚工程部长海尔（左四）在一起

第三天，我同海尔部长同机返回首都，在机上谈得更多的是过去的经历。临别时我对海尔部长说，我刚就任大使，这次见面具有象征意义。

几天后，我又到海尔的办公室正式拜会了他。那天，我首先言简意赅地讲明来意：感谢他多年来为推动双方在工程承包领域合作所做出的贡献；其次请他放心，中国政府同样希望不断拓宽双方合作领域，丰富合作形式，扩大合作规模，我愿同他一道，努力解决合作中出现的问题；然后表示希望听取他的意见和建议。海尔部长首先肯定，两国在工程承包领域的合作从无到有，实现了数量的突破。为了做到这一点，埃方曾努力帮助中国企业解决投标价格过高和标书不够规范等问题。下一阶段双方合作要进而实现质变，即通过合作向埃方传授技术和经验。目前，埃塞政府将基础设施建设作为发展经济的重要措施，世界银行也承诺提供相关资金，双方在公路、电站建设等方面的合作具有广阔前景，关键是要解决出现的问题，使合作顺利进行。我表示同意他的看法，同时指出双方合作是在"南南合作"的框架内进行的，双方都缺乏经验，出现一些问题也是正常的，希望部长不要失去信心，顺带提出一些具体问题，希望他帮助解决。海尔最后重申，埃塞的国际招标市场的大门永远向中国公司敞开。

随后，我又拜会了经济合作部长戈尔马，就双边合作的情况和前景交换意见。埃塞经济合作部类似我国当时的外经贸部，归口管理双边和多边经济合作，是一个重要机构，戈尔马也是执政党埃革阵的领导人之一。他欢迎我到任并主动约见，同时坦率地说，引进中国公司参与国际招标工程完全是从埃塞俄比亚本国利益出发。中国公司进来之前，埃塞的国际工程市场被西方公司所垄断，他们一是漫天要价，二是在工程进行过程中不断提出索赔要求。他甚至认为，国际工程市场很大一块由"黑手党"控制，其中充斥着黑幕和丑闻。"而中国公司大都是国有公司，背后是中国政府。中国政府不会允许他们胡来，中国公司本身也更注意自己的行为。"但是，中国公司在执行合同过程中出现了一些问题，使一些原本就不希望中国公司进入埃塞市场的人有了口实，而原先欢迎中国公司的人也因此产生了疑问。双方迫切需要共同努力，使工程承包等互利合作健康发展。

这些拜会更坚定了我的看法：经济合作已成为双边关系中的政治问题，解决出现的问题，既有助于夯实双边关系的经济基础，也有助于帮助中国公司实施"走出去"战略，从而更好地服务于国内经济建设大局。

风云突变

递交国书后，我可以名正言顺地以大使的身份拜会有关人士了。然而随后的安排并不顺利：拜会总理、副总理、外长的要求迟迟没有回音，同我的老朋友、执政党外事负责人海尔基洛斯见面的安排已经约好却又被推迟。其中的原委令我惶惑。

3月21日中午，传来爆炸性新闻：梅莱斯总理解除了本党12名中央委员的职务。看来，这就是拜会安排困难的原因。特别使我头疼的是，在国内接待过的好几个埃革阵执委都在被解职者之列。下午，我们召开馆务会分析研究有关情况，随后又布置政治处起草给国内的报告。次日晚，电视新闻中报道了埃革阵中央全会的消息。使馆有经验的同志告诉我，相对以前党内事务从不见诸报端的做法，这倒是个新变化。然而，新闻中透露出的信息毕竟极为有限。到底发生了什么，我必须尽快搞清楚。

关键时刻能够帮忙的还是老朋友。海尔基洛斯答应星期天同我在高尔夫俱乐部见面。这次见面延续了四个小时。

原来这是一场围绕党和国家发展方向的严重斗争。2000年底，在非洲统一组织、阿尔及利亚等国的调解下，埃塞俄比亚同邻国厄立特里亚的武装冲突暂时停止。下一步该怎么办？执政党各成员组织拟召开党代会讨论决定，其中最重要的自然是提人阵的会议。2001年2月，提人阵中央几名负责人分别提出政治报告提纲，出现了重大分歧。作为党的主席，梅莱斯认为党面临三大危险：党和国家发展方向不清，党内存在反民主倾向和腐败现象开始蔓延。党的副主席提沃尔德（他曾于1994年率团访华）认为这是危言耸听，如果说党内存在什么危险的话，那就是"屈服于帝国主义的压力"。中央全会就此进行表决，30名中央委员2人弃权，梅莱斯一方以15比13处于多数。

应该说，提人阵内部具有民主传统。在埃厄冲突期间，埃方在军事上占有明显优势。当时，党的执委、军事领导人希耶（1997年访华团的团长）主张乘胜拿下厄立特里亚首都，甚至以此解决埃塞俄比亚的出海口问题。梅莱斯则认为，在当今世界上，不可能以军事手段解决领土问题，再打下去于事无补。对是否打下去的表决结果是18比12，梅莱斯居于少数。梅莱斯执行了党内多数一方的决定，其结果只是徒增伤亡。

这次，梅莱斯当然希望少数服从多数的民主集中制传统能够再次得到坚持。然而事与愿违，这次的少数采取了退出中央全会使之达不到法定人数的做法，造成了危机局面。少数派退出中央全会恰好是我抵达埃塞的时候。

起初，梅莱斯试图召开埃革阵中央全会解决问题，但其他三个组织不希望介入提人阵的内部分歧，要求提人阵先行统一内部认识，再召开埃革阵的全会。于是提人阵举行了一次党的特别代表会议，约1000名党的各级干部出席。

提人阵特别代表会议召开时，少数派要求首先发言。遭到拒绝后，他们再次退出会议。他们以为，凭借自己在党内的威信，会有很多人一道退出，从而再度造成危机局面。然而，用海尔基洛斯的话说，"他们被自己制造的神话毁掉了"。提人阵的干部珍视党的团结远胜过对少数元老的尊敬。会议通过决议，谴责违反民主集中制和分裂党的行径。同时，也没有把事做绝，没有突出双方提出的报告提纲中涉及的"路线"问题，只是要求少数派就违反组织纪律的问题做出自我批评，并许诺将允许他们回到中央委员会中来。

此后，埃革阵举行了中央全会，通过了类似决议。接着，梅莱斯总理等主流派采取一系列措施稳定形势，使国家再度走上集中精力发展经济的道路。

然而，上任伊始就遇到这样一个局面，既要求我更加谨慎，也促使我思考一些更深层次的问题。这一事件对我方发展中埃关系的思路有何启示？

我感到，在全球化不断发展的今天，两国关系不能仅仅建立在个人、政党、友好感情和意识形态基础上。外交，说到底是利益问题。要夯实中埃关系的基础，最重要的是加强经济合作，给双方带来实实在在的利益。全球化对新时期的双边关系既是机遇，也是挑战。

调查研究把握趋势

调查研究是使馆日常工作的重要组成部分。

调查研究是一切决策的基础，外交工作自然也不例外。使馆提出双边关系的发展思路，无疑要以调研为基础。同时，外交工作中的重大决策是由国内有关部门乃至中央做出的，使馆有责任向国内报告情况，作为决策的参考和依据。外交决策的这一特点决定了调研有时需同决策分离，成为一个相对独立的阶段和过程。

大使馆调研的首要任务是跟踪驻在国的形势，因为这可能直接影响双边关系，特别是在一些政治体制尚不成熟、变数更多的"转型"国家。应该说，埃塞俄比亚也属于这样的国家。

如前所述，我到埃塞俄比亚任职正赶上一个多事之秋。先是执政党内部爆发危机，由此引发一些高层人士失意、出走甚至遭到暗杀，反对党乘机推波助澜，学生上街、工人罢工等也时有发生。

到底怎样分析、认识埃塞俄比亚国内政局？使馆获取信息的传统手段主要有两个，一是跟踪媒体包括报刊、广播、电视的报道，二是交友，包括埃方人士和外国驻埃塞使团中的同行。充分了解情况，掌握资料并在此基础上进行分析，形成我们自己的看法。

同国内相比，使馆处于一线，有诸多直接接触当事人、获取一手材料和感性认识的条件和机会。但在埃塞开展调研工作也有一些不利条件。首先是语言方面的制约。埃塞俄比亚号称有80多个民族，大都有自己的语言。官方语言是阿姆哈拉语，使馆没有人懂。英语应用范围越来越广，但仅靠英语自然受到限制，甚至误导。其次是新闻业远谈不上成熟、发达，开放私人报业时间不长，从业人员素质不高，常常小道消息满天飞，却多是捕风捉影。

我到使馆后首先认真学习了外交部关于加强调研工作的指示、要求，布置任务，理顺体制，同时身体力行，带头做好这项工作。作为大使，我认为最重要的是形成判断形势走向的基本框架。要在尽可能多地占有材料的基础上，把握驻在国国情、政治格局、体制的基本特征、基本矛盾、矛盾的各个方面及其相互关系，并在实践检验的基础上不断修正这一框架。同时，支持政务参赞放手工作，直接抓好政治处的调研工作。坚持、完善每周务虚会等制度，集思广益，指导年轻同志，并帮助他们在实践中提高。

在共同努力、集思广益的基础上，我对埃塞俄比亚政局走向形成以下基本看法。埃塞俄比亚是一个有着悠久历史的发展中国家，当前面临的根本任务是实现国家的现代化。这一历史进程可以分为三个阶段。开始，海尔·塞拉西皇帝等借鉴西方经验，力图走一条君主立宪的现代化道路，虽取得一定进展，终因矛盾激化被推翻。1974年革命后，军政权争取苏联、东欧国家支持，照搬东方模式，力图通过走社会主义道路实现现代化，但没有处理好民族问题和发展经济的问题，再次被武力推翻。埃革阵执政后，从国际、国内的实际出发，政治上承认国内曾长期存在民族压迫和剥削，使民族问题成为国内政治中的主要矛盾，因而采取联邦制，通过承认民族权利实现国内稳定和团结；经济上，从本国仍是十分落后的农业国的现实出发，选择了市场经济的发展道路，并制订了以农业发展为先导的工业化战略。以梅莱斯总理为代表的埃革阵主流派通过17年武装斗争取得政权，执政后在探索本国发展道路方面取得一些进展。该集团对本国国情有比较深刻和符合实际的认识，建立了严密的组织，严密控制军队等强力部门，具有贯彻实施核心层决策的能力，其方针政策符合广大群众特别是农民和落后地区民众的利益，得到广泛支持。反观其他政治力量，由于埃革阵实行民族平等的政策，以民族权利为旗帜的反对派武装丧失政治上的吸引力，有的堕落为恐怖组织；其他政治反对派既无清晰的纲领，也无严密的组织和特定的群众基础，难以通过合法选举挑战埃革阵的执政地位。因此，可能导致政局重大动荡的因素，短期是埃革阵内部能否保持团结，长期则是埃革阵的发展战略能否达到预期目标，实现经济发展和社会进步，给广大群众带来实惠，继续赢得人民的支持。

如果上述分析基本符合实际，那么，我们在继续密切关注埃塞政局走向的同时，对双边关系基本面应有充分信心。应该说，在埃塞俄比亚，同中国友好是有群众基础的，在执政党内更是深入人心的。党内分歧乃至危机并不会对双边关系带来影响。同时，人无远虑，必有近忧。夯实两国关系的基础，要求我们支持埃革阵政府发展经济的措施，使两国合作给埃塞带来实惠。当然，也要维护好我们的根本利益。

形成思路

到任后，在初步调查研究和积极交往的基础上，我得出以下看法。首先，埃塞俄比亚是一个友好国家。这其中有感情因素，有意识形态因素，更有两国根本利益一致和我们长期工作的因素。其次，双方互有所求。在国际事务中，我国具有更为广泛的利益，需要埃方支持的地方很多。同时，埃方奉行务实外交，希望通过对外交往推动本国经济发展和社会进步，需要中国的支持和帮助。再次，双边关系既面临机遇，又面临挑战。最突出的表现是，双方良好的政治关系并没有完全转化为实际有效的经济合作。同时，非传统经贸合作中出现了一些亮点，但也带来一些新的问题。埃方从其国情出发，选定市场经济发展道路，将国家在经济发展中的作用确定为基础设施建设、人力资源开发和建立市场经济体制，希望双边经济合作直接为之服务，并大力吸引中国公司参与国际招标的工程项目，但我国有的公司在工程承包中出现拖期问题。埃方重视学习我发展经济的经验，希望我使用援款派出专家，开展管理、承包、培训等活动，却因我国内体制、部门分工等问题遇到一些困难。针对这种形势，我感到要与时俱进，贴近双方实际情况、要求和可能，扬长避短，开拓新局面。

我按上述想法起草了到任报告报回，并得到了国内认可。

欢迎穆拉图出席国庆招待会

克服困难

我此前从未在使馆工作过,对双边经贸合作更是外行。作为大使,如何在新的历史条件下,扎实推进两国各个领域的合作,夯实双边关系的基础?我感到还是要从调查研究开始。这也是多年前在基层挂职总结出来的经验。比如说,要解决万宝公司工程拖期的问题,不妨从了解路桥公司进展比较顺利的项目开始。从提撒拜电站工地回来后,我决心在不影响使馆日常工作的前提下尽快走遍所有双边合作项目。

这是件一举多得的事。首先,可以现场了解合作情况,增加相关知识,一同总结经验教训,改进工作。其次,作为国家代表,到现场看望我方人员,可以将祖国的关心带给大家。第三,合作项目分布在埃塞俄比亚各地,奔波之中可以增加对驻在国的感性认识。同我方人员的接触,也是对驻在国调研的渠道之一。同时,这也是对埃方的一种姿态:表明尽管我不能立刻解决所有问题,但至少很重视。

这些考察活动大都安排在周末。到任的第二个周末,我到距首都100公里左右的奥罗莫州首府纳兹瑞特去看望了中国医疗队。第三个周末,我在路桥公司代表徐三好的陪同下看了距首都不远的一个公路项目,然后又回过头来看了首都的环城路项目。第四个周末,前往路桥公司在距首都200多公里处承建的、由世界银行出资的公路项目,晚上住在营地的集装箱里。第五个周末,同万宝的代表一起去了首都西北600多公里、拖期最为严重的220项目(一条220公里长的公路)。以后,又去南方州看了由无锡两家企业承包管理的埃国有纺织厂,到首都以北400多公里处看望参加中、埃、联合国粮农组织三方合作项目的农业专家和从唐山来的纺织专家组,以及其他三个公路项目、一个电站和一个水泥厂。大致估算一下，我在就任第一年内，大约驱车、飞行各 6000 余公里。

下工地

通过这些实地考察，我认为首先应该充分肯定双边合作取得的重要进展。

传统中非经济关系的主要内容是贸易和我方提供援助。我们国家进入改革开放时期后，政府不再过多参与贸易活动，经援，包括无偿援助、无息贷款和物资援助，成为双边官方经济往来的主要形式。在充分肯定几十年来经援为外交服务、显示中国人民友好情谊的重要贡献的同时，也要看到其中存在的问题。首先，经援基本上是一种单方面的付出，受制于我财政能力。其次，经援的主要形式是项目建设，从双方就使用办法达成一致、考察、设计、施工到建成移交，旷日持久。三是项目内容随形势变化可能出现反复，如早期的工农业生产项目，中期的楼堂馆所纪念碑项目和后来的医院、低造价住房等社会项目，有些建成时运行良好，以后逐渐出现问题，甚至成为双方的包袱。在埃塞俄比亚，由于建交后该国政局长期动荡，且发生过两次政权更迭，使经援的完整执行遇到很大困难，双方甚至长期难以就项目达成一致，使我承诺的援款长期放空、沉淀，进而限制了经援规模。这中间存在沟通、认识和体制问题。如埃方希望使用我援款接受我专家参与企业管理，但我方则更倾向于把援款用在长期看得见、摸得着的地方，建设纪念碑项目。分歧导致国内主管部门认为埃塞人固执，难打交道。这中间，使馆有责任更准确地向国内说明埃方的思路、意图。

　　与此同时，双边新型合作取得重要进展，互利合作在双边经贸关系中的重要性不断上升。埃方迫切希望对外经济关系服务于其经济发展战略，发挥立竿见影的作用。对中方的期待主要有三项：一是学习我发展经济的经验；二是吸引中国公司参与公路、水电、通信等基础设施建设项目的国际招标，从而压低工程造价，并加快技术转移；三是吸引中方参与能力建设和人力资源开发项目，帮助埃方加速培训相关人才。长远而言，埃方还希望将来有大批中国公司前来直接投资设厂。通过双方的努力，中国公司大规模进入埃塞工程承包市场。然而，工程承包进展得并不像想象的那样顺利，中方承揽的项目普遍出现拖期现象。这中间最主要的因素是，对中国公司来说，在国外承包工程，既不同于在国内施工，也与在国外实施经援项目有很大不同，主要负责人必须是复合型人才，既要懂技术、懂管理、懂国际工程的惯例、懂外语，还要善于同业主、监理、工会、地方政府乃至司法机构等方方面面的人打交道。就公路建设而言，我们国内只是在兴建京津塘高速公路时才开始接触世界银行项目管理模式（按"菲迪克条款"合同实施），时间并不长，项目不多，这方面复合型人才显然严重不足。

在弄清基本情况后，我做了几件事。对埃方，我高度赞赏其积极推动双边互利合作的努力，表示中国公司曾长期处于计划经济体制下，走出来只是近年的事，需要尽快熟悉国际惯例，积累经验，增强实力，在这一过程中仍然需要两国政府的关心和支持。同时实事求是地说明，出现拖期问题，埃方（业主）、监理等也有责任，如果取消原合同、重新招标对各方都不利，最好是坐下来研究出解决问题的办法，制订新的工期计划。对中国公司，我要求他们找准问题，明确解决办法，认真总结经验教训，探索搞好国外经营的规律，还要相互学习、支持。对国内相关部门和总公司，及时反映情况，争取必要的支持。采取这些措施后，尽管双边互利合作中的问题并没有完全消失，但至少避免了矛盾激化。

中方参与的埃方能力建设和人力资源开发项目则相对顺利。随着埃方农村和城市职业技术教育培训计划全面展开，越来越多的中国教师来到埃塞俄比亚，分赴几十个教学点开展工作任务。在我任内，共有200多人次中国教师参与这项合作，我曾多次到距首都几百公里的教学点去看望他们。这中间有过一些困难和许多付出，但更多的是合作的收获和人生难得的经历。应该说，这一领域的合作使埃方职教规划得以实现，中埃双方的相互了解和友谊进一步发展，被培训者的人生道路由此改变，中国教师也得到锻炼提高。

在我任内，两国双边合作的领域不断扩展，形式不断丰富，规模不断扩大。我在付出辛劳的同时，也在为祖国收获友谊。

广结善缘

大使的另一项日常工作是广交朋友。而交朋友要靠日积月累，不能平时不烧香，临时抱佛脚。

当然，大使交友不能不有所选择。毕竟大使的身份代表着国家，同层次太低的人交往不合适，同反政府的头面人物交往也过于敏感。我在埃塞期间主要有以下几类朋友。

　　一是以前就认识的老朋友，主要是访问过中国的执政党高层人士。由于中国共产党是埃革阵唯一开展党际交往的外国政党，同执政党成员交往成为我馆的独特优势。

　　二是同双边合作有关、名正言顺结交的新朋友。首先是外交部的有关官员，如塞尤姆外长、特科达国务部长以及相关司局的负责人。其次是双边合作需要交往的其他部门负责人，如主管双边经贸关系的经济合作部（后来是财政和经济发展部）以及文化、卫生、教育、农业等部的部长、副部长（国务部长）。随着两国合作领域的不断扩大，我的朋友越来越多。例如，随着中国公司在埃塞承包工程数量增加，工程部（后来的基础设施部）成为我打交道最多的部门之一，而双方开展纺织业发展咨询合作后，我在贸工部、国企局、投资办等单位又有了许多朋友和熟人。一段时间后，我基本上认识了埃塞政府所有副部长以上官员。

　　三是其他国家的大使、代办。亚的斯亚贝巴号称非洲的政治首都，近百个国家在这里设有使馆。使团间的交往相当频繁，而且有各种各样的圈子。各国使馆各有所长，与其交往是获得相关信息的渠道之一。西方发达国家通过提供大量援助，以"捐赠国"的身份更深地卷入驻在国方针政策的制订，也由此掌握更多有关经济、政治的信息。非洲国家驻埃塞大使兼任本国常驻非洲联盟代表，他们最重要的任务实际上是参与地区组织相关事务。许多非洲国家使节身份很高，经验丰富，同他们交往有助于加深对非洲事务的了解和正确判断。

　　总的说来，大使交朋友有许多方便之处，特别是中国的大使。一是外交惯例，大家总能以礼相待。二是我国一贯平等待人，从不嫌贫爱富、以强凌弱，不干涉别国内部事务。三是我国综合国力提高很快，成就令世人瞩目，越来越多的人希望了解中国。此外，交朋友，要善于找到共同语言和利益汇合点。要熟练掌握外语，要知己知彼，要有取有予，自己肚子里要有货色，让人觉得值得与你交朋友。

结交朋友要有由头。交涉、就特定问题磋商，是登门拜访名正言顺的由头。为了引起对方的兴趣，要急对方之所急，想对方之所想，找到兴趣、利益的汇合点。拜会谈话除了解决具体问题外，有时可以了解到一些重要情况，是大使直接从事调研工作的一种重要形式。

我在埃塞俄比亚任职期间打交道最多的朋友是原埃革阵外事工作负责人海尔基洛斯。他是埃塞议会人民代表院议员，外交、国防和安全小组委员会主席，后来又担任埃塞政府中非合作论坛事务特使。我们两人一直就双边关系、特别是论坛第二次部长级会议的筹备工作保持密切联系。

我的另一个好朋友是埃塞俄比亚驻华大使阿迪斯阿莱姆。他是提人阵和埃革阵的中央委员，党内地位更高，长期从事政府外交工作，经验丰富，曾帮我解决一些棘手问题。

执政党内另一个近乎铁哥们儿的朋友是阿尔卡巴，2001年提人阵"革新"运动后升任执委。他原来从事经济工作，任执政党下设的"重振提格雷基金"总经理，主管运作几十亿资产的重要企业，并同中资机构开展各种形式的合作。后改任提格雷州副州长，经营执政党核心组织提人阵的根据地。2002年底以后，出任首都亚的斯亚贝巴市长，以雷厉风行的作风获得各方好评，并有力地推动中埃双方在亚的斯亚贝巴的合作。

接待国内代表团

改革开放以来，我国的对外交往越来越多，接待国内代表团也越来越成为使馆的一项重要任务。接待好国内代表团，既是使馆不可推卸的责任，也可以成为国家重要的外交资源。

我在埃塞俄比亚任职期间共接待了大大小小几十个从祖国来的代表团，大体上可以分为四类。一是国家领导人的访问，如2003年12月温家宝总理对埃塞俄比亚进行正式访问并出席中非合作论坛第二次部长级会议开幕式。这是我任职期间两国之间最重要的一次双边交往。二是外交事务和代表的访问，如2002年1月时任外交部长唐家璇同志的访问。这次访问标志着两国关系克服埃厄冲突带来的不利影响，再度进入全面深入发展的新阶段。类似的还有此前外交部副部长杨文昌的来访。三是促进不同领域友好关系发展的代表团，如我全国性机构、有关部门和地方政府负责人的来访。其中包括全国人大常委会副委员长许嘉璐、全国政协副主席李蒙、全国工商联副主席黄孟复、建设部长汪光焘、水利部长汪恕诚、外经贸部副部长周可仁、农业部副部长范小建和刘坚、交通部副部长胡希捷、中联部副部长马文普、国家民委副主任江家福、对外友协会长陈昊苏、进出口银行副行长赵文章、北京市政协主席程式娥、河南省副省长李成玉以及江西、浙江省外办主任等。四是一些比较特殊的接待任务，如原国务院副总理钱其琛同志作为联合国改革问题名人小组成员来埃塞开会，外交部领导成员乔宗淮作为中国政府特使出席非盟首脑会议等。

除了应埃塞俄比亚政府或有关部门邀请来访的代表团外，许多大型企业如路桥、万宝、华为、中兴等的负责人也来埃塞考察或洽谈合作事宜，使馆也尽量予以协助。特别是温总理来访期间，与中非合作论坛部长级会议平行召开企业家论坛，国内有100多位企业家到会。

接待国内代表团有一些常规内容，各馆大同小异。如按国内上级机关或相关部门的要求争取驻在国同意来访时间，协调会见、会谈、参观等活动，商定礼宾、食宿交通乃至安全警卫等安排。来埃塞访问的代表团数量不是很多，我们有条件做到周到安排。对比较重要的代表团，我都要前往机场迎送，陪同参加主要活动，甚至陪同到外地参观访问。

在做好具体安排的同时，我们还特别强调做好政治接待。所谓政治接待，一是以日常调研为基础，向代表团详细介绍埃塞情况，包括事先提供出访参考材料和代表团抵达后由我当面介绍；二是认真了解代表团来访意图，并努力实现；三是同代表团一起探讨通过特定领域的合作推动双边关系的发展。在这方面，我们努力兼顾双方的需要，使双方都能获益。

这里以2002年8月接待建设部部长汪光焘来访为例作一个简要介绍。

埃方高度重视这次访问。当时，由我水利水电建设集团、葛洲坝集团和一家埃塞公司组成的联营体中标了特克泽水电站土建工程，万宝和东方电机中标该项目的机电设备供货，吉林公司中标配套的送变电工程。这个工程装机30万千瓦，总造价超过2亿美元，建成后将使埃塞全国发电能力增长40%左右，工期66个月，是关乎埃塞经济发展全局的重要项目。此前，万宝等中国公司承建了两个规模较小的电站项目，业绩尚可，但鉴于此项目关系重大，埃方担心再度出现公路项目那样的拖期问题，于是邀请汪部长来访并出席开工仪式，由中国承包商当面做出如期完工的承诺。同时，埃方还希望借此访推动解决公路项目问题。埃方对接待做出高规格安排：梅莱斯总理会见，前一年政府机构改革后新成立的基础设施部部长卡苏博士会谈、宴请，国务部长海尔（即原来的工程部长）全程陪同。为了让汪部长多了解工程承包情况，埃方还专门安排了专机和直升机前往外地。

汪部长对这次访问也很重视。他是学建筑出身，长期在建设部门工作，后又担任哈尔滨市长和北京市副市长，主管城建等工作，来访前不久调任建设部长。他将此访作为调查研究海外工程工作的组成部分。

我深感工程承包在两国经济合作乃至整个双边关系中的重要地位，也希望此次访问能获得圆满成功，因而格外用心。为此，在汪部长访问前，我除同埃方商定访问安排外还提前去了一趟特克泽工地。

8月10日晚，汪部长一行抵达亚的斯亚贝巴，我和海尔国务部长等前往机场迎接。紧接着我向汪部长一行汇报了埃方的安排，介绍了埃塞和双边关系的有关情况，特别是我公司承包工程的进展和问题。第二天上午，代表团先同基础设施部会谈，随后又拜会了主管城市建设的联邦事务部，午饭后乘专机飞往提格雷州首府马克雷。马克雷在埃塞也算得上历史名城了，1896年埃塞军民在著名的阿杜瓦战役中打败入侵的意大利军队时皇宫就在这里。市内建有纪念碑和国际会议中心，长期致力于城市建设的汪部长饶有兴趣地沿途游览了市容。这里又是执政党核心组织提人阵的根据地，有不少"老革命"，州长是提人阵和埃革阵的执委。晚间，州政府的宴请气氛很是热烈，但在场的许多人却怀着一块心病，那就是万宝公司承建的一条穿城而过的公路拖期严重。宴会后，汪部长找来项目经理了解情况，并以内行人的眼光指出存在的问题。此时的埃塞虽然正处于雨季，但第二天晴空万里，我们一行乘直升机前往特克泽参加开工仪式。随后飞往古城阿克苏姆，转乘专机赴巴赫达尔，下午参观提撒拜电站，汪部长慰问了在场的中资机构人员，同时也指出工程存在的不足。代表团一行奔波几处工地后，乘专机赶回首都，出席晚上埃方为汪部长来访举行的招待会。会后，汪部长召集水利水电建设集团、葛洲坝、路桥、万宝公司的代表开会，研究公路、电站项目存在的问题及整改措施。13日上午，汪部长一行拜会亚的斯亚贝巴市政府，商谈就环城路、供水项目和城市规划进行合作等问题。中午，汪部长等同卡苏、海尔等共进工作午餐，等于进行了第二轮会谈。下午，参观首都附近的AB路项目并视察经援项目（低造价住房）。晚上，我为汪部长来访举行答谢宴会。随后汪部长再次同中资机构代表座谈，重点研究经援项目存在的问题。14日上午，梅莱斯总理、塞尤姆外长先后会见代表团。随后，我陪汪部长前往机场，卡苏、海尔也赶来送行。在机场，汪部长接受了电视台记者采访后离境，结束了紧张的访问行程。

我在全程陪同汪部长访问过程中被他丰富的专业知识和领导实践经验、深入细致的工作作风、广泛的兴趣和开朗的性格所感染，并深感政府部门领导的关心、支持可以为解决双边合作中的具体问题、从而推动双边关系的发展发挥积极作用。

随着我国市场经济体制的逐步确立和政府职能的转变，政府部门不直接干预企业的日常经营活动，但作为政策、法规的制订者，他们在引导企业坚持正确的经营方向等方面继续发挥重要作用。他们还可以发挥优势，直接参与双边合作。我向汪部长建议，使用我国政府援款，发挥建设部及下属事业单位人才济济的优势，同埃方开展城市规划、管理人才方面的培训，得到他的大力支持。

汪部长一行回国后继续关心中埃双方在工程和城市建设方面的合作。他们除就访问了解的情况和问题向国务院提出意见和建议外，继续督促有关企业改进海外工程经营管理工作，并同埃方开展了城市规划、管理方面的合作。

当然，其他部门、地方、企业领导来访后，也为拓宽、深化双边合作做出各自的贡献。事实证明，随着我综合国力的提高，参与对外交往与合作的角色越来越多，他们都成为国家的外交资源。

使团中间

亚的斯亚贝巴号称非洲的政治首都，云集着近百个外国使馆和几乎所有联合国系统国际组织的代表处。使团间的交往是同驻在国交往的有益补充。

驻埃塞使团的一个大头是非洲国家的使馆。亚的斯亚贝巴是原来的非洲统一组织和现在的非洲联盟的总部所在地。非洲国家驻埃塞大使大都兼任本国常驻非盟代表，实际上后者才是他们的主要任务。对许多非洲国家来说，常驻非盟代表是最重要的外交职务之一，驻埃塞大使中不乏前任部长。同他们交往对了解非洲事务很有帮助。

使团的另一个重要组成部分是美国和其他发达国家的使馆。他们因提供大量援助对驻在国的经济、政治有很大影响，掌握的信息也较多。近年来，西方国家更加关注非洲，了解西方同非洲交往的情况，对我加强对非工作会有所启示。

使团之中有各种各样的"朋友圈"。例如，在印尼大使的倡议下，印尼、中国、韩国、日本、印度等亚洲国家使馆的大使和首席馆员定期聚会。

我递交国书后，即按通行作法，照会各国使馆和国际组织代表处，表达建立良好工作和私人关系的愿望，并有选择地拜会一些国家的使节。

"亚洲之夜"活动

总的说来，使团交往有两类。一是建交国家的国庆招待会，基本都要出席。二是相互拜会和宴请，可以有选择地进行。当然，使团间的活动服务于特定目的，说到底还是国家利益。

一是广交、深交朋友。各国的国庆招待会都是交友的适当场合。小范围的宴请和聚会，则可进一步加深了解和感情。对特别重要的交友对象还要单独拜会或宴请。同外国使节的一般接触，了解他们的经历和专长，也可以受到启发。例如，日本先后两任大使、加拿大现任大使都是经援机构出身，显然，提供援助，成功开展经济技术合作在一些发达国家同埃塞俄比亚的关系中占有突出地位。美国大使是一位职业外交官，来埃塞前曾在美国务院负责外交官培训工作。她告诉我，为了增进外交官对本国的了解，在培训期间组织他们参观期货交易所，利用周末到农场体验生活；对退休外交官也要安排培训，使之适应退休生活。

二是获取信息。我在埃塞任职期间适逢非洲发生一些大事，如非洲统一组织向非洲联盟过渡，非洲国家出台《非洲发展新伙伴计划》等。为了就这些问题进行调查研究，我多次拜会阿尔及利亚、尼日利亚、马里等重要非洲国家大使，具体了解内部磋商过程，这对指导政治处撰写调研文章很有帮助。我还多次拜会、宴请非统（盟）秘书长和非经委总干事，间接增加对非洲地区政治历史的感性认识。在中国公司参与埃塞俄比亚特克泽电站项目投标前后，埃及大使约见我，详细介绍两国就尼罗河水使用问题存在的历史问题及磋商情况。

　　三是开阔眼界和思路。各国使节经常相互拜访，祝贺节日，加深了解，建立感情，但骨子里却是在竞争：看谁信息更灵，影响更大，归根结底是能更好地实现本国外交的意图。通过交往了解其他国家发展同驻在国关系的考虑和具体作法，实际上也是竞争的一个手段：努力做到知己知彼，进而扬长避短，发挥本国外交的特色和优势。美国财大气粗，兼具硬软实力。2002年埃塞俄比亚遭遇旱灾，近1400万人缺粮。美拿出近5亿美元，提供的救济粮占国际社会总数的70%以上。欧盟国家反对单纯提供粮援，主张更多地从当地采购，以免影响粮食生产的长期发展。加拿大用经援搞了许多饮水等小项目，遍布埃塞的几乎所有地区。据说，加拿大大使也借此走遍埃塞各地。日本使馆每年有约100万美元经费用于支持基层开发、减贫活动。非洲国家出台《非洲发展新伙伴计划》后，西方国家普遍增加对埃塞的援助。同时，考虑到埃方还款困难，半数以上援款为无偿援助。发达国家同埃塞俄比亚等非洲国家经济关系的另一特点是，通过援助影响受援国经济发展方向和战略。他们提供援助的先决条件是受援国要制订出得到国际货币基金组织和世界银行认可的"减贫计划"。这一计划名义上由受援国根据本国情况独立制订，然而其潜在的思路却依据西方主流经济学，并不完全符合发展中国家的国情。例如，西方提供的援助绝大部分用于教育、卫生、饮水等社会项目，从长远讲，对经济发展和社会进步有好处，但短期内难以直接形成生产能力，也无法使援助形成良性循环。这也导致实践中大笔经援并未带来非洲国家的经济发展，在发达国家也出现"援助疲劳症"。相形之下，我国和印度等发展中国家同埃塞俄比亚的经济合作也有自己的特点和优势，并往往更具有共同发展的特征。

当然，在全球化不断发展的今天，大国在非洲的活动并不是决然对立和"零和"关系，其间也可找到合作共赢的空间。

同国际组织代表的交往，除了达到交友和获取信息的目的外，还可以开展三方合作。例如，联合国粮农组织总干事迪乌夫认为，就农业而言，发达国家同发展中国家情况差别太大，开展合作往往成效甚微；更现实的做法是由粮农组织出面，组织农业发展较好的发展中国家同农业落后的发展中国家开展三方合作。他的这一建议得到许多非洲国家的响应。埃塞俄比亚和加纳等非洲国家都同中国结成对子，利用粮农组织提供的资金开展合作。我曾多次同粮农组织驻埃塞代表一道研究开展这一合作的具体途径。

除了使节个人之间的交往，还有一些集体活动。例如由"馆长配偶小组"组织的一年一度的使团义卖。各国使馆事先选定日期和地点，集中出售体现本国特点的食品、工艺品等，将募集所得提供给埃塞俄比亚的慈善机构。此项活动有助于在驻在国老百姓中间树立使团乐善好施的良好形象，同时，各馆集体"亮相"，也有一定竞争含义。对许多大使夫人来说，这是一年当中最为重要的活动，许多大使则亲自推销。我馆每年都全体出动，成绩一年比一年好。亚洲各馆还组织过"亚洲之夜"活动，展示民族服饰、歌舞和食品，邀请埃塞俄比亚各界人士和其他使馆馆员出席。我馆女外交官和随任夫人的民族服饰表演和外交官的太极拳每次都能引起轰动。此外，我馆还同俄罗斯使馆组织过乒乓球比赛，同美国使馆搞过卡拉OK联欢。通过这些活动，我们在使团中间展示了新时期中国外交官的风采，也增进了外交官及家属之间的了解和友谊。

合作结晶

新世纪之初，中方扎实推进各个领域合作在埃塞俄比亚赢得的不仅是友好情谊，还有埃方对中方巩固和加强同非洲国家友好关系的重大举措——中非合作论坛的积极回应与有力配合。

2003年12月，中非合作论坛第二届部长级会议在埃塞俄比亚举行，温家宝总理应邀出席论坛开幕式并对埃塞进行正式访问。14日夜，温总理专机抵达埃塞俄比亚首都保利国际机场。梅莱斯总理等亲自前往机场迎接。我和埃塞外交部礼宾司司长迪巴巴博士登上专机，迎请温总理下机。在舷梯旁，两位总理热情握手。随后，梅莱斯向温总理介绍了其他前往迎接的埃方高级官员。温总理走到使馆和中资机构的欢迎队伍前，同每一位同志握手。欢迎场面热烈动人。

15日上午，埃塞俄比亚政府在国家宫举行欢迎仪式。温总理检阅仪仗队。当军乐队奏响《义勇军进行曲》时，我不禁心潮澎湃：作为大使，这无疑是我任内最为辉煌的时刻。

欢迎仪式后，两国总理举行会谈。双方高度评价两国关系，并提出进一步发展友好合作的意见和建议。会谈后，两国总理出席签字仪式。

随后，温总理一行前往联合国国际会议中心，出席中非合作论坛第二届部长级会议开幕式。会议由埃中两国外长轮流主持，梅莱斯总理、温家宝总理以及与会的其他非洲国家领导人先后讲话。开幕式结束后，温总理邀请非洲国家领导人一道参观中非合作成果图片展。

上午的活动结束后，温总理一行再度前往国家宫，出席埃塞政府的欢迎宴会。午宴后，温家宝总理拜会了埃塞俄比亚总统戈尔马。

下午，温家宝总理在下榻的喜来登饭店会见了与会非洲国家领导人。

晚上，梅莱斯总理举行盛大宴会，欢迎参加论坛活动的各国领导人、代表团成员和企业家。其间，埃塞俄比亚和中国艺术家表演了精彩的文艺节目，赢得一阵阵热烈的掌声。

16日早饭后，温总理接见使馆、中资机构、与会工作人员、演员和专机机组人员，并发表重要讲话。随后，温总理继续会见与会非洲国家领导人。

下午，温总理和梅莱斯总理一道出席中非合作论坛纪念雕塑揭幕仪式。随后，两国总理在机场话别。温总理在埃塞俄比亚的活动圆满结束。李肇星外长则回到会场，主持论坛部长级会议闭幕式。会议闭幕后，两国外长会见了记者。

17日下午，李肇星外长同亚的斯亚贝巴市长阿尔卡巴共同为"埃中友谊大道"剪彩。晚上，李部长还来到使馆看望了大家。

尾 声

2004年7月中旬，使馆接到国内通知，全国人大常委会已任命林琳为新任驻埃塞俄比亚大使。

2004年8月20日，是我在埃塞俄比亚的最后一个工作日，我再度来到总理府向梅莱斯总理辞行。我感谢他在我任内对双边关系的重视和对我工作的支持。他说，任何使节都不可能永远呆在驻节国家，再好的大使或迟或早总要结束任期，但至少有两点可以使你昂首离开埃塞俄比亚。首先，从专业角度讲，你善于排除任何故障。一枚螺丝钉松了，就可能使整个列车倾覆。而你能够使所有机件松紧适度，从而使双边关系的列车按照既定方向以既定速度前进。其次，我们有过很多很好的中国大使，但你显然比他们有更多的朋友。你的朋友，包括埃塞人和中国人，都因你受益。他的话令人感动。可以说，这次辞行为我的任期画上了圆满的句号。

在埃塞的3年另5个月，代表祖国的经历是我一生当中最为辉煌的日子。

第七章　重返非洲

我在结束驻埃塞俄比亚大使的任期回到国内之后，改做周边工作。再次来到非洲已是 6 年之后。我发现非洲发生了巨大变化，中非关系也迈上了新台阶。

故地重游

2010 年 10 月 9 日，我作为中联部副部长在访问毛里求斯和莫桑比克后再次来到埃塞俄比亚。

阔别 6 年，我希望先实地看一看。10 日一早，我在埃革阵中央委员、外事负责人塞科陪同下乘航班飞往提格雷州首府马克雷，在郊外水泥厂中国专家组驻地吃了早饭后驱车前往特克泽电站。经过几个小时的颠簸，我们来到电站所在地，受到当地群众的自发欢迎。如今工程早已结束，四周再无当年的喧闹。曾经激

特克泽电站大坝

流而下的河水被弧形高坝紧紧锁住,展现出"高峡出平湖"的景色。协助埃方管理电站的中方专家向我们介绍了有关情况。特克泽电站的建成,使埃塞全国发电设备装机容量增长了40%以上,有效缓解了缺电现象。当然,更多、更大的电站仍然在建,向邻国出口电力的线路也在紧锣密鼓的建设当中。11日晨,我们乘航班返回首都,从空中鸟瞰特克泽,可以看到电站蓄水淹没许多峡谷沟壑所形成的大片水域的全貌,更使人为工程的规模而震撼。回到亚的斯亚贝巴后,我们于当天下午参观了埃塞电信网络国家运营中心,在这里可以清晰地看到该国电信事业的发展变化。记得我刚到埃塞时,全国只有1.5万线手机,后来中国中兴公司中标,建设一期20万线项目,而现在埃塞全国已有手机用户800万线以上,在建规模超过2000万线。晚上去使馆同大家座谈,当年的"老相识"只有4位当地雇员,他们见了我不禁热泪盈眶。

多年后重逢

12日上午,我率领的代表团先与埃革阵副主席、政府副总理海尔马里亚姆简短会见,随后同埃革阵书记处负责人雷德旺、穆克塔、塞科等会谈,并签署《合作备忘录》,正式开启双方机制化交往新阶段。中午,使馆安排我们在当地"长城饭店"午餐,席间见到许多当年一起奋斗的中资机构的老朋友,百感交集。

下午,梅莱斯总理会见我们,他同时也是埃革阵主席。会见地点仍在总理府,礼宾官仍是那位笑意盈盈的女士。会见中,梅莱斯畅谈对国际和非洲形势、埃塞当前任务以及埃中双边关系的看法。

拜会埃塞俄比亚总理梅莱斯

他说,经济全球化深入发展,引发国际格局深刻调整,而国际金融危机的爆发加快了调整进程。在这一过程中,中国是一支主要力量。西方国家金融过度发展且监管缺失,结构性问题短期内难以解决。近两年来,欧美等经济体重振乏力,金融危机对欧美的影响还会持续多年,就像当年日本经历"失去的10年"一样。而中国、巴西和印度等新兴大国情况则不同。中国经济30多年来一直以高储蓄率、高增长率和对人力资源的高额投入从而保持非常好的基本面。中国面临的潜在威胁是东中西部发展差距过大和社会阶层分化的加剧。中国共产党高度重视对社会事业的投入，正努力妥善解决这些问题，同时积极加快产业结构调整、扩大内需和保护弱势群体。巴西和印度因中国对资源性产品的强劲需求和本国在IT等领域的优势较快摆脱了金融危机的影响。印度行政能力不高，容易滋生腐败，农村基本上仍是半封建经济，但教育水平较高，信息技术领先，并有充足的人才储备，还有一个日渐扩大的中产阶级，因此印度经济10年内将保持增长，但能坚持多久是个问题。

梅莱斯说，非洲面临一些有利条件。一是国际原材料价格上涨，非洲外汇收入增加；二是中国产业正加快向海外转移；三是中国和海湾国家巨大的外汇储备可望为非洲国家发展提供可观的资金。总之，中非在能源、资源、科技和投资等领域互补性强，为双方开展更大规模互利合作创造了有利条件。非洲国家如能抓住这个10到20年的历史机遇期，就有可能摆脱贫困。当然这个过程不会同步，会有一些国家率先受益，然后带动其他国家。埃塞一定会抓住机遇、加快发展。

梅莱斯感谢中国共产党对埃革阵的长期支持。他说，没有一个坚强团结、富有远见和密切联系群众的党，国家就难以实现可持续发展。中国的发展与中国共产党治理国家的能力密切相关。埃革阵与中共相似，也是一个团结强大的执政党。提高执政能力是两党面临的共同挑战，埃革阵愿意学习借鉴中共在党校建设和干部培训方面的丰富经验。梅莱斯还介绍了埃革阵党内实行新老交替的情况。他说，不久前召开的"八大"决定，让那些领导武装斗争和自执政初期起担任国家领导职务的干部逐步退出一线，但他们将继续在党校、议会、企业、外交、顾问等岗位发挥余热和专长，以此把经验传授给新一代领导人。

我感谢梅莱斯热情洋溢的谈话，表示完全赞同他对世界、非洲和埃塞形势的分析，特别感谢他多年来对埃中双边关系特别是党际交往的重视与关心，认为这种交往反过来也深化了我们对国际形势、双边合作乃至"中国道路"的认识。我们将以签署双边合作备忘录为契机，进一步加强交往与合作，使之更好地服务各自的大局与中心工作。最后，梅莱斯总理问起我爱人和女儿的情况，并要我转达他夫人的问候。

签署双边合作备忘录

访问期间，我们还参观了2006年中非合作论坛北京峰会以后中方在亚的斯亚贝巴郊区建设的东方工业园。据说，中国迄今在非洲建设的10个工业园区中，只有埃塞这个是由民营企业在政府支持下投资兴建的。令我喜出望外的是，园区的两个负责人都是我的老相识，一个是当年使馆经商处的一等商务秘书钱国庆，另一个是唐山的企业家焦永顺。

通过这次访问我看到，非洲正面临重大发展机遇，一些执政党积极探索符合本国国情的发展道路，并加强自身能力建设，为党际交往带来更为广阔的前景。

随着中非政党交往的深入开展，我们希望进一步建立能使这种友好情谊世代相传的机制。2009年来华出席中非青年联欢节的纳米比亚青年倡议举办"中非青年领导人论坛"，得到非洲青年代表的广泛呼应。2011年5月，吴邦国委员长将访问纳米比亚，我们决定配合此访，与纳米比亚执政党共同举办青年论坛。基于良好关系，我们邀请18个非洲国家执政党推荐的青年代表出席。5月21日，论坛在纳米比亚首都温得和克举行，纳米比亚总统波汉巴和吴邦国委员长等出席论坛并发表重要讲话，与会青年给予热烈回应。论坛讨论通过《中非青年领导人温得和克宣言》等成果文件，就论坛机制化和纳入中非合作论坛系列活动达成共识。论坛还安排了"希望工程走进非洲"、种植中非青年友谊林、中纳青年企业家见面会等符合青年特点的系列配套活动。与会中非青年普遍认为，论坛创造了历史，必将对中非关系长远发展产生积极影响。

在毛里求斯工党建党75周年庆祝大会上宣读中共贺词

高层交往

经中央批准，时任中共中央政治局委员、书记处书记、中宣部部长刘云山于2011年11月访问埃塞俄比亚、坦桑尼亚和津巴布韦三国，时任中宣部副部长王晓晖、浙江省委宣传部长茅临生和我陪同前往。

三国对这次访问高度重视，代表团所到之处都受到热烈欢迎。在埃塞俄比亚，刘云山会见了埃革阵主席、政府总理梅莱斯，同埃革阵中央书记处负责人雷德旺举行会谈；在坦桑尼亚，会见了革命党主席、总统基奎特，同革命党副主席姆赛夸举行会谈；在津巴布韦，会见了代总统恩科莫，同津民盟全国主席莫约、行政书记穆塔萨、新闻书记贡博等会谈。

刘云山同他们坦诚交流、畅叙友谊、分析形势、探索深化合作的前景。三国领导人盛赞中非友谊，一致认为中国是非洲的全天候朋友，中非合作面临重大机遇，前景广阔。

刘云山反复强调，中非友好基础牢固、深入人心，中国重视非洲，珍视久经考验的深厚情谊，愿进一步深化合作，坚定支持和帮助非洲发展。

同时，各方一致认为，政党关系是国家关系的政治基础，执政党之间的交往更接近决策中心、更能发挥关键作用。刘云山围绕深化党际合作，就加强高层往来、拓宽交流渠道、推动人文领域合作提出一系列具体建议，得到三国执政党的积极响应。埃革阵、坦桑革命党和津民盟也就干部培训、党校和智库建设等方面的合作提出意见和建议。

刘云山还着力推动文化领域交流和新闻媒体务实合作。他强调，文化是心灵沟通的纽带，世界文化丰富多样，各国家、各民族的文化都有自己的优长，相互交流借鉴才能取长补短、共同提高。当今时代是信息时代、媒体时代，西方国家凭借先发优势、技术优势和资本优势，在国际信息传播中居于垄断地位，对发展中国家的报道往往带有偏见。加强传播能力建设，是中国和非洲国家共同面临的紧迫课题。三国领导人都表示，期待与中国加强文化与新闻宣传领域的合作，打破西方文化霸权与舆论垄断。

通过这次访问，我们进一步看到中非合作面临历史性机遇，其中党际交往具有独特优势和作用，在开展党际交流过程中要照顾对方的实际关切，同时可以把非洲作为对外文化交流的着力点和对外信息传播的突破口。

2012年1月5—16日，中共中央政治局委员、中央书记处书记、中组部部长李源潮率中共代表团赴南非出席非国大百年庆典并访问南非、卢旺达、乌干达、南苏丹和苏丹。参加这次访问的有中央部委、国有企业和金融机构的负责同志以及民间组织负责人，活动涉及政党合作，经济、新闻、卫生合作以及民间友好，是一次政党外交、政府外交、公共外交和民间外交相结合的成功实践，也是借助政党高层交往平台，整合政治、经济、文化和民间外交资源，开展立体外交、形成对非外交合力的有益尝试。通过这次访问，我们感到非洲正步入新的发展阶段，中非合作面临转型升级的需要，要从战略高度重视对非干部培训工作，我加强对非传播能力建设也面临重要机遇。

2012年3月19—28日，中共中央政治局委员、北京市委书记刘淇访问安哥拉、肯尼亚并过境津巴布韦。这次访问积极倡导"大外交"理念，发挥"首都外交"优势，政治、经贸、文化活动并举。在安哥拉，刘淇一行参观了凯兰巴·凯亚西住宅项目，与在安中资企业代表座谈。在肯尼亚，代表团积极回应对方建立友好城市关系的要求，并邀请内罗毕加入世界旅游城市联合会。随团访问的相关团组还举办了"魅力北京"图片及非物质文化遗产展览和"北京之夜"大型文艺演出。刘淇一行还会晤了联合国环境署负责官员,并参观了中央电视台非洲分台(现为中国国际电视台非洲分台)。

迈上新台阶

党的十八大之后,习近平总书记高度重视对非工作。他在2013年当选国家主席之后第一次出访,就包括了坦桑尼亚、南非、刚果(布)等三个非洲国家,并在南非出席金砖国家领导人第五次会晤、金砖国家与非洲领导人对话会和中非领导人早餐会等一系列活动,会见了众多非洲国家领导人,系统深入地阐述了对非洲形势和中非关系的一系列重要看法,就进一步加强中非合作同非洲领导人达成诸多共识。此后,对非政党交往工作的主要内容,就是通过政党交往渠道,贯彻落实习总书记相关指示精神以及中非领导人达成的共识。

2013年9月13—19日,中央书记处书记、中央纪委副书记赵洪祝率团访问了埃塞俄比亚和赤道几内亚,旨在落实习近平主席与埃塞总理海尔马里亚姆和赤几总统奥比昂达成的重要共识,推动我与两国党际和国家关系全面深入发展,并为谋划对非工作战略进行深入调研。我陪同赵洪祝同志前往访问。

此外,我本人曾几次作为中共代表或率中共友好代表团访非,就中非政党交往中的具体问题进行调研与磋商,探索进一步拓展交往的渠道、形式与内容。

2013年4月21—29日,我作为中共代表出席在苏丹首都喀土穆召开的非洲政党理事会成立大会。通过参会和与有关政党接触,获得了许多第一手情况,了解对方期待,促进了相互理解与政治互信。10月7日,我又作为中共代表赴坦桑尼亚出席由南非、纳米比亚、安哥拉、莫桑比克、津巴布韦和坦桑尼亚六国执政党总

双洲记

出访期间会见南非非国大领导人拉马福萨

书记等参加的六党合作机制会议，重点探讨建立干部培训多边合作机制问题。11日，我离开坦桑尼亚，取道埃塞俄比亚率中共友好代表团访问马拉维，并利用在亚的斯亚贝巴转机的机会拜会我的老朋友埃塞新任总统穆拉图。

2013年是我的"本命年"，我已经接近退出一线领导职务的年龄。但是，为了使党的对非交往更具可持续性，我仍在抓紧最后的机会同我的同事们奔波、探索。

发挥余热

2014年1月，由于年龄原因，中央决定我不再担任中联部副部长。但作为全国政协对外友好界别及外委会的委员和中国国际交流协会副会长，我继续参与一些对非友好工作。

2015年2月3—5日，我以全国政协委员、中国国际交流协会副会长的名义率中共友好代表团赴埃塞俄比亚出席"中非政党理论研讨会"。这是中共首次同非洲国家政党举办多边理论研讨会，埃塞俄比亚、坦桑尼亚、苏丹、津巴布韦、卢旺达、刚果（金）、乌干达、加纳、刚果（布）等9个非洲国家执政党代表出席。埃革阵副主席、政府副总理德梅克，坦桑革命党副主席曼古拉，乌干达全国抵抗运动副总书记托德旺，加纳全国民主大会副总书记安尼多霍等出席。纳米比亚人组党总书记姆奔巴因故未能与会，但提交了书面发言。

　　研讨会围绕"当代世界政党和国家在发展中的作用：中国和非洲的例证"这一主题进行了广泛、深入的探讨与交流。德梅克和我代表会议主办方在开幕式上致辞，埃塞政策研究中心主任阿贝和中共中央党校党史研究部主任谢春涛以及坦桑尼亚和乌干达的代表分别做主旨发言。

　　中方代表重点介绍了中国共产党领导建设中国特色社会主义取得的成就和经验，非洲国家政党代表交流了在探索发展道路方面取得的进展以及面临的挑战。与会代表还就党际交往在中非关系中的地位和作用、中非新型战略伙伴关系和非洲发展前景等问题进行了深入的研讨。会议通过了《中非政党理论研讨会宣言》，认为非洲理念相近政党有必要加强与中共的交流，相互分享治国理政经验；建议将研讨会机制化；本着平等、相互尊重和开放原则，欢迎非洲其他国家政党参加。

　　埃革阵元老、政策研究中心主任阿贝在研讨会上全面、系统、深入地介绍了埃革阵探索发展道路的理论成果，即"民主发展型国家"理论。他指出，该理论是埃塞已故总理梅莱斯等埃革阵领导人在对东亚特别是中国发展道路长期比较研究的基础上，结合埃塞国情而发展起来的，实际上是中国经验在埃塞俄比亚的"翻版"。它包含以下核心要素：一个全心全意为实现国家发展服务的执政党；实施以国家为主导的市场经济；优先发展小微企业，强化私有部门；打击寻租行为，创造良好的经济环境；实施土地改革和农业转型，赢得农民支持。在这一理论指导下，埃塞俄比亚实现了政治稳定和经济社会快速发展，连续十年保持年均10%以上的经济增长率，成为同期非洲非资源富集型国家中经济增速最高的国家。埃革阵"民主发展型国家"理论体系不断成熟，标志着非洲国家探索适合自身特点的发展道路取得了重大突破。

与会非洲国家政党代表从中共和埃革阵的经验中受到启发。许多代表认为，中国成功发展最核心的因素是中国共产党的领导。中共不仅对国家发展有清晰的思路，而且有能力动员人民群众来实现既定目标。非洲各国也应建立强有力的政党，引导国家实现经济和社会发展。曼古拉说，当前非洲国家执政党普遍面临一系列挑战，如意识形态模糊、党内派系斗争严重、全球化和新自由主义的冲击、党的组织制度建设仍不健全等，学习中国党的经验无疑将有助于非洲政党有效应对上述挑战。许多非洲政党代表表示，埃革阵结合自身实际探索出的发展道路既汲取了中国经验的精髓，又结合了非洲国家自身的实际，具有很强的科学性。非洲政党要克服"殖民地心态"，具有更加远大的目标。非洲国家与埃塞国情相似，执政党可借鉴埃革阵经验，建设一个强有力的执政党，逐步完善党的各项制度，以提高人民生活水平为出发点制定政策。一些与会非洲国家代表认为，这次会议最大的收获就是从中共和埃革阵的发展经验中认识到民主必须与本国具体国情相适应，过度的民主会导致无政府状态。

与会非洲国家政党普遍认为，当前非洲正处于发展的关键期，中非合作面临新的机遇，双方未来合作空间广阔。中非政党理论研讨会的举办，为中非政党和非洲政党之间开展治国理政经验交流提供了新平台，将有助于非洲国家政党分享经验、促进合作。德梅克说，研讨会创造了历史，希望能够机制化，以利于中非政党更好地相互学习借鉴。曼古拉认为，研讨会不仅为学习中国经验提供了良机，也为非洲各国政党相互交流提供了平台，建议定期举办，并逐步扩大范围，让更多的非洲政党从中受益。津民盟政治局委员、新闻部副部长穆茨万格瓦说，研讨会有助于非洲理念相近政党加强联系，共同防范外部势力分而治之的图谋。卢旺达代表认为，研讨会标志着中非政党关系迈上了新台阶，可使非洲国家政党更好地了解、学习中国发展经验，助力非洲国家实现和平与发展。

与会期间，我还拜会了老朋友穆拉图总统。我向他转达中国领导人的问候，他特别感谢习近平主席致信祝贺他生日。他说，埃塞道路是中国道路的翻版。埃中不仅有相似的发展理念，而且有共同的经济利益。近年来，埃中合作发展迅速，从最初的工程承包拓展到公路、铁路、能源、制造业等广泛领域。不久前，他出席了亚的斯亚贝巴"城市综合体"开盘剪彩，相信这一房地产开发项目不仅使亚市有了现代化的综合建筑群，作为开发商的中国公司也将有良好收益。

拜会老朋友埃塞俄比亚新任总统穆拉图

此外，我们还乘坐了刚刚建成通车的亚的斯亚贝巴市轻型轨道交通，考察了接近完工的亚地斯—吉布提铁路、阿达马风电二期、微小企业孵化器和安居工程等。埃塞这个我多年工作过的国度，所到之处日新月异的发展给我许多感触和鼓舞，从中预示着中非真诚互利合作关系的美好前景。

功德圆满

2015年12月，中非合作论坛峰会将在南非举行。作为准备工作的组成部分，"中非智库论坛"第四次会议于当年9月9—10日在南非首都茨瓦内（比勒陀利亚）召开。会议主办方邀请我出席，并在第一次全体会议上做主旨发言。于是，我利用这一机会将我与非洲的缘分做了一个总结。

我发言的题目是：一个中国人对非洲的理解和分析。其中包括三个层次：我同非洲的交往，感受与体会，从当下看未来。

首先，我告诉听众，我的一生几乎都在从事同非洲的交往。1977年，我大学英语专业毕业，分配到中联部非洲局工作。最开始是一名翻译，用周恩来总理的话说是国际舞台上的群众演员。我第一次接待的非洲客人，是因索韦托事件而流亡国外的自由战士。第一次到非洲，是1982年陪同中共代表出席坦桑尼亚革命党二大。当然也有不宜以政党名义交往的，例如学术机构和智库，于是中共与其他民主党派、群众团体和各界知名人士一道于1981年发起成立了中国国际交流协会，下设研究中心。我第一次到南非是1991年，即该国废除种族隔离制度之前，陪同交协总干事，应南非基金会的邀请前往。第二次也是在两国正式建交之前，应金山大学的学者邀请。开始，我在中非交往中只是担任翻译，后来参与研究工作，包括实地考察，再后来曾代表中共出席毛里求斯工党的党代会和南非的国际声援大会。最近一次来非洲是 2015 年 2 月到亚的斯亚贝巴，出席中非政党论坛。30 余年期间，我曾到访 40 个非洲国家，会见过许多党的领袖、主席或总书记。

出席南非非国大举办的国际会议

对非洲也不是只听一面之词。我从 1986 年开始参与国际学术交流，曾 3 次出席美国非洲研究协会年会，也曾接待过英国、法国、俄罗斯等国非洲问题学者与专家来华交流，多次出席国际研讨会。第一次是 1988 年的第一届中美非洲研讨会，会议的主题是非洲国家经济困难的原因？国际学术交流的高潮是参与多边合作项目——中国、瑞典、美国同坦桑尼亚经济合作比较研究。

我也曾有幸在一线参与过中非双边合作实践。2001 年 3 月—2004 年 8 月，我受命担任中国驻埃塞俄比亚大使。其间，中非合作论坛第二届部长级会议在亚的斯亚贝巴举行。

随后，我概括了这些交往给我带来的感受和体会。要同非洲交往，首先要了解非洲，正确认识非洲。而这要求有正确的方法论。中国学问的特点是知行合一。既要坚持理论指导,更要从实际出发,坚持实践检验真理。同时,也不能关起门来认识非洲,而要对外开放。"它山之石,可以攻玉",要通过国际学术交流,利用各国非洲问题专家和学者的研究成果,加快提升认识水平的过程。总之,我对非洲的认识,基本上与中国的改革开放同步,也是从解放思想、把握国情起步的。认识非洲的"洲情",同认识中国的国情一样,是一门大学问,只能通过努力,不断接近相对真理。既然是大学问,必须有学科建构与建设。全球化条件下关于非洲的区域研究学科建设也必须是全球努力。比较可靠的认识论是知行合一、理论指导、实践检验。同时,关于非洲的区域研究也要借鉴发展经济学、发展政治学、发展社会学、人类学、民族学等学科的成果,以及关于世界其他地区的区域研究成果。需要强调的是,这种研究中最重要、最可靠的是非洲人自己的实践:他们不仅在解释世界,也在以自己的实践改造世界。

其次,我对非洲的前途抱有乐观态度。通过30多年的交往,我深感就非洲发展而言,最重要的是找到符合洲情和国情的发展道路,将其付诸实践,并逐步建立相应的体制及新老交替机制。以我同埃塞俄比亚的交往过程为例。苏东剧变之后,埃塞俄比亚的原门格斯图政权垮台,埃塞俄比亚人民革命民主阵线(埃革阵)取得政权。当时厄立特里亚已经独立,埃塞国内还有十余个民族分离组织,其中不少有自己的武装,国家面临分裂的现实危险。然而,埃革阵从本国实际出发,通过"阵线"的政党体制和"联邦制"的国家体制逐步实现了稳定,初步解决了政治体制问题。1994年,埃革阵派团访华,了解中国发展经济特别是农业的经验教训。我们向他们介绍了有关情况,并鼓励他们深入研究本国国情,探索自己的发展道路。3年后,我回访埃塞,老朋友们告诉我,他们已经找到了自己的发展道路——以农业发展为先导的工业化战略。我听后半信半疑，但到外地实地考察后我觉得他们是认真的。他们得出结论：从国内实际出发，要集中力量发展市场经济，但这不意味着国家不能在其中发挥作用；实际上有两件事是国家必须做的，一是基础设施建设，二是人力资源开发。为此，他们制定并实施了相关计划、方案和政策。同时，在基础设施和能力建设的所有相关部门和领域中都努力扩大同外部的合作。2001年，我受命担任中国驻埃塞大使。由于埃塞执政党和政府有着明确的发展战略和思路，我的工作思路也变得清晰：鼓励中资机构以互利双赢的方式参与驻在国的各项发展事业，以此积累国际经营的经验与能力，切实做到互利双赢。担任大使的3年多时光的确是我对非交往的高潮。离任后我曾多次回到埃塞，每次都发现他们在发展经济和其他领域取得新的进展，如加强党的建设、实现领导层的新老交替、密切联系群众等。当然，埃塞的实践并非非洲大陆上唯一的成功实践。其他非洲国家，如安哥拉、加纳、尼日利亚、南非，也在创造各自的成功经验。

然后，我回到本次论坛的主题："2015年后非洲发展新趋势及与外部世界关系的变化"。明天是由昨天和今天发展而来的，可以通过回顾过去，分析眼下，进而展望未来。

关于非洲发展的新趋势，我认为最重要的是在寻找符合本国国情的发展道路方面取得的突破性进展。这些进展，不仅反映在理论、模型和范式上，更多的是体现在非洲各国人民的实践中。当然非洲各国的发展不是只有一条道路，关键在于独立自主探讨的意愿与能力。在今年2月亚的斯亚贝巴中非政党理论研讨会上，埃革阵等9个非洲国家的政党进行了研讨。作为执政党，要有所作为，特别是利用好国家这个现代化的引擎。

当前非洲经济发展面临的外部环境存在一些困难。关于世界经济形势，多数人不乐观。金融危机之后的复苏依然脆弱，发达经济体发生分化，各种不确定因素依然很多。不少人担心下行长周期，连新兴经济体也面临诸多问题。中国出现所谓"新常态"，原有增长模式不可持续，必须"稳增长、调结构、转方式、惠民生"。2012年似乎是转折点：成为第二大经济体，但积极劳动人口开始下降。由于发达国家复苏脆弱，中国GDP中出口贡献率大幅下降。对非洲大宗商品需求疲软。非洲国家在对外经济合作方面面临新的挑战与机遇。

记得我离开大使岗位6年后重返埃塞，见到梅莱斯总理。他入木三分地分析了美国金融危机之后的世界以及中非关系，认为新兴经济体的高速增长引发对非洲大宗商品的需求，使得双方经济互补程度进一步提升，提出要拓宽合作领域、内容和方式。3年后，习近平主席提出共同建设"一带一路"的倡议。今年将举办中非合作论坛首脑会议，这是深化中非合作的重大机遇。

最后，我表示本次会议肩负重要使命。要研究合作成功经验，寻求深化合作的共识，拓展合作方式。要研究存在的问题，克服困难，将潜力变为现实。智库合作应成为中非合作的重要组成部分。这既是双方各自的需要，也是共同的需要。中国国际交流协会愿意与大家共同努力，在这方面做出贡献。

总之，在非洲，我得到了知识，结识了朋友，收获了友谊，实现了价值。

第三部分　交友周边

尽管在埃塞俄比亚当大使的日子，是我一生中最有成就感的阶段之一，但我也意识到，大使是有任期的，如果继续担任大使，恐怕很难再有哪个国家能让我像在埃塞那样得心应手。于是我向组织上提出希望任期结束后返回中联部工作。组织上满足了我的要求。

不久，中组部、外交部开始运作第二批公选高级外交官，时任中联部主管亚洲国家的一局局长武树民同志入选。部里决定我到一局主持工作。一局当时分管南亚的印度、尼泊尔、巴基斯坦、孟加拉、斯里兰卡、马尔代夫、不丹和东南亚的印度尼西亚、菲律宾、泰国、马来西亚、新加坡、缅甸、文莱、东帝汶共15个国家。这次，我不可能像搞非洲工作那样按部就班的熟悉情况，只能从大局出发，形成我的工作思路。

做好周边国家政党的联络工作，必须围绕中心、服务大局。一方面要通过党的对外交往服务于国家总体外交，做到关键时刻找得到人、说得上话、办得成事；另一方面要服务党的建设，使先锋队通过实践更加具有世界眼光、更善于把握世情。这些都没有现成的国际惯例。一般说来，政党的基本活动舞台在国内，并不是国际事务的主体。然而全球化的深入发展，对各国都可谓挑战与机遇并存，对外交往可能对政党事业产生积极影响。要将潜力变为现实，首先要从实际出发选择交往对象，其次要通过交往增进相互了解，再次则是通过拓展交往形式使之更为有效地服务于各自的关切。所有这些都需要深化认识，知己知彼，开拓创新。

这些国家各有特点。双边关系的历史与发展趋势、政治体制和政党的地位作用与关切等都不同，党际交往的现状及可能发挥的作用自然也有所区别。我的基本想法是，有些国家的交往可按目前状况按部就班地开展，我的注意力应当有重点地集中在一些国家，特别是急需开拓创新的领域。

在我担任一局局长以及后来担任副部长继续分管该地区事务期间，投入精力最多的是拓展同印度各主要政党的交往，使中国巴基斯坦的党际交往与国家双边关系相适应，使同尼泊尔的政党交往为稳定双边关系发挥积极作用，使同东南亚国家政党交往在双边关系中发挥独特作用，以及使中国共产党参与亚洲政党国际会议等多边活动服务于党际交往与地区合作。这些即构成第三部分各章的主要内容。

第八章　迷人的印度

半路出家

2004年，我结束了驻埃塞俄比亚大使的任期，回到中联部。次年，部领导调我到一局主持工作。

一局分管着15个国家，其中印度当然是十分重要的。中国外交布局中曾有"大国是关键，周边是首要，发展中国家是基础，多边是重要舞台"的说法，大概只有印度一个国家前三个方面都占全了。尽管进入新时期以后，我们下了很大功夫克服障碍，改善关系，努力创造有利的外部环境，中印关系不断得到改善，但双边关系仍有脆弱的一面。例如当印度执意发展核武器时，就有人出来拿"中国威胁"做挡箭牌。

在改善中印关系的过程中，党际交往发挥了积极作用。在新时期，中国共产党改变了过去只同共产党交往的传统，从而为更好地服务国家总体外交奠定了更为坚实的基础。以同印度政党的交往为例。1983年，中国共产党恢复了同印度共产党（马克思主义）[简称印共（马）]的关系；此后对方支持中方发展同印度执政的"印度国民大会"（简称"国大党"）的关系。1985年是国大党建党100周年，中共派团参加庆典，双方开展直接交往。双边关系中的这些新发展，对时任印度总理拉吉夫·甘地于1988年访华起到推动作用，邓小平就是在会见他时说了那段有名的话：真正的"亚洲世纪"是要等到中国、印度和其他一些邻国发展起来才算到来。

进入新世纪以来，双边关系克服印度核试等因素的干扰逐步改善，然而对印政党交往却似乎遇到瓶颈：在印度主要政党中，中国共产党只同印度共产党（简称"印共"）和印共（马）基本保持正常来往，而同执政的国大党和主要反对党印度人民党（简称"印人党"）的交往却面临一些实际困难。国大党在2004年的大选中获胜上台，原来国际部的人马大都忙于政府外交，而党自身的对外交往却无暇顾及；印人党虽落败成为在野党，但在交往中仍强调对等，如果党的领导人访华，希望安排我党最高领导人会见，从而迟迟难以成行。当然，最根本的原因是印度政党活动最主要的目标是赢得选举、组成政府、推行本党的纲领，其人力、物力、财力无疑首先要用于国内；对于同中方交往是否能增强其国内政治地位，印方还有疑问。尽管如此，印度外交部和驻华使馆仍然看出党际交往可以提供重要交往渠道，因此虽然囿于印度的政治体制，他们不便直接插手双边党际交往，但仍然建议建立"两来两往"机制，即每年印度外交部负责接待两个中共代表团，而中联部则接待两个由印度邦首席部长率领的地方代表团。这一建议得到中方的积极响应。

扬长避短

我做印度工作是半路出家，既无对印度深谙语言、风俗的优势，又无早期研究的童子功。主管部领导提醒我，到一个以前不熟悉的局工作，要善于分清主次，对于常规性的工作，可先按原来思路做，自己把重点放在需要有所突破的方面。

为了形成今后对印度工作的思路，我设计了三步走的路线图。

首先是同全局同志一道，认真落实好双方业已商定的交往活动，通过双边交往实践积累知识和经验。既然印方派团有困难，那我们就先组团去，既显示推动双边关系发展的诚意，又通过访问增加对这个重要国家的感性知识。2005年，印度外交部安排印度政府新闻广播文化部出面，邀请时任中共中央政治局委员、中宣部部长的刘云山率中共代表团往访。访印期间，刘云山会见了印度外交和新闻广播文化部长及各政党领导人，通报中共十六届五中全会主要精神，介绍中国坚持科学发展观、构建和谐社会的目标，阐明中方坚持"与邻为善、以邻为伴"和"睦邻、安邻、富邻"的周边外交方针，明确传递了中方希望推动双边友好合作关系和促进地区和谐发展的重要信息。同时，刘云山还着重考察了印度文化建设和新闻宣传方面的情况，积极探讨加强文化新闻交流与合作的具体步骤。同年，我还陪同时任青海省委书记赵乐际访问印度。

其次，尽可能深入地了解印度，争取站到巨人肩上。除了拜长期做印度工作的同志为师，认真阅读他们多年形成的调研成果外，尽可能拓宽学习和阅读范围。博览南亚研究的学术刊物，参加各种研讨活动，阅读国内国际名家的专著，特别是了解印度的历史和现实。在这个过程中，我感到我们的调查研究同美国等发达国家系统学科化的国别及区域研究还有相当差距。我们要知己知彼，不能关起门来自娱自乐，而要相信他山之石、可以攻玉，充分利用、借鉴名家的成果，不仅是结论、数据、信息，也包括方法，要立志为逐步形成马克思主义指导下的外国及区域研究学科做出我们的贡献。

第三，争取更多的实地考察的机会。我们既不能关起门来自娱自乐，也不能跟在别人身后亦步亦趋，而要逐步形成我们的特色和优势。这一要靠理论指导，特别是借鉴马克思主义中国化这种经过实践检验的成功经验；二要靠实践：研究外国，不能只靠书本知识，隔岸观火，必须实地考察，像毛泽东说的那样，迈开双脚，学个孔夫子的"每事问"。

2005年6月，我同局里的季平、贾鹏三人到印度考察。季平毕业于北大印地语专业，入部后一直从事对印工作，可以说既有语言优势，又具备童子功。他为这次考察既精心安排，又充分发挥各种人脉关系，通过老朋友结识新朋友，使我看到了一个迷人的印度。

去印度之前，我多少有些忐忑。在外事口，大家普遍感到与印度人打交道较难，此行能否如愿？会遇到一些什么样的人？结果大大出乎我的意料。

我见到的第一个人是拉密什先生。他是印度一位著名的专栏作家，号称国大党的笔杆子，同时也是印中友好的积极倡导者。他把英文的"中国"、"印度"两个词连在一起造出一个新词，被人翻译成"中印大同"。一见面，他告诉我，就在我进门之前，他正在读《尼赫鲁全集》中尼写给朱德总司令的信，看来应该说，两国执政党的交往从那时就开始了。他认为双方应该一起做一些大事，"比如联合制造大飞机，取名玄奘号"，以震撼的方式向全世界表明这两个文明古国可以携手合作。我笑着说，如果暂时还不能造大飞机，至少可以合作修建高铁。总之，整个谈话的气氛很是融洽。临别时我为他的友情所感动，问他为什么对中印合作如此信心百倍，他笑着答道：我前世是中国人，后世也将是中国人，只是今生投胎做了印度人。这一说法极具印度特色。

接下来我又会见了印度人民党副主席马杜。印人党有个口号叫"印度教特质"，在印度引起很大争议。作为无神论者，我对宗教缺乏研究，对印度教更是云里雾里。马杜先生告诉我，西方以所谓"世俗主义"主张政教分离，而印人党口号中的"印度教"实在不是那种意义上的宗教，它是印度传统文化的代名词，不是"个人信仰"这样的"私事"，而是近乎无所不包的"生活方式"，它所强调的无非是寻找一条印度自己的现代化道路。

考察中，一次与印度外交部东亚司负责人共进午餐，我问他怎么看新近流行的"金砖国家"这一概念。他半开玩笑地说，他也感到莫名其妙，"也许是中国经济发展很快，西方顺便看好印度，于是创造了这一概念。不过——"他变得严肃起来，"现在世界上对人口的看法发生了很大变化。以前发展中国家领导人往往把人口看成负担，现在人们更多看重人口对经济的拉动作用。"

在接下来的几天里，我会见总理府国务部长查万，同印共（马）总书记卡拉特等左翼政党领导人以及多家智库的专家学者进行座谈，并前往安德拉邦和西孟加拉邦等地考察。印度政府高官，特别是年轻一代，大多受过良好教育，平易近人；左翼政党领导人以我们更为熟悉的马克思主义立场观点方法分析印度，对我多有启迪；其他政党领导人和专家学者，也都愿意尽其所能与我分享他们丰富的经验和专门知识；其中很多人，特别是曾经来华访问过的，都对开展交往与合作充满期待。通过这些会见、考察我感到，在新形势下，要使党际交往对双边关系发展继续发挥积极作用，不能只是一厢情愿地要求对方按照我们习惯的形式和内容开展交往，而要努力深化对双方国情、发展道路、制度体制、现实需要与可能的了解，不断丰富交往的形式与内容，使双方潜在的互利合作可能变成现实。

通过这些努力，我逐渐感悟出印度的迷人之处。世界上所有国家当中，只有印度，有同中国几乎一样悠久、灿烂、从未中断的古老文明，并且在历史上曾对中国产生过那么重大的影响，以至于今天绝大多数中国人已经意识不到有多少中国成语、寓言、概念来自印度，而佛教更已经成为中华文明不可或缺的组成部分。两国是世界上独有的人口超过10亿的国家，两国现代化的任务同样艰巨。同时，两国又有一些重大的区别。显然，印度没有秦始皇，因此印度从未成为一个中央集权的国家，自然也不会像中国那样"合久必分、分久必合"，真正的"统一"基本上是靠"外族入侵"，而登峰造极的是英国人的殖民统治；然而作为文化统一体，印度的影响更为辽阔，远远超出其疆界。虽然近代两国都遭到外强入侵，中国只是"半殖民地"，而印度则成了大英帝国王冠上的钻石；这显然影响到尔后两国的发展道路和制度建设。对中国来说，印度就像一面镜子，当然参透这面镜子要费点心思。多少年来在印度这块广袤的大地上，数以亿计的人们有过喧闹多彩的实践。这种规模的实践，无论与我们的是相同、相似还是相反，都会使你眼花缭乱，深受触动，浮想联翩，获得启示。这也正是印度的迷人之处。

突破瓶颈

从表面上看，对印工作的瓶颈在于印度各政党同我开展代表团互访等交往积极性不高；同时往往比较敏感，自尊心强，要求"对等"，使有限的交往遇到困难。再具体分析一下，其中有以下原因。首先，由印度的政治体制决定，各政党最主要的关切是如何赢得选举，政党一切活动的轻重缓急都由此决定。所谓选举，不仅是决定中央政府组成的五年一度的联邦议会选举，还包括地方（邦及市）的选举，以及由于各种原因造成议席出缺的临时性补缺选举，这样几乎每时每刻都要准备应对选举。其次，印度的外交高度集中，由中央政府外交部统管，并有独立于"行政公务员"的"外交公务员队伍"。第三，我们的联络工作的确存在某些"程式"。我的同事告诉我，印度国大党外事部门的负责人就曾表示：我们一去你们就给我们讲党际交往四项原则，再去还有什么意思？尽管这样说不无强词夺理之嫌，至少我们不应给人以口实。

对这些实际情况不能视而不见。我们在考察期间注意到，印度国大党和印人党的总部都不大，几千平方米的院子里分布着一些平房，几乎每天都挤满了基层来的民众（选民）。国大党有近十位总书记，他们的基本职责是分片包干，每个人负责几个邦（相当于我们的省、市、自治区）。要想赢得选举，必须为老百姓解决问题，尽管总书记们受到体制的限制能做的事有限，但至少要耐心接待选民来访。其中一位在接待基层选民的过程中抽时间会见我们，从谈话中可以感到，他的心思全不在我们身上。看来我们确有必要针对其实际改进工作，丰富双方交往的形式和内容，使交往能够给对方带来实实在在的好处。

根据我的经验，这是可以做到的。关键是不能满足于仅从形式上保持双方的交往，更要注重实效。为此，要尽可能做到知己知彼，根据双方的实际需要和可能有针对性地安排相关活动，包括在力所能及的范围内为务实合作牵线搭桥。

2006年，我们除安排党的代表团访印外，还利用"中印友好年"的机会，两次派工作小组往访考察，同各党派、智库、学者等合作，探讨丰富交往内容与形式的途径。季平同志提出将时任印度总统卡拉姆的书翻译成中文在国内出版，我为该书作序，并请总统题词。国大党外事部主任卡兰·辛格兼任印度对外文化合作委员会主任，我们建议他将党际交往与文化合作结合起来。我们还走访与国大党有合作关系的"拉·甘地基金会"，提出与其下设的研究机构开展合作。我们表示，党际交往表面上看起来不能直接增加选票，但通过这一渠道访问中国可以更加深入地了解中国，特别是改革开放后中国迅速发展的原因，交流双方治国理政的经验；而开阔视野归根结底有利于增强执政能力、巩固执政地位。我们这些倡议都得到对方积极的反应。

印度外交大权高度集中，职业外交官更了解国外情况，因此争取印度驻华使馆对两国党际交往的支持十分重要。印度驻华大使苏里宁先生曾推动印度外交部同中联部建立"两来两往"机制,这成为突破双方交往瓶颈的亮点。2005年,我们通过这一机制安排刘云山、赵乐际访问印度;2006年,又通过这一机制接待了印度北安恰尔邦首席部长蒂瓦里和哈利亚纳邦首席部长胡达率领的代表团。

邦首席部长在印度有着特殊的重要性。印度是不是联邦制国家似乎还有争议,但邦的重要性则毋庸置疑。印度的宪法对"中央"和"邦"的事权有明确规定,农业和中小企业发展、基础教育等都是各邦的职责。显然,在提高多数人口生活水平方面,邦的责任更为直接。从政治方面看,各邦,尤其是几个大邦,集中了大量的国会议席,是各党激烈竞争的战场,而取得邦的执政地位是取得政治优势的有效手段。局里的同事告诉我,从上世纪80年代以后,印度政治中权力分散的趋势明显,各党内地方大佬作用上升。比如蒂瓦里,已年过八旬,还曾担任外交、工业部长等重要职务,现在国大党让他去担任邦首席部长,可见对票仓的重视。此外,印度驻华使馆有关人士还告诉我,他们认为中国农业发展经验很值得印度学习,而发展农业是邦政府职责范围内的事,这也是他们推动建立"两来两往"机制的基本考虑之一。

我决定除北京外,还陪同蒂瓦里老先生去外地访问。实际上,通过全程陪同外地参观访问,我们可以有更多的时间深入交流。在飞机上,在蜿蜒的公路上,我们从国家的行政区划聊起,进而说到各级政府的职能。当然,落脚点是执政党的作用、方针及实践。在贵州,主人安排代表团参观贵阳市修文县扎佐镇大堡村,通过解剖这只"麻雀"了解中国农村从土改、合作化、联产承包到建设新农村的历史过程。代表团还参观了贵州铝厂,结合这一实例,说明中国从计划经济条件下的工业建设到改革开放给企业带来的巨大变化。实地参观显然更能展现一个充满活力的中国，而蒂瓦里先生显然也更满意这种深入基层的活动安排。

通过和印度驻华使馆的合作，我们努力丰富双边交往的形式和内容。苏里宁大使结束在华任期之前的最后几天，还出席了卡拉姆总统新书《火之翼》中文版的首发式和刘洪才副部长的饯行宴会。接替苏里宁的是一位女大使拉奥琪。就在她刚到任、人生地不熟的时候，我们尽可能支持她的工作：顺利接待胡达首席部长访华，协调何鲁丽副委员长和刘淇、李源潮等会见；中联部部长王家瑞会见宴请来华出席2007"中印旅游友好年"启动仪式和印度文物展览开幕式的印度文化部长索尼。

春风化雨

准确地讲，党际交往的主体，应是能够代表党的领导人，中联部只是具体操作的部门，一旦最高领导人予以关注，党际交往更容易实现突破。

2006年11月，中共中央总书记、国家主席胡锦涛对印度进行国事访问，其间他会见了印度国大党主席索尼娅·甘地夫人。此前，胡锦涛主席已了解到索尼娅有意访华，于是在会见时正式向她发出邀请。索尼娅夫人对此表示感谢，说她决心已下，将尽早成行。访问归来，胡锦涛总书记指示有关人员，索尼娅来访将由中联部负责接待。王家瑞部长部署我们及时跟进此事。

为了表示善意，我们对印方加强交往的建议予以积极响应。2006年是印度圣雄甘地在南非发起"非暴力不合作运动"100周年。为了彰显圣雄甘地的信念和历史性贡献，印度国大党拟于2007年1月29—30日在新德里召开主题为"和平、非暴力、赋权：甘地思想在21世纪"的国际会议。早在胡锦涛总书记访问印度之前，索尼娅·甘地夫人就给他写信，邀请中国共产党派团与会。经中央批准，由中联部副部长刘洪才率团出席，我陪同前往。国大党高规格主办会议，得到一定国际响应。索尼娅主席亲自主持会议并发表主旨讲话，辛格总理在闭幕式上致辞，外交部长慕克吉、国防部长安托尼出席全体会议，外交国务部长夏尔马担任会议召集人。90多个国家、300多名代表应邀出席，其中包括赞比亚前总统卡翁达，马尔代夫和斯洛文尼亚总统，印度尼西亚副总统，毛里求斯和斯里兰卡总理，不丹首相，意大利等4国副总理，18国外交部长或国务部长，30几个国家的部长，社会党国际主席，南非非国大主席等。刘洪才代表中国共产党在分组会上做了"加强中印合作、推动建设和谐世界"的发言，强调中印关系具有全球意义，中印共同发展、携手合作可以促进两国的发展与繁荣，而且将为解决人类共同面对的问题做出贡献，中国共产党希望加强同国大党等印度政党的交往与合作。刘洪才还会见了印度主要政党领导人。卡兰·辛格表示，他将尽力推动索尼娅主席早日访华。

这次访问期间还有一个小插曲：在国大党为外国宾客举行的欢迎招待会上，我突然遇到蒂瓦里先生，他喜出望外，拉着我去见索尼娅主席。显然，他回国后把访问的情况向索尼娅夫人做了汇报，并极力主张加强双边交往。谈话间，索尼娅主席再次确认她将尽早访华。

2006、2007两年，我们还安排重庆市委书记汪洋和中央政策研究室副主任方立访问印度。

2007年上半年，印度国内仍有若干重要选举活动。下半年，拉奥琪大使回国"休假"后通知我们，索尼娅主席已将访华一事提上日程，希望与我们进行具体磋商。鉴于这次访问是中印两国执政党最高领导人直接关心的，所有具体安排不难达成一致。双方确定访华时间为10月25日—29日。这样，索尼娅夫人成为中共十七大之后访华的第一位重要外宾,陪同她来访的有国大党外事部负责人兼印度文化关系委员会主席卡兰·辛格、国大党总书记兼总理办公室国务部长查万、外交国务部长夏尔马、国大党总书记拉胡尔·甘地等。访问期间,胡锦涛总书记会见并宴请,向她简要介绍了十七大的有关情况。索尼娅主席强调重视加强两国两党关系,特别是两国青年政治家之间的交往,并将责成拉胡尔·甘地具体落实。索尼娅主席还会见了温家宝总理,在清华大学发表演讲,并在王家瑞部长陪同下到西安、上海参观访问,其间俞正声、赵乐际同志会见、宴请。

这次访问很成功,但如何把成果落到实处呢?我们必须趁热打铁。一个月之后,王家瑞部长出访尼泊尔过境印度,再度见到了索尼娅夫人。双方商定,启动商签两党合作谅解备忘录程序,争取在拉胡尔·甘地访华时签署。同时,2008年访印的中共代表团由索尼娅主席出面邀请。

至此,有充足理由认为,对印度的工作实现突破。

丰收时刻

2008年,中国共产党同印度国大党的交往迎来新的高潮。

这年初,有消息说,索尼娅·甘地夫人的女儿、女婿准备来华观看北京奥运会,夫人本人也为之心动。当时,两党商签交流合作备忘录和拉胡尔·甘地率团访华的事都出现了一些波折,邀请索尼娅主席和拉胡尔总书记来华出席奥运会开幕式,显然有助于加快相关进程。为此,我们一方面同外交部和北京奥组委联系,提出邀请一些政党领导人作为我方客人出席奥运会有关活动,同时通过我驻印度使馆李力清参赞敦促印方加快文件准备工作。我们还请印度驻华使馆予以协助。拉奥琪大使认为由中联部出面邀请索尼娅夫人来访更为适宜。她利用回国述职的机会专门就此同索尼娅夫人进行了沟通。曾于2007年陪同索尼娅来访的印度外交国务部长夏尔马也在出访期间专门同王家瑞部长通电话,落实相关安排。中方的诚意促使印度国大党下决心同中国共产党签署双边交流合作备忘录。8月7日,索尼娅主席全家来华。当天下午,时任中共中央政治局常委、国家副主席习近平会见索尼娅主席。在两党领导人的共同见证下,王家瑞部长同拉胡尔·甘地分别代表两党签署交流合作备忘录。次日,索尼娅夫人先后出席胡锦涛主席为各国嘉宾举办的欢迎午宴和奥运会开幕式。在欢迎宴会上,胡锦涛主席同索尼娅夫人握手寒暄,欢迎她来出席奥运会开幕式。索尼娅衷心感谢胡锦涛主席的邀请并预祝奥运会圆满成功。宴会期间,索尼娅还再次邀请俞正声同志访问印度。在奥运会开幕式上,当印度代表团入场时,索尼娅夫人高兴地起立招手致意。开幕式结束后,索尼娅夫人余兴未了地向我们表示:场面激动人心,引人入胜。访问期间,索尼娅夫人告诉中方陪同人员,印方所有人都觉得奥运会开幕式精彩异常、令人震撼。她还特别感谢中方邀请其女儿普里扬卡一家来华,使她们全家三代人得以团聚,而这在印度国内都是不易实现的。

《中国共产党与印度国大党交流合作备忘录》记录了索尼娅主席两次访华期间双方领导人就进一步加强交流与合作达成的重要共识。双方表示愿本着独立自主、完全平等、互相尊重、互不干涉内部事务的原则进一步发展两党关系,为推动面向和平与繁荣的中印战略合作伙伴关系而共同努力。双方同意建立定期交流机制,并一致认为应进一步加强两国青年政治家交流。双方还希望,"通过研讨会等形式",分享彼此的发展经验。根据《备忘录》的相关内容,中共中央政治局委员、中共上海市委书记俞正声于当年10月率团访问印度,索尼娅主席会见并设宴款待。年底,中印双方按《备忘录》规定,由中国"当代世界研究中心"

和印度"拉·甘地基金会"出面,联合举办研讨会,纪念拉吉夫·甘地访华 20 周年。习近平副主席和索尼娅夫人分别发来贺信,王家瑞部长和印度国大党媒体部主席维拉潘·莫里做主旨发言,印度驻华大使拉奥琪到会致辞,中国驻印度大使张炎寄来书面发言。长期参与、关注、研究两国关系的职业外交官、专家、学者出席并深入交流。研讨会回顾并展望双边关系发展,为两党交往增添新的形式与内容。

出席中印政党论坛

"烧冷灶"

用"烧冷灶"来形容中国共产党的对外交往,可以有两个层次的含义。首先,它表明执政党的对外交往不像国家关系特别是峰会那样引人注目,更多的是为今后的深入交往所做的铺垫。另一层含义则强调,中国共产党的交往对象不仅限于对方中央政府的执政党,也包括参政党、合法的反对党、地方执政党,乃至智库、民间团体和媒体。因此，党际交往尽管不那么立竿见影，却可以有更广泛的交往对象，能更深入地了解对象国，交更多的朋友，探讨丰富的合作领域与方式。党际交往的这些优势在对印度的工作中有全面体现，下面举几个例子。

同印度左翼政党的交往。2009年9月，印共（马）和印共的外事负责人联名致电，邀请中国共产党派代表出席将在印度举行的第十一届世界共产党和工人党国际会议。这一时期中印关系中出现了一些风波：达赖喇嘛窜访藏南，印度一些媒体乘势鼓噪，不友好的舆论甚嚣尘上，双边一些高层互访未能如期进行。在这种情况下，中方决定派观察员出席会议，同时广泛接触印度政界，推动双边日程。11月19日，我们一行抵达德里，当天下午就会见了已回国任外交秘书的前驻华大使拉奥琪。她在会见中释放积极信号，表示印度政府最高层有保持双边关系良好发展势头的强烈政治意愿。她表示，自上个世纪80年代以来，政党外交在双边关系全面、深入发展过程中发挥了积极而独特的作用；中国共产党同印度主要政党保持联系，党际交往有很大发挥作用的空间。20日，我们出席了由印度左翼政党主办的会议。会后，印共（马）总书记卡拉特和印共总书记巴尔丹在会见我们时表示，中方的大会发言有助于与会代表更好地理解中共和中国，中国的实践与成就使印方深受鼓舞。他们还表示，随着大量外资进入印度新闻、娱乐行业，印度一些媒体的性质发生变化，其不实报道背后有国际推手。他们认为，双方应该进一步加强经贸和民间交往，增加互信，进一步夯实友好基础。我们还同其他各主要政党进行接触，商定来年交往计划。

同反对党的交往。印度人民党，简称印人党，成立于1980年4月。成立之初，在人民院545个席位中只有2席，之后迅速增加。1996年达160席，一跃成为议会第一大党，受命组阁，但得不到稳定多数支持，首次组成的政府仅存在13天。1998年在第12届人民院选举中获181席，组成以其为首的联合政府执政至1999年5月。1999年9月第13届人民院选举中获182席，由其领导的全国民主联盟组建中央政府。2004年5月，因在第14届人民院选举中失利下野；2009年5月，在第15届选举中所获席位进一步下滑。在印度国内，该党以教派主义色彩浓重著称，曾宣称对所有拒绝接受"印度教至上"的政治势力"进行猛烈而持久的抨击"。上世纪90年代前，曾公开宣扬中国是印度"最大的潜在威胁"。1996年11月，党的副主席克利希纳·穆尔蒂率团访华，同中国共产党开展直接交往。此后因印度进行核试验致使双方来往受到影响。后逐步改善，在其执政期间双方保持正常来往。下野后来访减少，但中国重要代表团访印都要会见该党领导人。同时，该党在许多邦执政，在地方有广泛影响。

　　从一定意义上讲，同该党交往的突破性进展也是通过接待地方邦首席部长实现的。2009年9月，该党领导人、卡纳塔克邦首席部长叶迪乌拉帕应邀访华。卡邦拥有以"印度硅谷"著称的班加罗尔市，邦政府首席秘书苏达尔·拉奥是前驻华大使拉奥琪的丈夫，他们夫妇着力推动首席部长来华访问，顺便为次年1月卡邦"全球投资洽谈会"招商。我全程陪同他访问，行程的最后一站是上海，时任市委书记、中共中央政治局委员俞正声会见了叶迪乌拉帕一行。俞正声愉快地回忆起前一年访问印度卡邦时同叶会见的情景，表示对印度巨大发展潜力留下深刻印象。代表团在沪举行"卡邦推介会"，重点介绍招商引资优势，表达深化合作的强烈愿望。叶本人曾长期从事农村工作，对中国农村和农业发展情况十分关注，在访问嘉定区华亭镇毛桥村生态农业示范点时，认真听取介绍并详细询问土地制度、农作物产量效益、农户经营方式和收入等。客人们感慨万千，苏达尔表示给他"留下极为震撼的印象"。叶在接受采访时表示,"我们已经制订了经济特区建设规划,将学习中国的成功经验,努力保证特区健康发展。"他还决定访问后将安排 1000 名印度农民赴华考察访问。尽管考察效果未必立竿见影,但一定会有潜移默化作用。《今日印度》杂志刊登专文,称此访旨在将中国的"成功故事"引进卡邦。

2010 年 8 月,我第一次以中联部副部长身份率中共友好代表团访问印度,其间会见印人党主席加德卡里。我发现他为人开明,在孟买等地政绩突出;视野开阔,曾赴东南亚学习发展经济的经验;对外交往务实,不拘泥于礼宾规格。2011 年 1 月,我们按商定接待他访华。中共中央政治局常委李长春同志在会见该团时表示,加德卡里是两党开展正式交往 15 年来印人党主席第一次访华,意义重大。他还介绍说,自己曾在河南工作过 8 年,河南洛阳郊区有个白马寺,是东汉时期由中央政府建立的皇家寺

会见印度人民党主席加德卡里

院，两位印度高僧曾在那里译经，死后就葬在那里；他们同籍贯河南的玄奘一样，都是中印交流的使者。他表示，赞赏和支持双方就进一步加强关系提出的建设性意见，祝愿访问取得圆满成功。加德卡里在会见王家瑞部长时说，通过此次访问深刻体会到党际交往对促进两国关系发展的特殊重要性；作为印人党新一代领导人，高度赞赏中国经济发展取得的巨大成就；印人党在9个邦执政，希望加强这些邦同中国地方的合作；2014年印人党有望在中央执政，届时将继续努力推动印中关系向前发展。

在2014年印度人民院选举中，代表印人党参选呼声最高的是古吉拉特邦首席部长纳伦德拉·莫迪。他是一位有争议的人物，既因古邦发生的教派冲突险些受到起诉，同时又数次被评为"最佳首席部长"。我们决定邀请莫迪首席部长访华，增进其对中国的了解。2011年10月，我前往印度古吉拉特邦，莫迪在会见中再次表达对访华的期待。古吉拉特邦是圣雄甘地的出生地，当地人有不少拜火教信徒，以善于经商著称。他介绍说，古吉拉特是印度城镇化程度最高的邦，农业发达，工商业领先；近年来实施了一系列经济社会改革计划，大力发展基础设施，改善投资环境，实现经济持续高速发展；当然，古邦仍面临一些问题，在许多领域可以学习、借鉴中国的经验，希望通过访华深入交流，了解中国发展经济的方针政策和相关措施；同时卡邦也需要引进中国的资金、技术来促进产业的发展；他欢迎中方企业到卡邦开展合作，承诺卡邦政府将积极鼓励并提供必要的便利；访华代表团中还将有他精心选定的数十名企业家随行，希望就具体领域的合作与相关部门和企业洽谈。莫迪还不失时机地介绍古邦的旅游资源，告诉我们卡邦是古代"香料之路"和"丝绸之路"的交汇点，玄奘曾在这里逗留讲学，还有多处其他宗教圣地，欢迎中国游客前往。这次古吉拉特之行让我看到莫迪"最佳首席部长"的称号确是实至名归。

拜会古吉拉特邦首席部长莫迪

同地方政党的交往。印度号称是"人口最多的多党民主制国家",政党数量惊人。但究其实,所谓全国性政党只有6个,其他政党影响力基本集中在一、两个邦。由于有些人口大邦在国家议会中议席较多,在这类邦执政的地方性政党在主要政党相持不下时往往可以发挥"四两拨千斤"的作用。

我们同印度人民党(团结派)的交往堪称同印度地方政党交往的典型。2011年,印度外交部通过两部交往机制推荐比哈尔邦首席部长尼蒂斯·库马尔访华。库马尔是印度人民党(团结派)资深领导人,2010年第三次当选印度第三人口大邦比哈尔邦首席部长。

我们已有接待多个印度邦首席部长代表团的成功经验。形成了注意根据其主政地方的特点安排参观考察,有针对性地介绍情况的做法,同时也了解对方发展经济的思路,为务实合作牵线搭桥。以比哈尔邦为例,我们注意到该邦政府将旅游作为经济发展的增长点,而该邦有诸多佛教圣地,对中国游客有很大吸引力,于是安排相关活动。库马尔访华取得很好的效果，回国后积极推动与我党建立联系。同年11月，甘肃省委书记陆浩访印。2012年9月，该党主席夏拉德·亚达夫率团访华，两党正式建立关系。

同友好人士、智库和媒体的交往。首先是同一些与政党有密切关系的民间组织和智库的交往，曾对开展和深化党际关系发挥积极作用。最典型的是同"拉·甘地基金会"的萨奇布和"德里研究小组"的维杰·乔利的交往。与之类似的是同一些与印度政府特别是外交部有密切关系的研究机构的交往，如"世界事务委员会"和"观察家研究基金会"。我们在外地参观访问期间，也尽量安排同地方民间团体会见、座谈、参观，既增加对印度各地的感性知识，又介绍中国，增进理解。我们还注意在交往中与媒体合作，充分利用接受媒体采访来扩大影响，发挥这一最有效的渠道来深化民心相通和增进感情。

在国际会议上与印度代表交谈

依依惜别

时光飞逝，转眼之间已是2013年底，接替拉奥琪女士担任印度驻华大使的苏杰生先生任期也即将结束。12月2日中午，我设宴为他饯行。席间我问他怎么看在中国这4年，怎么看双边关系，怎么看党际交往在其中发挥的作用？他告诉我，作为一个职业外交官，他曾在欧洲、美国、东盟和日本任职，如果没有在中国这4年的经历，将是极大的缺憾；他为有机会这个时候在中国任职并推动双边关系进一步发展而感到庆幸和满足。对于党际交往的作用，他表示，2014年印度将举行大选，目前没有人能对选举结果打包票；但他却有绝对信心：不论选举出现什么样的结果，是印人党或国大党获胜单独组阁，或者没有一个党获胜而必须联合执政，下一任印度总理肯定已经应中联部的邀请来过中国。的确，莫迪和拉胡尔·甘地都曾率团来访，几个可能作为"第三势力"领头羊的地方大佬也不例外。显然，印度国内政治不会影响两国关系的进一步发展。

2014年2月，我最后一次以中联部副部长名义率团出访印度，也算是对印工作的告别之旅。我照例分头拜会各主要政党、有交往的民间团体和智库的领导人。不同的是印度人民党（团结派）总书记提亚吉出面，为我举行了一个政党、议会、媒体、智库和工商界"友好人士招待会"，印度前外长纳特瓦尔·辛格、现任议会事务和计划国务部长舒克拉和国大党、印人党、印共（马）、民族国大党、社会党、大众社会党领导人等各界人士100多人出席。提亚吉在致辞中表示，印度各党派和各界人士对国内问题可能政见不同，但我们今天都因为同中国共产党的友好交往而欢聚一堂，这充分表明发展对华友好已成为普遍共识。与会的各界代表纷纷即席讲话，强调印中同为具有世界影响的大国，双边关系是 25 亿人民、两大文明和两大新兴发展中大国的关系；加强两国战略合作是大势所趋、人心所向、利益所在；两国政党、组织、人员的交往已有深厚基础和积累，必将在新形势下不断深化和拓展。

会见印度前外长纳特瓦尔·辛格

我被他们的肺腑之言所打动。两个新兴大国之间的交往不会永远一帆风顺。政党之间的国际交往更无惯例可循。然而，随着全球化的深入发展，客观存在的互补性日益显现。我们要无愧于时代、承担起责任，就要迎难而上，抓住机遇。政治是经济社会文化的集中表现，政治交往是拓展交往、建立信任、推动合作的捷径。这些年来我同印度朋友的交往，是一个知行合一的过程，一个增加知识、建立信任、培植感情和深化友谊的过程。

第九章　中巴情深

初访近邻

在一般人眼中，巴基斯坦算得上中国的"铁哥们"。巴基斯坦举国上下也常说"巴中友谊比山高，比海深，比蜜甜"。我第一次踏上巴基斯坦这个友好近邻的土地，是2006年2月作为王家瑞部长率领的中共代表团的成员往访，那已是我主持一局工作近一年之后。王部长这次访问，是应巴外交部长邀请，由巴政府负责接待。这也同我以往出访不太一样。

应该说，这种状况是巴基斯坦建国的曲折历史和双边关系的发展过程所决定的。一方面，在涉及中巴两国核心利益的问题上，两国政府曾施以援手密切配合，结下了深厚的友谊；另一方面，尽管巴基斯坦理论上实行多党制，立国党穆斯林联盟成立于1906年，在南亚地区是历史仅次于印度国大党的老牌政党，但巴基斯坦建国后政治体制发展过程十分曲折，多次发生军事政变，政党活动往往受到限制，党际交往的条件并非十分理想。就近期而言，1999年10月，时任陆军参谋长穆沙拉夫发动政变，推翻谢里夫政府，自任首席执行官，并于2001年6月就任总统。"9·11"恐怖袭击后，舆论指责策划者本·拉登在巴基斯坦有藏身之所，穆沙拉夫面临美强大压力，高举反恐旗帜，改变政变上台内外交困的不利局面。2002年4月，穆沙拉夫通过全民公决连任总统。同年10月，巴举行全国大选，受军方支持的穆斯林联盟（领袖派）成为议会第一大党，该党秘书长贾迈利出任总理。2004年1月，穆沙拉夫获得国民议会、参议员和全国4个省议会的信任投票，其总统地位的合法性得以确认，穆可任总统至 2007 年 11 月。同年 6 月，与穆沙拉夫配合不力的贾迈利总理辞职，穆盟（领袖派）主席舒贾特继任总理。8 月 28 日，原财政部长肖卡特·阿齐兹就任总理。总之，进入新世纪后，国际、地区格局发生深刻复杂变化，中巴关系发展面临新的机遇与挑战。我们希望党际交往在新形势下能够在国家总体外交中发挥积极作用。

对巴基斯坦的访问从始至终沉浸在友好情谊之中。作为巴政府的客人，巴外交部对接待做了精心安排。由于穆沙拉夫总统在外地视察，他委托阿齐兹总理会见代表团，双方就新形势下发展双边关系深入交换意见。阿齐兹总理坦诚介绍巴基斯坦面临的严峻挑战，表达了进一步加强经贸合作的强烈愿望，希望中方强化投资力度，推动更多中资机构参加巴基础设施建设。阿齐兹总理还专门通报巴方关于建设瓜达尔港及其沿线合作走廊的建议，并表示穆沙拉夫总统当月晚些时候访华时将同中国领导人进一步商谈。

巴基斯坦穆斯林联盟（领袖派）秘书长穆沙希德迎接中共代表团到访

执政党穆斯林联盟（领袖派）主席舒贾特宴请代表团，秘书长、参院外委会主席穆沙希德同代表团会谈。政党领导人更为详细地通报有关情况，说明巴当前在反恐问题上面临美方压力，但巴反对将反恐同特定宗教、民族挂钩；在巴印关系方面，美国在核问题上的歧视性做法使巴面临压力和困难。巴方认为实现国内政治稳定的根本基础在发展经济。巴政党领导人认为，两党都面临着领导国家建设的重任，开展交往可以成为进一步推动两国传统友谊的放大器，丰富双边关系的内涵。王家瑞赞赏巴方高度重视并积极评价中巴两国、两党关系，表示愿同巴方一道探讨新形势下充实双方党际交往内容的具体途径，欢迎穆盟主席和秘书长访华。代表团还同议会反对党领袖法扎尔·拉赫曼等进行了交谈。

访问期间，主人还安排我们参观了塔克希拉附近的玄奘游学遗迹和白沙瓦的博物馆。在白沙瓦，我们曾在一所军营短暂休息，眺望16公里外的开伯尔山口，那是巴西北部通往阿富汗进入中亚的重要战略通道。

返程时，王部长总结此行对我们说，中巴两国关系很好，相形之下党际关系有些滞后，要努力使党际交往适应国家关系。这次访问充分体现中国共产党重视同巴基斯坦政党开展友好交往，也得到巴政府和政党的积极响应，下一步该如何落实王部长的指示呢？

深交挚友

我们按照王部长的要求深入研究，所得的初步结论是，要使党际交往在双边关系中发挥更积极的作用，首先要疏通交往渠道，想方设法使对方感到在交往中确有收获，体现出真朋友的情谊，这就要求我们有针对性地接待好对方来访。2006年3月，穆盟（领袖派）秘书长穆沙希德率10人代表团访华，成员包括党总部和4省分部以及青年、妇女、工会等群众团体的干部和宗教人士。在京期间，中共中央政治局委员、全国人大常委会副委员长王兆国会见，中联部部长王家瑞会见并宴请，双方就加强交往与合作等问题进行深入探讨。根据对方要求，安排参观中央党校，介绍干部培训、党的建设以及改革开放及经济建设有关情况。还赴上海和新疆参观访问，我全程陪同。

我们在访巴期间曾与穆沙希德有过会见。他在同中方会谈时，对本国乃至地区形势的分析入木三分，令人印象深刻。他与我同岁，在巴基斯坦航空公司在"文革"后期开通巴中航班时曾率青年代表团访华，30多年过去，至今仍能背诵许多"毛主席语录"。由于这段经历，他后来一直关注中国。这次他率团来访，我们又有好几天朝夕相处，对他有了更多了解。他在国内本科毕业后，赴美留学，获得乔治敦大学国际关系硕士学位，回国后在巴旁遮普大学执教，1979年开始从事新闻工作，曾采访过许多名人，经历过一些重大事件。1993年加入穆盟（谢里夫派），曾任谢里夫总理的特别助理（部长级）。1997年当选参议员，并出任新闻部长。谢里夫被穆沙拉夫推翻后，于2002年作为穆盟（领袖派）候选人再次当选参议员，并任参院外委会主席，2004年5月出任穆盟（领袖派）秘书长。

我们一起旅行，有较多时间深谈，我也从中获得许多关于巴基斯坦政治的间接的感性知识：政党如何运作，最主要的关切是什么。巴基斯坦建国60年，各种矛盾不断积累深化。巴是当今世界为数不多的以宗教立国的国家，是南亚穆斯林的"家园"。国父真纳建国不久即辞世，而他为巴设计的政治体制从未有机会正常运转。在严重危机时，只有军队才能维持国家的生存，而军队又不得不借重宗教势力和依赖美国的援助，因此卷入"冷战"、"反恐"等国际政治的"大棋局"。当国际形势还允许军人执政，而军政权还较为开明时，国家的经济和社会事业尚能有所发展，但军政权终究无力解决国家发展的根本问题。而在实行"文官统治"期间，腐败案例不断，经济发展陷入停顿，徒有其表的"三权分立"、议会斗争的体制只是增加了执政的难度，迄今竟然没有一届民选文官政府能够成功完成任期，不是被总统下令解散，就是被军事政变推翻。内忧外患使巴几乎没有机会选择和改进符合本国国情的发展道路和政治体制，国内封建土地所有制从未受到根本触动，大地主实际控制着国家政治和经济命脉，城市大资产阶级也往往是由大地主凭借政权发展、转化而来。巴传统政党实际上是以土地私有制为经济基础，以家族裙带关系为组织依托，以政党领袖个人为权利中心，具有浓重的封建色彩。名门望族掌握追随者的选票，不管归属哪个政党，都可以控制自己地盘内的票仓。政党实际上是大家族聚拢政治个体的松散联盟，没有明确的意识形态、政治纲领、组织原则、机构设置和会议制度。巴政党还有明显的地域特点，即便是全国性政党也各有根据地。如穆盟的传统地盘在旁遮普省，人民党在信德省。巴实行联邦制，各省权力很大，各党均十分重视对地方权力的争夺。此外，神学会、伊促会等宗教政党也有特殊影响。它们与伊斯兰国家渊源深厚，获取资助，在国内不仅从事政治活动，而且广泛开展教育、医疗等社会福利活动，争取民心。

通过深入沟通，我们都看到新形势下发展双边关系既有机遇也有挑战：两国政府和人民之间感情深厚，但客观条件在发生变化，不能盲目乐观。两国有很多不同，要扬长避短必须下一番功夫。上世纪90年代中期，中巴贸易额还高过中印贸易额，到了2005年，中印双边贸易额已四倍于中巴贸易额。新世纪，必须进一步拓宽友好基础。要使双边关系服务于双方国内大局，基础是相互了解。可以通过政党交往与合作，为新时期双边友谊夯实群众基础。

总之，穆沙希德对这次访问非常满意，他不仅率领本党各方面代表人物访问中国沿海和西部的典型地区，实地感受新的发展变化，开阔了他们的视野，自己也同中方进行深入交流，并就下一步交往达成共识。首先，他将推动穆盟（领袖派）主席舒贾特来访，进一步扩大党内知华、友华力量。其次，更有针对性地配合中国使馆做好中国代表团的接待工作。通过这些交往，他也成为驻巴使馆了解巴形势走向的权威渠道。而中联部先后派驻巴基斯坦使馆的干部也因负责同政党领导人联系而受到更多锻炼。

情深意长

2006年8月28日—9月2日，中共中央政治局委员、书记处书记、中宣部长刘云山率中共代表团对巴基斯坦进行友好访问。这次访问本应于2005年成行，但由于巴基斯坦发生7.6级强烈地震、导致大量人员伤亡和遭受严重财产损失而推迟。

8月29日，穆沙拉夫总统和阿齐兹总理分别会见刘云山一行。刘云山首先转达了胡锦涛主席和温家宝总理的亲切问候，并表示，中巴建交55年来，两国关系经受住了时间和国际风云变幻的考验，开展了全方位合作，建立了全天候友谊，堪称不同社会制度国家友好相处的典范。中国十分珍视与巴基斯坦的传统友谊，愿与巴方一道，共同开创两国战略合作伙伴关系更加美好的未来。刘云山说，中国共产党和巴基斯坦穆斯林联盟都是有着悠久历史的政党，也都是各自国家的执政党，在国家政治和社会生活中发挥着重要的作用。他重申，中国共产党愿在独立自主、完全平等、互信尊重、互不干涉内部事务党际交往四项原则基础上，进一步发展同穆盟的友好关系，相互学习、借鉴治国理政经验，以便更好地造福两国人民。

穆沙拉夫和阿齐兹热烈欢迎中共代表团访问巴基斯坦，表示完全赞同刘云山对巴中关系的评价和看法。他们赞同扩大两国执政党之间的友好往来，认为两国执政党的友好交往与合作是两国外交和政治关系的必要补充，希望通过两国政党之间的交往，不断增进两国民众之间的相互了解和友谊。穆沙拉夫请刘云山转达他对胡锦涛主席的问候和祝愿，表示殷切期盼胡主席访巴，并取得实质性成果，载入巴中友谊的发展史册。主人还对中国在2005年巴遭受严重地震灾害后给予宝贵帮助以及支持巴成为上合组织观察员表示感谢。巴强烈地震发生后，中国向巴提供了100万美元的现汇援助以及价值520万美元和1.1亿元人民币的救灾物资，并向灾区派遣了中国国际救援队。

代表团还出席了由穆斯林联盟举办的"中巴友谊大会"和欢迎晚宴，并赴拉合尔和卡拉奇参观访问。

疾风劲草

到了2007年，巴基斯坦进入了多事之秋。随着"反恐战争"的持续和政治体制转型的深入发展，巴基斯坦国内形势日趋复杂。同时，随着中巴两国之间合作的不断扩展，越来越多的中国公民来到巴基斯坦，领事保护任务也越来越重。通过党际交往建立的人脉关系在这方面发挥了积极作用。在红色清真寺事件中解救中方人质就是一个突出的例子。

红色清真寺位于伊堡市中心，其附属宗教学校有相当一部分学生来自西北边境部落地区的南、北瓦济里斯坦。寺内储存大量枪支弹药，据传还有部分"人弹"。2007年年初，该寺宗教学生强占一图书馆，抗议政府拆除7座违建清真寺，还号召在伊堡实施伊斯兰教法统治，参与绑架警察、烧砸音像店等活动，直接挑战政府权威。政府力图通过谈判解决相关问题。

6月23日晚，7名中国公民被该寺宗教学生绑架。我驻巴使馆深夜得知消息，第一时间启动应急预案。中联部派驻使馆工作的同志向罗照辉大使报告，穆斯林联盟（领袖派）主席舒贾特现任政府与红色清真寺谈判的首席代表。大使指示他致电舒贾特和该党秘书长穆沙希德，请求协助。凌晨5点，罗大使、政务参赞姚敬等三人驱车到舒宅。现场商定由舒、穆二人亲自致电清真寺首领，要求其保障人质安全，尽快予以释放。在多轮电话沟通后，得到了清真寺将释放人质的保证。

从舒宅出来，他们三人又直接驱车会见巴主要宗教政党伊斯兰神学会的主席法兹鲁尔·拉赫曼大毛拉。法在巴政界和宗教界影响力很大，是中联部深入做巴宗教政党工作的重要对象。在中方的要求下，他出面对记者发表谈话，代表宗教界要求红色清真寺放人。

尽管2007年的巴基斯坦政治形势风雨飘摇，多数政党还不能正常活动，但党际交往的渠道已初步打开。

感受风雨

2007年，巴基斯坦政治体制转型进入关键阶段，各股政治势力以及司法、宗教、传媒等各界围绕总统和议会选举斗争激烈，形势发展跌宕起伏。在巴基斯坦历史上，司法往往成为政治斗争的重要工具。军人发动政变、宣布实施"紧急状态"或解散政府后，高等法院等司法系统往往以"必要"一类司法裁定确立其合法性。即使在文人统治时期，诉讼也是打击政敌的有效武器。例如，谢里夫担任总理时曾对贝·布托提出贪腐指控，迫使她流亡海外，并将其丈夫扎尔达里送入监狱。穆沙拉夫担任首席执行官后，高等法院支持对前总理谢里夫的指控，两次判处其终身监禁，后在美国和沙特的介入下，安排谢流亡海外。然而到2007年前后，巴司法部门全力支持军政权的状况逐渐发生变化，最高法院一些大法官的言行甚至威胁到穆沙拉夫的任职资格。在这种情况下，2007年3月9日，穆宣布中止首席大法官伊夫蒂哈尔的职务，由此引发各界大规模抗议浪潮。7月20日，最高法院宣布恢复伊夫蒂哈尔的职务，随后又于8月23日宣布允许流亡在外的谢里夫回国（谢里夫9月10日回到国内后马上被再次被驱逐到沙特阿拉伯）。与此同时，在美国人的撮合下，穆沙拉夫颁布"全国和解令"，对贝·布托等人民党领导人的贪污指控予以赦免，使之获得竞选资格。10月6日，穆沙拉夫成功连任总统，但高等法院迟迟不予认可。10月18日，贝·布托回国。11月3日，穆因担心总统竞选资格案难以过关，宣布"紧急状态"。11月28日，在一系列幕后谈判协商后，穆宣布辞去陆军参谋长一职，次日宣誓就任总统，并宣布12月25日解除"紧急状态"、2008年1月8日举行国民议会和各省议会换届选举。解除"紧急状态"，意味着政党将可以正常活动，而选举的结果将决定各党在国民议会及省议会中的地位，以及新一届政府的组成，对巴未来政治发展和政党格局具有重要影响。

在这种背景下，经部领导批准，我于2007年12月23—27日率工作组访问巴基斯坦，广泛接触各方人士，侧重观察政局走向。

巴政府重视工作组到访并给予相当礼遇，看守政府总理苏姆罗和外交秘书里亚兹会见工作组。政党方面，除老朋友、穆斯林联盟（领袖派）领导人舒贾特、穆沙希德等外，也会见了穆盟

（谢里夫派）主席哈克、人民党秘书长巴达尔，宗教政党伊斯兰促进会主席卡齐。工作组还会见了前陆军参谋长贝格、前外秘霍哈尔以及具有不同背景的智库、媒体和友好人士。

对方向我们传递了如下信息。首先，中方尽可放心，不论选举出现什么结果，都不会影响中巴关系，巴基斯坦国内唯一的"共识"就是对华友好。其原因在于中国平等待人，从不干涉巴内政。然而对于巴政局走向和选举结果则众说纷纭。各党领导人大都信心满满，而中立人士则避免做出肯定预测。至于下届政府组成，自然要比选举结果更难预料，关键要看谁和谁结盟。除了各党之间的关系，还有总统（穆沙拉夫）、总理与陆军参谋长三者之间的关系。多数人认为，在当时巴国内国际条件下，穆沙拉夫人望下降，军队也无欲干政。贝·布托高调回国、竞选，志在必得。同时有传闻美国撮合穆沙拉夫与贝·布托达成交易：支持人民党获胜组阁，而未来的总理侧重国内、总统主管外交及核问题。但也有反对者认为贝·布托形象过于亲美，返巴掌权不仅严重触犯旁遮普省集团政治利益，损害军队立场，更易激起反美保守势力和宗教极端势力的仇恨。我们还看到，由于穆沙拉夫形象不好，连累支持他的穆盟（领袖派）。遭到打压的谢里夫开始宣称"抵制"大选，后来应贝·布托要求参选，为恢复"多党民主"助阵。

26日，我们离开首都前往拉合尔，下榻旁遮普省宾馆，当晚还应邀在穆沙希德父亲家吃饭。27日中午，会见人民党秘书长巴达尔，人民党外事委员会主席贝格参议员在上午陪同贝·布托会见到访的阿富汗总统卡尔扎伊后，又接着乘飞机赶到拉合尔参加会见。

下午，走访伊促会拉合尔总部后，我们5：30回到宾馆开会总结，忽然使馆陪同工作组访巴的同志接到电话：贝·布托下午在拉瓦尔品第的公众集会上遭到炸弹袭击，情况危急！他赶紧同贝·布托的秘书阿曼努拉准将等联系核实情况。6：30左右传来消息：贝·布托已经不幸殒命！我的第一反应是：我们的会见救了巴达尔和贝格参议员一命！要不是因为当天约定在拉合尔会见我们，他们肯定会同贝·布托一道活动，难免命归黄泉。原定的总结临时变更，现在首先要考虑的是自身安全。有消息说，愤怒的人们在焚烧打砸，有的地方已经响起枪声。不幸中的万幸，贝·布托遇刺虽然引发强烈反应，局势尚未失控。我们回国的航班在几次延误后终于起飞。

贝·布托遇袭身亡引发巴国内巨大震动，打乱了选情的基本走势。人民党高层迅速决定由贝·布托之子比拉瓦尔接任人民党主席，其父扎尔达里任联合主席并主持党务；坚持按期选举并要求谢里夫也不要抵制大选，力图利用贝·布托遇刺获取同情票。穆沙拉夫等军政高层以及穆盟（领袖派）、统一民族运动等政党则希望以技术理由推迟投票，减少"悲情牌"的影响。谢里夫一方面积极活动向人民党示好，另一方面高调宣称抵制大选，试图确立反穆领袖的地位，然而在大局已定后也表示将参选。

工作组的实地考察增加了我们对巴基斯坦政治的感性知识。我们感到，中巴关系面临新的机遇和挑战，随着政治转型，政党政治将趋于活跃，党际交往或有条件发挥更大作用。

拓宽渠道

巴基斯坦历史上第13次选举于2008年2月18日举行，巴基斯坦人民党和巴基斯坦穆斯林联盟（谢里夫派）获胜，穆盟（领袖派）则遭遇惨败。选举结果被视为对穆沙拉夫及其追随者的沉重打击。

友好邻邦的政局发生如此重大变化，我们当然希望有机会同各党直接接触，探讨今后加强交往的安排。恰好，亚洲政党国际会议常委会两主席邀请我党派代表出席在巴举行的常委会，讨论举办下一届大会的相关事宜。于是，经中央批准，刘洪才副部长作为中共代表于2008年3月26—30日赴巴基斯坦出席亚洲政党国际会议常委会第九次会议并率中共友好代表团应巴基斯坦人民党的邀请顺访。

我党友好代表团此次访巴，正值巴政党政治恢复运作、新政府成立伊始，同巴各政党广泛接触，有利于增进相互了解推动双边关系进一步发展。访问期间，刘洪才分别会见了穆沙拉夫总统、新任政府总理吉拉尼和国民议会议长米尔扎，在大选中获胜的巴基斯坦人民党联合主席扎尔达里、穆盟（谢）主席哈克以及穆盟（领袖派）秘书长穆沙希德、统一民族运动党召集人萨塔尔、伊斯兰促进会主席卡齐、人民民族党主席瓦里·汗和伊斯兰神学会主席拉赫曼。刘洪才向对方说明来访目的，重申中国共产党加强与巴各政党友好交往与务实合作、增加相互了解与信任、助推两国关系健康稳定发展的愿望，介绍中方对巩固、发展双边关系的设想和建议，通报中国国内情况，特别是筹备北京奥运会、打击"三股势力"的相关情况，争取对方的理解和支持。刘洪才还听取对方有关介绍及对发展双边关系的考虑和意见。

穆沙拉夫总统请刘洪才转达他对胡锦涛主席最亲切的问候，表示他期待访华并赴新疆参观访问；巴方为久经考验的巴中友谊感到自豪，希望双方努力进一步提升合作水平。吉拉尼总理欢迎刘洪才到访，并说他父亲是巴中友好关系的开创者之一，五十年代成为第一个访华的巴联邦政府部长。他还告诉中国客人，在这次联邦和省级选举中，许多开明进步人士当选，愿推动两国政府、议会、政党、民间的友好交往。米尔扎议长及人民党领导人对中共友好代表团的到访表示热烈欢迎，并强调人民党与中国的友好交往源远流长，党的创始人阿里·布托是巴中友谊的重要奠基人，贝·布托早在学生时代就曾赴华学习，她继承了父亲的对华友好传统，两次执政期间多次访华，并开创了人民党与中国共产党之间的党际交往；人民党将继续延续和发展两国两党之间业已存在的良好关系，拓展合作空间，通过高层互访、政府合作、党际交往和人民之间的广泛接触推动巴中战略合作伙伴关系向前发展。哈克代表穆盟（谢）和党领袖谢里夫欢迎代表团来访，表示该党高度重视发展与中共的关系，今后将采取切实措施推动两党友好关系进一步向前发展。穆沙希德强调，发展对华友好是巴举国共识，无论巴政局如何变幻、哪个党上台执政，巴中友好关系的发展都不会受到影响。萨塔尔说，统一民族运动党视中国为最可信赖的合作伙伴，该党愿积极推动卡拉奇市和信德省与中国有关省市深化合作。卡齐说，伊促会虽是伊斯兰政党，但意识形态差异不会成为双方发展友好关系的障碍；伊促会反对疆独分裂主义势力打着伊斯兰旗号从事分裂国家的行径，坚定支持中国为维护主权和领土完整所做的努力。瓦里·汗说，人民民族党执政的西北边省与中国毗邻，当地有水电站等大型巴中合作项目，许多中国工程技术人员背井离乡到那里帮助当地发展，人民民族党将尽一切可能确保中国技术人员和公民的安全。伊斯兰神学会领导人拉赫曼也表示愿为保护中国在巴人员安全做出积极努力。

通过此访我们深感中巴友好深入人心，巴主要政党都对中巴友好表示了强烈愿望和坚定信心，无论国际形势和巴国内政局发生什么变化，巩固和发展中巴全天候友谊和战略合作伙伴关系的决心都不会动摇。

出席宗教政党的欢迎活动

奥运外交

2008年7月,我拟邀请人民党领导人来华出席北京奥运会开幕式,以此为契机启动巴政局深刻变化后同巴主要政党的新一轮交往。

扎尔达里感谢中方邀请,指派他的儿子、人民党主席比拉瓦尔率团访华,人民党秘书长巴达尔、总理内政顾问马里克等随行。他还表示,他这样做是学习老布托上世纪70年代安排贝·布托兄妹赴中国考察学习的做法,了解中国最新的发展情况,学习中国的发展经验,同时传承布托家族对华友好传统。比拉瓦尔虽年仅20岁,但政治上已十分活跃,相信他能胜任这次访华任务。

比拉瓦尔一行于8月7日晚抵京,中联部副部长陈凤翔和巴基斯坦驻华大使巴希尔到机场迎接。8月8日上午,王家瑞部长会见比拉瓦尔一行。当晚，比等出席北京奥运会开幕式。9日上午，中共中央政治局委员、全国政协副主席王刚会见。王刚说，北京奥运会的顺利筹备和举办，是包括巴基斯坦政府和人民在内的世界各国政府和人民共同支持的结果。今年4月奥运圣火在伊斯兰堡传递时，巴基斯坦政府采取有力措施确保圣火传递活动的顺利举行，我们对此深表谢意。比拉瓦尔感谢中方邀请，表示奥运会开幕式宏伟壮丽，堪称完美，充分展现了中国的伟大和强盛。人民党秘书长巴达尔说，比拉瓦尔的外祖父、人民党创始人佐·阿里·布托为推动巴中关系的发展做出了重要贡献，并与毛泽东、周恩来等中国老一辈领导人结下了深厚的友谊；比拉瓦尔的母亲、人民党前主席贝·布托1972年起多次访华；今天，比拉瓦尔作为布托家族的第三代代表和人民党第三代领导人，把自己在国际舞台上的第一场正式亮相选在中国，充分显示了人民党和布托家族对中国的友好情谊以及对巴中关系的高度重视。王刚说，人民党是巴基斯坦政治生活中的一支重要力量，长期以来积极推进两党两国友好关系的发展，我们对此深表赞赏。中国共产党和巴基斯坦人民党同为执政党，都担负着发展经济、改善民生的重任。我们愿在党际交往四项原则基础上，不断加强同人民党的友好关系，为推动两国关系的深入发展发挥积极作用。

比拉瓦尔一行于11日凌晨离京回国。

广交朋友

2008年下半年，巴基斯坦政局继续动荡。8月18日，穆沙拉夫迫于内外压力，辞去总统职务。8月25日，穆盟（谢）宣布退出执政联盟，成为反对党。人民党联合人民民族党、伊斯兰神学会等继续执政。9月6日，巴举行总统选举，人民党联合主席、已故前总理贝·布托的丈夫扎尔达里当选总统。2009年初，在司法界及穆盟（谢）等政党的坚持下，原首席大法官伊夫蒂哈尔的职务终于被恢复。2009年底，伊撤销了穆沙拉夫的"全国和解令"，从而使扎尔达里总统等人民党要员重新面临诉讼威胁。人们普遍认为，这一方面是对人民党政府迟迟不恢复伊大法官职务的报复，同时也是对穆盟（谢）的报答与支持。2010年4月6日，国民议会通过宪法修正案，将总统部分权力移交给总理，规定总统需在总理建议下行使解散议会、任命军队领导人等关键职权。此后，朝野各党在新的政治框架下加紧角力，重新分化组合。除此之外，巴政局相对稳定。军方暂时无意干政，穆盟（谢）集中力量在旁遮普省执政，暂无挑战人民党在中央执政地位的打算。这种形势有利于我们拓宽交往面。

2010年1月11—18日，我们接待了穆盟（谢）领袖纳瓦兹·谢里夫率团访华。

穆盟（谢）是巴两大主流政党之一，曾多次执政，当时是国民议会第一大反对党，实力与执政的人民党平分秋色，并在占巴半壁江山的旁遮普省执政。1988年同中共建立友好联系，执政期间对华友好。后该党十余年未曾派团访华。谢里夫复出后多次表示希望尽快访华，结识我领导人，重续友谊，并实地考察中国改革开放及经济社会发展成就。

1月12日下午，中共中央政治局常委、国家副主席习近平在人民大会堂会见代表团。习近平在会见时说，中巴两国是好邻居、好朋友、好兄弟、好伙伴。阁下在担任总理和反对党领袖期间，一直关心和支持中巴友好事业，致力于推动两国友好合作，对此我们表示高度赞赏。党际关系是国家关系的重要组成部分，中巴都是发展中国家，两国政党都面临着维护国家主权和独立、保持社会稳定、发展经济、改善民生的艰巨任务，不断加强两党交流与合作，互相学习借鉴治党理政经验，对促进我们各自事业的发展具有重要的现实意义，也将增进两国人民之间的友谊。习近平还向客人介绍了中国国内形势。王家瑞部长与谢举行工作会谈。在京期间，谢里夫还拜会了外交部副部长武大伟和中国移动总裁王建宙，接受凤凰卫视和当代世界出版社采访。代表团还赴广东访问，中联部副部长刘结一全程陪同。

谢里夫对访问十分满意。他多次表示，与习近平副主席的会见给他留下深刻印象。中国国家领导人对国家社会发展有宏观和总体把握，不仅看到成绩，更有忧患意识。谢此行主要向中方阐明三点想法。一是尽管巴各政治力量在诸多问题上存在分歧，但在保持巴中友好这一点上有绝对的共识。无论谁在巴执政，都不会偏离巴中友好。二是巴国内正处以艰难过渡期，穆盟（谢）主张政治稳定。巴刚刚走出穆沙拉夫八年独裁阴影，扎尔达里和人民党难免有许多不足之处，但却是巴走向民主的象征。穆盟（谢）曾经历上个世纪90年代的激烈党争，认为激烈的政治对抗只会导致军事独裁，因此不会寻衅滋事破坏稳定，也不会制造或参与针对人民党政府的阴谋。目前人民党面临的困难，都是该党偏离民主原则造成的，与穆盟（谢）无关。三是希望中国继续重视巴。巴面临国际反恐压力，国内也存在许多不确定因素，一些敌对势力正试图改造巴，破坏巴中友好，这对巴不利，对中国也不利。多年来中国提供的援助真正惠及普通民众，巴人民是支持和拥护巴中友谊的，希望中国加大对巴投入，扩大在巴影响，这有利于本地区和平与稳定。

上下求索

2010年5月，中央任命我为中联部副部长。部领导班子分工，我分管调研及对南亚、东南亚和撒哈拉以南非洲政党的工作，其中也包括对巴基斯坦政党的工作。2011年是中巴建交60

周年和"中巴友好年",在新形势下如何抓住机遇、克服困难、使党际交往继续为推动双边关系深入发展发挥积极作用?我希望通过访问,同巴方朋友共同探讨、回答这一问题。2月20—23日,我率中共友好代表团访问巴基斯坦。

2月20日晚抵伊斯兰堡,刘健大使、穆沙希德以及巴外交部代理外秘前往机场迎接。我同时与先期抵达的中联部一局局长沈蓓莉和饶惠华、杜丁丁等汇合。

出席"中巴友好年"活动

21日上午,代表团与执政党巴人民党总书记巴达尔等会谈。下午,拜会宗教政党神学会主席拉赫曼、出席由穆沙希德发起成立的巴中学会"你好——萨拉姆"电子期刊和巴军队子弟学校汉语课程启动仪式。随后,又同他一道审定他和巴最大私人电视台合作拍摄的纪录片《崛起的中国》。晚上,出席穆盟(领袖派)主席舒贾特宴请。22日上午,我走访了另一个老朋友拉赫曼主持的知名智库"政策研究所",向他推介我兼任领导职务的"当代世界研究中心",就今后开展合作达成共识。随后,我们拜会了巴参院内政委员会主席,一位颇有义侠血性的友好人士。他来自与中国接壤的西北边境省,喀喇昆仑公路穿省而过,从小在中巴友谊的熏陶下长大。不久前,在当地执行经济合作项目的中国工程师遭遇山洪,他奋不顾身,组织当地居民前往救援。临近中午,代表团接着拜会巴外交国务部长希娜。下午巴总理吉拉尼接见代表团一行后,我们乘航班前往拉合尔,在机场受到旁遮普省政府粮食部长的迎接。当晚,旁省首席部长夏巴兹宴请。第二天上午,我们先后拜会旁遮普省督科萨,伊促会主席穆纳瓦尔,接受记者采访。前往庄园拜会谢里夫,路上在粮食部长家喝茶。中午,纳瓦兹·谢里夫出面会见和宴请。整个行程可说是马不停蹄,通过拜访许多新老朋友,增加了相互间的友情和了解。

拜会纳瓦兹·谢里夫

显然,这是一次政党外交、民间外交、公共外交"三位一体"的旋风式访问。这些活动令人欣慰,使人看到多年努力的成果。

经过多年工作积累,巴主要政党都高度重视对华交往,希望同我开展友好交往,借鉴我发展经验,开展务实合作。同时,党际交往已经成为拓展民间交往和公共外交的基石。记得2006年,我们曾实事求是地同穆沙希德分析过:尽管人们用"铁杆朋友"和"比山高、比海深、比蜜甜"来形容中巴友谊,但新时期的友谊要有更坚实的基础,应该建立智库来支持友好合作。我们约定:要使政党交往与合作走出密室,为增进两国人民的相互了解与友谊发挥实实在在的作用。5年后,他不仅在巴发起成立了民间组织"巴中学会",举办了许多经贸文化合作活动,还兴办了双语期刊和网站,在中小学开办汉语课程,拍摄关于中国的纪录片,向巴基斯坦广大民众传播关于中国的准确信息。我们对他的成就表示祝贺,并表示将一如既往继续合作。良好的政治关系也已成为经济合作的助推器。记得中国移动的老总曾经告诉我,他把巴基斯坦当成企业"走出去"的"黄埔军校",因为在这里即使双方合作发生问题或者产生误解,长期结下的友谊总能使双方更快地找到解决办法。他感谢穆沙希德提供的各种帮助,也实实在在地支持他的友好活动。

2011年对巴交往中另一件给我留下深刻印象的事,是接待正义运动党主席伊姆兰·汗率团访华。

在巴基斯坦政坛上,正义运动党可以说是异军突起。该党是1996年4月25日由前板球明显伊姆兰·汗建立的。其章程提出要通过正义、人道和自尊,建立宽容、温和、自由的现代伊斯兰共和国。该党成立后参加1997年大选,但一无所获。在2002年大选中仅获1席。2008年,该党干脆抵制大选。尽管如此,由于伊姆兰·汗是一位家喻户晓的明星,传统政治势力又太使老百姓失望,他的人气仍然不断上升。例证之一,尽管他只是巴基斯坦一个在野小党的领袖,但我设宴款待他时,巴驻华大使也以"粉丝"身份出席作陪。

伊姆兰·汗访问期间,全国人大常委会副委员长司马义·铁力瓦尔地和王家瑞部长分别会见,我与之进行工作会谈。司马义·铁力瓦尔地在会见时表示,今年是中巴建交 60 周年,也是"中巴友好年",我本人多次访巴,深切体会到巴基斯坦人民的友好情谊。中国党和政府十分珍视中巴友谊,尊重巴人民为自身发展所做的选择,愿与巴方一道,推动双边关系不断深入发展,实现本地区的和平与稳定。王家瑞欢迎伊姆兰·汗率团访华,表示此访标志着中国共产党与巴正义运动党正式建立党际关系,将对加强两党两国合作和深化两国人民友谊发挥积极作用。伊姆兰·汗感谢中方热情邀请与盛情款待,祝贺中国共产党成立 90 周年,表示正义运动党在巴中建交 60 周年之际与中国共产党建

会见巴基斯坦正义运动党主席伊姆兰·汗

立友好关系，对促进两国友好关系发展具有重要意义。他说，我从小受巴中友谊的熏陶，热爱中国和中国人民。来华访问前两天，我在拉合尔组织了一次几十万人参加的大型集会，在会上宣布即将访华的消息，赢得全场群众的热烈欢呼。中国是巴全天候伙伴和最为信赖的朋友。美军在巴击毙本·拉登后，巴受到巨大压力，而中国是唯一挺身而出为巴仗义执言的国家。

2018年7月，伊姆兰·汗当选巴政府新一任总理。

告别之旅

2014年2月，我即将离开现职领导岗位，最后一次率中共友好代表团访问巴基斯坦。此前的2013年，巴基斯坦历史上第一次民选政府完成任期。5月，举行议会选举，穆盟（谢）获得190席，赢得议会多数执掌中央政权。伊姆兰·汗的正义运动党获得34席，成为议会第三大党，在开伯尔－普什图赫瓦省联合执政。人民党和统一民族运动党分列第二和第四位。6月，穆盟（谢）组建新政府，谢里夫出任总理，成为巴基斯坦历史上首位三次出任总理的政治家。

2月17日上午，我们下飞机后直奔塔克希拉，参观重工业公司。这是两国军事合作的重点项目，包括坦克、火炮、装甲人员运输车的制造和大修。在往返的路途中，正在加紧施工的公路项目令人印象深刻。下午，我们再次造访"巴中学会"，随后又会见了正义运动党主席伊姆兰·汗。次日晨，我们在"旁遮普宫"与穆盟（谢）主席、旁遮普省首席部长夏巴兹共进早餐。他将陪同总统访华，仍然希望同我说说他的关切："第一是能源、第二是能源、第三还是能源！具体地说第一是火电、第二是水电、第三是太阳能"。早餐结束后，他要求同我"单独交谈5分钟"。原来他想专门通报一下反恐问题：同巴塔谈，未必有用，只是为了挤压同情者空间，为打做准备。现在已不是"枪杆子里面出政权"的时代，真正解决问题，要靠上项目、扩大就业、发展经济，只能依靠中国；当然也找了沙特、土耳其。当天我们还会见了人民党秘书长科萨、穆盟（领袖派）主席舒贾特等主要政党领导人。我们准备次日经拉合尔转机去印度访问，夏巴兹听说后安排我们到他家，与其子汉姆扎·夏巴兹等共进早餐，随后参观拉合尔的快速公交系统。

这次访问为我8年对巴工作画上圆满句号。驻巴使馆代办姚敬的话最令我欣慰："听说您要来，那些老朋友无不眼睛一亮"。而我在会见老朋友之后的感觉是，与8年前相比，他们都显得更成熟、更聪明、更务实、更友好。这8年，是巴基斯坦由军人统治向政党政治转型的全过程，其间政局可谓错综复杂，然而两国关系没有收到重大影响。根本原因当然是两国历代领导人缔造的传统友谊、互利合作带来的共同利益以及深入人心的友好感情，但不可否认，党际交往使我们有了更多关键时刻能够帮得上忙的人脉，有了更多加深了解、拓展友谊与扩大合作的渠道、平台和方式。在新的历史阶段，中巴之间除了继续保持传统的友好合作以外，还不断拓展政党外交、民间外交、公共外交。实践充分证明，在政党作用不断上升的条件下，党际交往可以成为国家关系的稳定器、助推器和润滑剂。同时，政党关系还可以扩展到民间交往和公共外交领域，并助推各个领域的务实合作，实现互利双赢，使新时期的中巴关系具有更加充实的内涵。显然，政党外交是中国特色总体外交中的利器。

第十章　佛国新缘

古国新生

在我从事对南亚各国工作期间，同尼泊尔各界、各政党的交往有更多的故事。主要原因是这段时间恰逢该国经历从战乱到动荡、从王权到共和的新生阵痛。国体、政体的历史性转型牵涉权力重新洗牌和利益的深刻调整，外在表现为政局波澜起伏，而其中的主要角色是各政党领袖，从而使政党交往成为双边关系中最活跃的组成部分。

尼泊尔位于喜马拉雅山脉南麓，是个历史悠久的古国。该国南部的兰毗尼是佛祖的诞生地。从宗教文化乃至经济政治的角度讲，印度历来对尼泊尔有重大影响。该国历史上的许多王朝是由印度北部政争失败后北逃的势力创建的，而在19和20世纪，骁勇善战的廓尔喀士兵曾为英印殖民当局南征北战。

印度独立前后，尼泊尔国内开始现代政治进程。1947年1月，在印度国大党的支持下，尼泊尔第一个全国性政治组织尼泊尔国民大会（以下简称大会党）在印度加尔各答成立。随后，尼国内掀起反对拉纳家族专制统治的浪潮。1949年4月22日，尼泊尔共产党在印度加尔各答成立，后来由于对国家的发展道路、政治体制、革命路线及对外关系存在分歧发生多次分分合合。1950—1951年间，尼泊尔国王特里布万和王储马亨德拉在印度的支持下恢复王权，并于1951年2月颁布临时宪法，实行君主立宪制。1960年，马亨德拉国王取缔政党，实行无党评议会制。1972年，比兰德拉国王即位。1990年，尼泊尔爆发大规模"人民运动"，比兰德拉国王被迫取消无党评议会制度，恢复君主立宪的多党议会制。1991年7月，大会党政府上台执政。此后，由尼泊尔共产党中分裂产生的尼泊尔共产党（联合马列）也曾单独或联合执政。1996年2月，由尼共分裂出来的另一分支尼泊尔共产党（毛主义）提出"建立共和政体"的口号，并发动"人民战争"。2001年6月1日，王室突发血案，比兰德拉国王等13人遇害，6月4日，国王胞弟贾南德拉就任国王。2002年5月起，贾南德拉国王先后解散议会、改组政府。2005年2月，贾南德拉再次发动政变，解散议会并逮捕和关押议会各政党领导人，亲理政事。在此背景下，大会党、尼共（联）等七个议会政党在印度组成"七党联盟"。11月，尼共（毛）与七党联盟达成12点共识。2006年4月，七党联盟发动"第二次人民运动"。24日，贾南德拉被迫宣布交权；27日，任命大会党主席柯伊拉腊为新首相。新政府积极回应尼共（毛）和平谈判倡议。5月3日宣布无限期停火，摘掉戴在毛派头上的"恐怖主义组织"的帽子。6月16日，柯伊拉腊等七党联盟领导人同尼共（毛）主席普拉昌德签署八点和平协议。11月21日，尼共（毛）与新政府签署《全面和平协议》，10年"人民战争"正式结束，尼泊尔开始踏上和平进程。

  尼泊尔是与中国山水相连的友好邻邦，1955年8月1日两国建交以来友好合作关系不断发展。尼泊尔还是维护我西南边疆稳定的重要屏障。1959年3月10日，西藏上层反动分子发动武装叛乱失败后，约有6000名藏民逃尼。达赖集团1962年在尼设立"达赖喇嘛驻加德满都办事处"。1990年以后，该办事处每年都利用3月10日组织藏民集会。尼历届政府一直承认西藏是中国的一个自治区，表示尼过去、现在和将来都不允许在其领土从事反华政治活动，对达赖分子在加德满都的公开活动控制较严。2005年1月，尼政府关闭了达赖喇嘛的"办事处"。2006年4月，七党联盟重掌政权后重申尼不允许、不帮助任何势力和国家在尼领土从事反华活动。

实地探寻

尼泊尔地处我西南方，紧邻西藏。尼泊尔国家保持政治稳定，有利于我维护国家安全，创造睦邻友好的周边环境。然而，尼共（毛）坚持走"武装斗争"的道路，增加了该国乃至整个地区的不安定因素。2002年7月11日，我外交部发言人在例行记者招待会上指出，中国与尼泊尔所谓"毛派"反政府武装从来没有任何关系。2005年2月3日和2006年4月27日，我外交部发言人又先后指出，尼泊尔"毛派"反政府武装与中国毫无关系；我们一贯奉行不干涉别国内政的原则，希望我们的友好邻邦尼泊尔能够尽快实现和解，尽快实现和平、和睦、稳定和发展；我们愿意与尼方共同努力，推动中尼睦邻友好合作关系继续向前发展。随着尼泊尔形势发展变化，我逐步调整相关政策。

2005年7月，我以中国国际交流协会理事名义，应尼泊尔"世界事务委员会"邀请，率工作小组访尼。当时正是贾南德拉国王亲政阶段，尼正处于"紧急状态"，实行了10余年的多党议会制被中止，政党活动受到严格限制。尼方安排小组会见尼"大臣委员会"（内阁）副主席（副首相）比斯塔，同世界事务委员会、外交学会等智库进行座谈，走访大学，会见学者，但未与政党进行接触。

2006年8月9—15日，在尼和平进程的关键时期，我率中联部工作小组访尼，广泛接触除尼共（毛）以外的各主要政党。通过考察我们认识到，尼泊尔政治进步是时代要求和大势所趋，和平进程正处于关键时期，政党正逐渐成为政治主角；联合国接受柯伊拉腊首相和普拉昌德主席要求，同意协助推进尼和平进程，这标志着尼共（毛）已成为合法政党，我宜适时与其接触，逐步开展交往。

转型大业

在《全面和平协议》签署之后，尼面临两大政治课题。一是解决尼共（毛）的武装"人民解放军"的整编问题，又被称为"和平进程"。尼共（毛）之所以能够成为尼政坛上的一支举足轻重力量，主要是靠10年"武装斗争"，而在其影响没有转化为实实在在的政治力量之前，它是不会轻易交出自己的武装的。第二个课题是确定未来的国体和政体，其影响更为深远。贾南德拉国王在王室血案后的所作所为，使君主立宪制度难以为继。尼共（毛）早在武装斗争之初即提出"建立共和"的口号，此时自然希望继续保持先发优势。当然，在解决国体和政体问题之前，首先要成立制宪机构。为此，先要有规定制宪程序的临时宪法，据以选举制宪会议。显然，这些问题都是交织在一起的。2007年1月15日，尼泊尔议会通过临时宪法，取消了国王所有行政权力包括象征性的权力，规定将于2007年6月选举制宪会议及其原则办法。同日，原议会解散，成立了有330个席位的临时议会。临时议会第一大党为占85席的大会党，尼共（毛）和尼共（联）各73席，并列第二。2月17日，联合国尼泊尔特派团完成对尼共（毛）士兵查证和武器封存第一阶段工作。3月9日，临时议会通过临时宪法第一修正案，规定通过制宪会议选举在尼实行联邦民主制，以取代现行的中央集权单一制度。4月1日，尼成立过渡政府，柯伊拉腊任首相，另有22位阁员，其中大会党5名，尼共（联）6名，尼共（毛）5名，大会党（民主）4名，亲善党和联合左翼阵线各1名。显然，尼共（毛）已进入尼政治主流，我们适时调整对尼政党交往格局的条件已经成熟。

2007年5月22—26日，我率中联部工作组第三次访尼，接触尼各主要政党，其中也包括尼共（毛）。

工作组首先拜会大会党、尼共（联）等传统友好政党，听取情况介绍并征求意见。他们表示，和平进程仍处于关键时期，由于有关方面并未完全履行和平协议，政治进程陷入停滞，制宪会议选举无法如期举行；尼传统政党都同中共保持着良好的党际交流关系，也了解中共对外交往的原则和立场，鉴于尼共（毛）已合法并进入尼政治主流，他们对中共与尼共（毛）进行接触不持异议，希望中方通过与尼共（毛）的交往，为尼和平进程创造有利外部条件。

与尼共（毛）领导人普拉昌德交谈

5月23日和25日，工作组两次会见尼共（毛）领导人。在会见中，普拉昌德亲自介绍了党的历史，强调他们尽管知道毛泽东本人生前并不主张采用"毛主义"一词，但作为革命晚辈希望以此表达对他的崇高敬意,同时注意将普遍真理同本国实际相结合,形成"普拉昌德道路"。经过10年之久的"人民战争",成功迫使国王下台,推动其他政党开展合作,开创全新形势。当前最主要的任务是举行制宪会议选举,即使遇到一些困难也不会重新回到游击战争中去,而将顺应人民期盼社会发生根本变革的愿望,发动和平的群众运动。对方反复强调加强同中共党、政府和人民合作的迫切愿望。在我介绍了中共理论和实践创新以及党际交往的情况之后,普拉昌德做了三点回应:一是中方介绍消除了尼方的误解,特别是对中共的实践成就和理论创新留下深刻印象,希望通过党际交往从中获益;二是尼仍处于使政权转移到人民手中的发展阶段,当前更为重要的是学习中共新民主主义革命的经验;三是希望尽快派团访华。我表示注意到对方要求,但未作承诺。

一次受到广泛关注的访问

尼泊尔国内随后的政治发展,无论是和平进程还是制宪议程都比预想的复杂、艰巨得多。关于国体,尼共(毛)主张由临时议会宣布废除君主制、实现共和制。大会党对此并不赞同,希望只要求贾南德拉退位,以牺牲一个国王来保存君主制。关于制宪会议选举办法,是采取比例制、选区制还是混合制?各党意见不一。2007年6月,制宪会议选举未能如期举行,但临时议会6月14日批准《制宪会议选举法案》,决定选区制和比例制各选240名,再由首相任命17名。8月,尼共(毛)提出召开制宪会议的22点条件,9月18日,柯伊拉腊拒绝由临时议会宣布共和并采用比例制选举制宪会议,尼共(毛)宣布谈判破裂,退出联合政府。原定于11月22日举行制宪会议选举的计划流产。12月23日,尼共(毛)与"六党联盟"签订"23点协议",其内容包括:

实行联邦共和国，由制宪会议第一次会议核准；2008年4月举行制宪议会选举，议席增至601席，其中335席由比例选举产生，240席由直接选举产生，剩余26席由首相任命。12月28日，临时议会通过临时宪法修正案，宣布尼泊尔成为联邦民主共和国。12月30日，尼共（毛）重返政府。

正是在这样的背景下，中共中央对外联络部部长王家瑞应尼泊尔外交部长普拉丹邀请于2007年11月30日—12月4日率中共代表团访尼。王家瑞一行拜会了尼泊尔政府首相、大会党主席柯伊拉腊，大会党代主席苏希尔·柯伊拉腊和领导人德乌帕；会见了尼共（联）总书记尼帕尔、工农党主席比久克切等。代表团还出席了尼政府和民间友好团体举行的大型招待会和欢迎活动。柯伊拉腊首相和各政党领导人欢迎王家瑞部长访尼，感谢中方在尼困难时刻提供宝贵支持和帮助，表示尼方赞赏中国不干涉内政的原则，愿同中方一道继续推动双边关系向前发展。尼领导人表示，党际交往和民间交流对发展国家关系十分重要，政府经常更迭，政党和人民之间的友谊却将长存。尼方还向王家瑞部长介绍了尼国内形势。传统政党领导人认为，尼政治陷入僵局的主要责任在于尼共（毛），他们虽然已成为主流政党但行为却像不成熟的学生组织，说好了又变来变去，其原因是缺乏民众支持；尽管如此，传统政党仍愿尽最大努力早日达成共识，举行制宪会议选举，继续推进和平进程。

王家瑞表示，通过这次访问感受到尼泊尔人民对中国人民真诚的友好感情；中国党和政府珍视与尼传统友谊，重视与尼各政党发展关系，不断促进中尼友好。他说，作为邻国和朋友，中方关注尼局势发展，希望看到尼早日实现和平、稳定与繁荣；尽管中方对尼和平进程出现困难感到困惑和担忧，仍希望各方珍惜来之不易的和平进程，保持耐心和信心，早日达成共识。

代表团此行的一项重要内容,是应约会见尼泊尔共产党(毛主义)领导人。尼共(毛)主席普拉昌德以及巴特拉伊、基兰、巴达尔、马哈拉、阿南塔和嘉珠瑞尔等6名中央书记出席。对方介绍了尼国内形势及对中国的期待。他们表示,尼泊尔正处于过渡时期,需要一种新的力量和体制来团结人民、维护稳定、捍卫主权、抵御外来干涉;尼共(毛)正与各党积极磋商,有望在共和制和选举方式等问题上达成协议,举行制宪会议选举。尼方强调,尼泊尔地处中印之间,战略地位重要。由于历史、地理、文化和政治、经济等方面的原因,尼受制于印度,如果没有中国的平衡,尼的独立、主权和领土完整就没有保证。希望中国发挥更加积极的作用,只要有助于维护尼的独立、主权和领土完整,支持尼的和平进程和繁荣稳定,就不是干涉尼的内政。王家瑞说,中国不干涉别国内政,但我们关心周边国家形势,希望我们的友好邻邦和平稳定,我们自己也需要安全稳定的周边环境。你们的介绍使我们更全面地了解当前尼泊尔形势,我们赞赏你们致力于以和平、对话形式解决分歧,推进和平进程。中国党和政府高度重视发展中尼关系,但这种关系不针对第三国。我们愿同尼共(毛)加强交流,循序渐进发展关系。

这次访问不仅在尼泊尔受到广泛关注,印度媒体也做了广泛报道。就在王部长结束访问以后不久,尼共(毛)同"六党联盟"签订"23点协议",持续数月的政治僵局结束了。

好事多磨

尼泊尔制宪会议选举一再推迟后终于在2008年4月10日举行,4月24日公布选举结果。在由选举产生的575席中,尼共(毛)获得220席,大会党获得110席,尼共(联)获得103席,马德西人民权力论坛获53席。2008年5月27日下午,制宪会议成员宣誓就职。5月28日，三大党同意以总统取代国王，当天深夜，制宪会议通过政府提交的"共和议案"，宣布即日起尼泊尔为"联邦民主共和国"，从此结束了有近240年历史的沙阿王朝。

在努力推进和平进程和着手制定新宪法的同时，各主要政党首先围绕政府主要职务的权力与分配展开激烈角逐。8月15日，尼共（毛）与尼共（联）组成联合政府，普拉昌德当选尼泊尔联邦民主共和国总理。8月22日新内阁成员宣誓就职。大会党拒绝参加新政府，作为最大反对党频频发难。

8月15日，普拉昌德就任总理，22日，新政府宣誓就职。23日，普拉昌德来京出席奥运会闭幕式，并于24日会见胡锦涛主席和温家宝总理。8月25日普拉昌德会见中联部部长王家瑞，随后双方宣布两党正式建立关系。

在和平进程方面，尼共（毛）试图利用主政地位将其"人民解放军"成建制编入原政府军，而以大会党为首的其他主要政党和军方则坚持按尼军标准个别吸收，结果两军整合工作陷入停滞状态。2009年4月20日，尼共（毛）政府要求尼军参谋长卡特瓦尔在24小时内就其一再违抗政府命令一事做出解释。卡特瓦尔21日递交了书面说明。5月3日上午，普拉昌德总理召开内阁特别会议，认为卡特瓦尔"未能做出令人满意的解释"，决定解除其参谋长职务。尼共（联）和尼泊尔亲善党随即宣布退出政府，造成政府危机。当天，普拉昌德将内阁决定递交亚达夫总统审批。次日，曾任大会党总书记的亚达夫总统否决内阁的决定，要求卡特瓦尔坚守岗位。面对这一局面，4日下午，普拉昌德被迫辞职。随后，尼共（联）与大会党等22个政党组建了新政府，5月25日，尼共（联）领导人尼帕尔就任新总理。

尼帕尔出任总理后，尼共（毛）千方百计重新夺回权力，中断了制宪议会的工作，发动群众游行示威，造成多地交通堵塞和政府机关瘫痪，后又全面展开罢工、罢课、罢市。2010年6月30日，尼帕尔宣布辞职，以期化解国内政治僵局。

次第展开

在尼泊尔扑朔迷离的国内政治进程令人眼花缭乱的同时，两国政党的交往次第展开。

2008年4月21—25日，我再次率工作小组访尼。其间，拜会了首相柯伊拉腊，拜访了尼共（毛）、大会党和尼共（联）等主要政党负责人，同新兴的马德西人政党进行了初次接触，并赴加德满都郊县实地考察，广泛接触尼民众、记者及学者，了解基层民意。普拉昌德应询详细介绍了该党胜选原因、下一步打算及对我期待。通过近距离实地考察，工作小组增加了对尼泊尔政治、政党和领导人的感性知识。尼共（毛）胜选标志着普拉昌德道路取得阶段性成功，但尼政治体制和形式仍处于艰难的过渡期，尼共（毛）将面对复杂的内外环境，而其思想准备似乎远远不足。中尼关系显然面临新的机遇与挑战：我可适时与尼共（毛）正式建立关系，继续保持和发展与大会党、尼共（联）的关系，与马德西政党继续保持接触。

尼泊尔联邦民主共和国成立后，加强同尼各政党交往的条件进一步成熟，2008年5月下旬，中联部通过驻尼使馆向各主要政党发出访华邀请。

尼方做出积极反应。普拉昌德表示，尼泊尔正在发生历史性变化，尼共（毛）非常愿意尽早访华，他本人愿以党主席身份亲自率团，然而由于各党正在就新政府组成频繁磋商，指派中央书记处书记马哈拉先行赴华打前站。6月1—3日，马哈拉和普拉昌德的秘书普拉塔普访华。王家瑞部长和刘洪才副部长分别与其会谈。马哈拉等向中方通报了尼国内形势和尼共（毛）下一步打算。鉴于尼各主要政党仍就新政府的组成、国家元首、政府首脑的权利分配等问题争执不下，双方商定尼共（毛）代表团访华时间视情再商。

6月14—16日，中联部接待了以中常委阿迪卡里为团长的尼泊尔共产党（联合马列）代表团访华。王家瑞部长会见、宴请，刘洪才副部长同代表团会谈，听取对方介绍尼泊尔政局最新发展和尼共（联）内部情况，并就加强两党交流以及中尼合作深入交换意见。中共中央政治局委员、书记处书记、中宣部部长刘云山会见代表团，并听取尼形势发展的通报。刘云山表示尼最新发生的事件是历史性的、里程碑式的事件，中国党、政府和人民尊重尼人民根据自己国情选择社会制度和发展道路，支持尼各主要政党为实现政治稳定、民族团结、国家和平和经济发展所作出的努力。中方反对外部势力干涉尼泊尔内政，相信尼人民有智慧、有能力解决好自己的问题，对尼未来发展充满信心。刘云山说，中尼友谊源远流长、久经考验。过去周恩来总理曾说，连喜马拉雅山也阻隔不了中尼友谊。中尼两国始终恪守和平共处五项原则，彼此信赖，相互支持，两国关系堪称不同社会制度国家和邻国之间友好相处的典范。我们感谢尼在涉藏和达赖问题上给予中方的一贯支持。刘云山赞赏尼共（联）在涉我主权和领土完整问题上对我支持，强调政党关系是国家关系的重要组成部分，上世纪90年代以来，中共和尼共（联）保持着经常性来往，相互了解和政治互信不断增强。我们愿意在四项原则基础上，继续开展同贵党的交往，推动和促进国家关系顺利健康发展。

稳定交往

2009年，尼泊尔政局依然动荡频生。5月，普拉昌德单方面宣布解除军队参谋长卡特瓦尔职务，结果是自己被迫辞职。尼共（联）大选失利后卧薪尝胆的尼帕尔因祸得福担任新政府总理。

应该说，在尼泊尔政党领导人中，尼帕尔是位老朋友。他生于1953年，1966年开始参加政治活动，1991年出任由尼共（马列）与尼共（马）合并组成的尼共（联合马列）中央委员和中常委，1993—2008年历任三届总书记。1996年2月，尼帕尔总书记顺访北京，胡锦涛总书记会见。2004年9月，尼帕尔代表尼共（联）来京出席由中共主办的亚洲政党国际会议（简称ICAPP）第三次大会。2008年，尼共（联）在制宪会议选举中失利，尼帕尔辞去总书记职务，改任外事部主任。

被迫辞去总理职务的普拉昌德于2009年10月率党代表团访华。到那时，尼共（毛）已于2009年1月13日同尼共（团结中心—火炬）合并，改称联合尼共（毛）。代表团由主席普拉昌德、副主席基兰、中常委兼外事部主任马哈拉等四人组成。中共中央总书记、国家主席胡锦涛在济南出席第十一届全国运动会开幕式后与普拉昌德简短寒暄。在京期间，中共中央政治局常委、全国政协主席贾庆林会见，王家瑞部长会见宴请，刘洪才副部长分别出席和主持了代表团参加的南亚形势研讨会和理论研讨会，代表团还赴天津、湖南、山东和上海参观访问。张高丽、张春贤、俞正声等领导同志分别会见、宴请。双方相互介绍各自国内情况，并就发展两党两国关系交换意见。普拉昌德表示，当前尼泊尔正处于历史性转折时期，代表团此访的目的首先是增进互信，希望中国共产党能够支持联合尼共（毛）和平、制宪、建立全民政府三大主张，推动尼和平进程继续前进；其次是学习中国改革开放的成功经验，为领导建设新尼泊尔积累经验。他对此访取得的成果感到满意，相信有中国的支持，尼一定会早日实现和平与繁荣。中方对联合尼共（毛）积极发展两国两党关系的立场予以积极回应。强调中国政府高度重视与尼泊尔发展睦邻伙伴关系，中国共产党赞赏联合尼共（毛）坚定维护中国核心利益的立场和行为，愿意进一步加强两党之间的友好与战略合作；高度评价联合尼共（毛）及尼各主要政党为推动和平进程做出的贡献，希望尼各方以国家利益和大局为重，推动和平进程继续前进。

接触马德西政党

经部领导批准，我于2010年1月16—20日率中联部工作小组出席在尼南部比尔甘吉举行的马德西人民权利论坛第二届全国代表大会开幕式并访尼。马德西人民权利论坛成立于上世纪90年代末，是尼南部特莱地区崛起速度最快的新兴政治力量，在2008年4月制宪会议选举中赢得53个席位，成为尼政坛第四大党。同年8月，该党加入以尼共（毛）为首的联合政府，取得外交等4个部长职位，该党主席亚达夫出任外长。

马德西地区是尼南部与印度接壤部分的统称，面积约占尼全国17%，而人口和财政收入分别占48%和60%，是尼自然条件较好、发展潜力较大的地区。比尔甘吉是与印度通商的门户，过境贸易量占尼对外贸易的60%。由于尼泊尔传统统治集团均来自中部山区，马德西地区各族人民长期感到受歧视和排挤。尼和平进程开始后，该地区人民日益觉醒，不断提出政治权利要求，成为影响尼政治发展的重要因素。我在2008年率工作小组访尼时，曾会见该党主席亚达夫，这次，同他也算是"一回生、二回熟"了。他除了以党主席和外长双重身份会见我们，还派他的私人秘书全程陪同。他在会见中强调，马德西人对华友好，但过去长期受排挤，难以获得与中国交往与合作的机会。他介绍说，"论坛"是一个创建中的新兴民族政党，希望与中共建立关系，学习治国理政的经验。他本人希望在以外长身份访华时会见中共有关领导人，就发展两党关系交换意见。为加深我此访的印象，"论坛"还安排我考察比尔甘吉口岸和干港，礼节性拜会亚达夫总统（马德西籍）。

会见亚达夫总统

　　工作小组还利用这次访尼接触了其他政党。当时，尼共（毛）刚刚与尼共（团结中心—火炬）合并组成新党"联合尼共（毛主义）"，工作小组到访时正值其召开中央全会。尽管如此，仍安排6名中央书记与我们进行了3个多小时的会谈，其中包括新加盟的原尼共（团结中心—火炬）总书记普拉卡什、基兰、国防部长巴达尔、马哈拉、外事部主任嘉珠瑞尔以及多次内部访华的人民解放军副司令阿南塔。

　　工作小组还会见了大会党主席、前首相柯伊拉腊，尼共（联）前总书记尼帕尔。

拜会大会党主席、前首相柯伊拉腊

尼帕尔担任总理后，充分利用其国际人脉，寻求对尼和平进程的支持。2010年初，他利用自己担任"亚洲政党国际会议"（ICAPP）常委会委员和尼泊尔政府总理的双重身份，邀请ICAPP常委会来尼举行第十二次会议。这时刘洪才同志已赴朝鲜担任大使，刘结一副部长接替他担任ICAPP常委会委员。经请示中央同意，刘结一同志于2月24—28日率中共代表团访尼，出席ICAPP常委会并开展双边交往。3月20—23日，时任陕西省委书记赵乐际同志率中共代表团访尼。会见尼帕尔总理和主要政党领导人。此访恰逢前首相、资深政治家柯伊拉腊逝世，代表团出席了吊唁活动。

山重水复

2010年5月，随着制宪会议两年任期即将届满，各方仍未就新宪法达成一致，尼泊尔宪政又面临危机。5月28日，尼共（联）、大会党和联合尼共（毛）达成一揽子协议，将制宪会议延期一年。6月30日，尼帕尔宣布辞职，改任看守政府总理。2011年2月6日，尼共（联）主席卡纳尔在联合尼共（毛）及部分小党支持下当选总理，组建了以尼共（联）和联合尼共（毛）为主体的左翼政府。5月制宪会议即将到期，尼共（联）、联合尼共（毛）和大会党达成协议，再度延期3个月。8月14日卡纳尔总理辞职。28日，联合尼共（毛）副主席巴特拉伊获马德西5党支持就任总理。2012年4月，原尼共（毛）人民解放军整编工作结束，和平进程基本完成。而制定新宪法的进程却更为曲折，各政党虽通过协商解决了大部分争议，但在政体和行政区划等核心问题上分歧犹存。5月，尼制宪会议解散，巴特拉伊任看守政府总理。6月，联合尼共（毛）发生分裂，副主席基兰另立新党，沿用尼共（毛）名称。2013年3月，巴特拉伊辞去看守政府总理职务，成立以大法官雷格米为首的选举政府。2013年11月19日，尼泊尔举行新一届制宪会议选举，政党力量对比发生重大变化。大会党成为第一大党，尼共（联）紧随其后，联合尼共（毛）屈居第三，尼共（毛）则抵制选举。尼泊尔政局进入一个新阶段。

广结善缘

2010年5月，中央任命我担任中联部副部长，我在对尼交往中的地位、任务随之发生变化。2010年9月11—16日，时任中央书记处书记、中央纪委副书记何勇同志应尼泊尔主要政党邀请率中共代表团访尼，我作为陪同人员同行。我在团里的任务相当于"秘书长"，行前领导相关准备工作，特别是明确出访方针；抵达到访国家后，我驻在国大使实际上是团长最主要的助手，我的任务则是确保访问意图圆满实现。作为一次高级别党际交往活动，何勇同志除会见各政党领导人和总统、总理外，还出席友好团体举行的盛大招待会，发表演讲。访问理所当然引发媒体的广泛关注，电子和平面媒体争相报道。

陪同何勇会见尼泊尔总理奥利

2011年10月，我在出访印度途中作为使馆客人顺访尼泊尔。当时，尼泊尔涉藏形势趋于紧张。9月底，在我驻尼使馆不断做工作的情况下，尼政府仍将23名流亡藏人移交联合国难民署驻尼机构。同月，尼新任总理巴特拉伊赴美出席第66届联大期间会见国际援藏知名活动分子理查德·基尔。有关方面希望我们就涉藏问题多做尼政党工作，增强其在涉藏问题上的敏感性。我在访问期间，除了解尼和平和制宪进程的最新情况外，重点就涉藏问题做工作。我感谢尼各主要政党在涉藏问题上给予中国的宝贵支持，说明涉藏问题事关中国主权和领土完整的核心利益，相信尼方会从中尼友好大局和自身长远利益出发继续重视中方关切。尼各政党表示，理解我在涉藏问题上的立场态度和主要关切，认为打击"藏独"势力符合中尼共同利益，重申决不允许任何势力利用尼领土从事反华活动。他们表示，近期移交23名"难民"事系内政部长未经商议擅自做出的决定，巴特拉伊总理因不了解理查德·基尔与达赖的关系而与其在美国会面；基尔现正在访尼，尼多名政治家已拒绝其会见要求。总之，尽管在涉藏问题上尼方面临很大压力，各党仍将恪守承诺，并加强与中方沟通合作。

2012年6月下旬，我再度作为使馆客人访尼。当时原尼共（毛）武装整编已经结束，尼和平进程基本完成，但制宪谈判依旧困难重重，制宪会议两次延期仍未完成使命后宣布解散，联合尼共（毛）自身又发生分裂，我希望通过直接接触尼各党领导人了解政局走向。访问达到预期目的。

陪同基兰访问延安

"东土传经"

2013年3月，习近平总书记当选国家主席后，首次对俄罗斯、非洲三国进行国事访问，并出席金砖国家领导人第五次会晤，引发国际社会极大关注。在尼泊尔，各党为突破制宪僵局再做努力，成立以中立人士、大法官雷格米为总理的"选举政府"，负责在年内举行新制宪会议选举。在这一关键时刻，联合尼共（毛）主席普拉昌德表示希望尽快访华。经请示中央同意，中联部向其发出访华邀请。4月18日，中共中央总书记、国家主席习近平在北京人民大会堂会见来访的普拉昌德，双方就进一步发展中尼友好、深化各领域务实合作交换意见。在京期间，中共中央政治局委员、国家副主席李源潮会见宴请，双方就加强治党理政经验交流、扩大干部培训合作和党建等共同关心的问题交换意见。全国政协副主席、中联部部长王家瑞与普拉昌德小范围会谈，相互通报有关情况并交换看法，我主持相关单位、机构专家同代表团进行内部研讨，介绍中国相关经验、看法。代表团还参观了人民日报社和人民网，并赴成都和深圳访问。普拉昌德在四川大学发表演讲，接受四川媒体采访，考察了都江堰市天马镇基层党组织建设情况，参观了当地生态农业中心。在深圳考察了高新技术产业园、福田区行政服务和基层社区建设情况，参观了深圳经济特区改革开放30周年成就展。

传播信息

党的对外交往的一个重要内容是传递相关涉党信息，特别是在一些重要时间节点上，如建党90周年、十八大召开等，对丰富党际交往内涵很有意义。2013年12月17—20日，我在离开中联部副部长岗位之前最后一次出访尼泊尔，宣介的重点是中共十八届三中全会精神。

访问期间，我向尼各主要政党领导人通报了中共十八届三中全会的主要精神，结合尼国内形势及我工作需要，有针对性地就文件相关内容进行深入浅出的解读。

大会党主席苏希尔·柯伊拉腊表示，大会党十分关注中共提出的推进国家治理体系和治理能力现代化。大会党在不久前举行的新一届制宪会议选举中成为第一大党，有望承担领导国家建设的重任，同样面临提高国家治理能力的问题。大会党愿意学习借鉴中共成功经验，更好履行领导国家的职能。当前，尼正处在历史性的体制转型进程中，如何建立起一套符合实际、行之有效的政治体制和治理体系，是尼各政治力量共同面临的课题。尼方愿意深入了解中国推进国家治理体系现代化的做法和思路。

尼共（联）主席卡纳尔表示，中共提出加强协商民主与尼共（联）等政党提出的在尼建立政治共识的主张十分相似。尼近年来政治发展的实践证明，只有建立广泛共识，才能保持政治稳定，政治转型进程才能顺利推进。当前形势下，尼各党正努力通过协商达成共识，打破政治僵局，推进制宪进程，中共开展党派协商的理念和做法对尼政党有重要启示和借鉴意义。

普拉昌德和基兰表示，近年来两党发展经验和教训表明，没有一个强大的党，任何事业都无从谈起。当前，尼国内形势发生重大变化，两党面临的挑战上升，更加需要围绕党的中心工作和主要任务，加强思想、组织、作风以及反腐倡廉建设，密切党对群众联系，巩固和扩大党的群众基础。

这次访问也是我对尼泊尔的告别之旅。访问结合对象国情况和对外工作，宣讲十八届三中全会精神，取得良好效果，中央有关领导对此要求我们好好总结相关做法及经验。

第十一章　多边渠道

亚洲政党国际会议

在党的对外交往中，参与"亚洲政党国际会议"相关活动独具特色。其他交往大都是双边性质的，涉及中国共产党同某一国家的政党之间的来往。而亚洲政党国际会议从 2000 年在马尼拉召开第一次会议开始，就有来自亚洲许多国家几十个政党的领导人或代表出席。尔后，政党会又逐步机制化，除了召开大会及为筹备大会做准备的常委会以外，陆续制定了章程，成立了秘书处，开展的活动也越来越丰富，从而成为本地区政党交往的重要多边平台。

政党会的来龙去脉

显然，我没有从一开始就参加亚洲政党国际会议的相关活动。2000 年在马尼拉举行第一次会议时，我还在非洲局工作；2002 年在泰国举行第二次会议时我在埃塞俄比亚。2004 年，中国共产党主办了第三次会议。当时我已经回到国内，正在参加驻外使节会议，尚未回到中联部。我只是从相关新闻报道中看到，胡锦涛总书记等全部在京政治局常委都分别参与有关活动，深感这是新时期中共主办的最重要的政党国际活动。我真正参与政党会的相关事务是 2006 年，第四次会议即将在韩国首尔举行前夕。到那时，政党会每两年举行一次大会基本已成惯例，对这样一个多边平台应采取什么方针？王家瑞部长要求我们认真研究，做出回答。于是，我努力从档案中挖掘它的来龙去脉。

我了解到，亚洲政党国际会议是菲律宾前众议院议长何塞·德贝内西亚在德国阿登纳基金会和塞德尔基金会的赞助下发起召开的。德贝内西亚曾是菲律宾"基督教穆斯林民主力量党"总裁，一个政党联盟副主席，曾5次担任菲律宾众议院议长。1988年辞去议长职务出面竞选总统，结果败给当时的副总统埃斯特拉达，2004年第二次竞选总统又败给阿罗约，几度赋闲在家。20世纪末，那两家德国基金会建议他发起召开亚洲政党国际会议，继续发挥国际作用。会议的宗旨是促进亚洲不同意识形态的政党开展交往与合作；增进本地区各个国家和人民的相互理解与信任；通过政党的独特作用和渠道推动地区合作；为本地区持久和平和共同繁荣创造有利环境。

亚洲政党国际会议第一次会议于2000年9月17—20日在菲律宾马尼拉举行。来自亚太地区19个国家43个政党的153名政党领导人或代表出席了会议。出席会议的亚洲各国政治家和政党领导人包括孟加拉国议长胡马延·拉希德·乔杜里、柬埔寨议长诺罗敦·拉那列、韩国前总统金泳三、巴基斯坦前总理贝纳齐尔·布托、菲律宾前总统科拉松·阿基诺和菲德尔·拉莫斯等。时任中联部副部长马文普率团出席。会议的主题是，为亚洲政党交往搭建桥梁，精心培育伙伴精神。除大会外，还就亚洲发展道路、和平与稳定、民主与良政等进行分组讨论。会议通过《马尼拉宣言》，并决定每两年举行一次大会。

亚洲政党国际会议的第二次大会是由泰国当时执政的泰爱泰党主办、于2002年11月22—24日在曼谷举行。25个国家的76个政党派代表出席会议。他们围绕增进共识、深化合作的主题在全体会议和有关经济合作、地区安全和良政与政治参与的分组会议上发言，并达成一致。会议通过《2002曼谷宣言》，并倡议使政党交往成为促进地区合作的"第三个渠道"。

亚洲政党国际会议的第三次大会是由中国共产党主办、2004年9月3—5日在北京举行的。来自亚太地区35个国家、81个政党的350多名嘉宾出席会议。中共中央总书记、国家主席胡锦涛会见了出席会议的部分来宾并同全体代表合影留念，会见结束后，胡锦涛为各国来宾和代表举行了欢迎宴会并在宴会上致词。中共中央政治局常委曾庆红在开幕式上发表了题为《扩大亚洲政党合作推动地区共同发展》的讲话。与会人士围绕"交流、合作、发展"的会议主题，在大会或以地区安全与多边合作、经济发展与社会进步和党的建设与国家发展为题的分组讨论上发言，并通过《2004北京宣言》。中共中央政治局委员、书记处书记、第三届亚洲政党会议组织委员会主任刘云山致闭幕辞。

第三届亚洲政党国际会议

显而易见，亚洲政党国际会议为本地区各国政党创造了一个扩大和深化交往的有效平台，进一步展示了亚洲政党不断上升的作用和影响。

中国共产党从一开始就参与了亚洲政党国际会议的相关活

动。中联部时任副部长马文普和蔡武曾分别率中共友好代表团出席了第一次和第二次大会。起初，德贝内西亚能在两个德国政治基金会的支持下，成功倡议举行这样的会议，进而使之成为亚洲各国政党交往的多边平台，多少有些出人意料。在局外人看来，最初的参与者不少是正伺机东山再起的下台政客，而菲律宾、韩国、巴基斯坦、柬埔寨、日本这些国家的政治制度与体制又相去甚远。然而，这毕竟是亚洲第一次有人倡议建立一个多边平台，使不同意识形态和政治制度国家的政党能够进行交往、增进了解、开展合作、深化友谊。在一个日益开放的时代，这种努力是值得肯定和支持的，中国共产党显然没有理由置身事外。由泰爱泰党主办的第二次会议表明，执政党显然能够为推动多边合作发挥更加积极的作用。此后，经中共中央批准，中国共产党决定主办第三次大会。

第三次大会以后，韩国决定提出主办第四次大会。同时，他们还希望利用主办大会的机会，推动亚洲政党国际会议进一步机制化。为此，他们建议通过一个章程，使机制化的进程有所遵循。

从一开始，亚洲政党国际会议就面临着三个问题。一是如何吸引更多的政党参与其活动。显然，亚洲各国政治体制不同，各党的地位、目标、关切不同，参与政党会活动基本上都是为了扩大国际影响、服务国内需要，但具体的目的、动力还会有所不同。二是通过什么样的组织结构来支持政党会的活动，以及如何解决经费问题。最初，大家希望做的只是召开会议，东道主有一个小的秘书班子即可。三是为了达到预期目标，除了大会，还可以开展什么活动。

在即将举行亚洲政党国际会议第四次大会之前，韩国东道主似乎认为，如果要投入那么多人力、物力、财力主办这次大会，就应该努力使会议机制化，从而具有可持续性。他们建议在大会期间通过一个章程来实现这一目的。

作为助手参与政党会活动

我直接参与亚洲政党国际会议相关事务是在2006年，作为时任中共中央政治局委员刘云山率领的代表团成员，出席第四次亚洲政党国际会议。

这次大会由韩国的执政党和主要在野党联合主办，于2006年9月7—10日在首尔举行。来自36个国家的近90个政党的代表出席会议，并围绕大会主题"亚洲的和平与繁荣"在全体会议和"地区安全与政治稳定"、"减贫与良政"、"建设亚洲共同体"等三个分组会上发言。大会通过了《2006首尔宣言》和《亚洲政党国际会议章程》。

从一定意义上说，第四次大会是亚洲政党国际会议从论坛变成平台的转折点。

这一过程的起点是2005年5月26—27日在首尔举行的政党会第四次常委会。这次会议决定了第四次大会由韩国民主党主办和具体时间。此前，亚洲政党国际会议只举行过3次常委会，都是为筹备大会召开的，没有留下官方记录。在第四次常委会上，不仅决定了下次大会的主办方，而且通过了大会的程序和日程草案，包括大会主题和分组议题。随后，2006年6月1—3日在首尔举行的第五次常委会进一步决定将在第四次大会上通过《亚洲政党国际会议章程》，并责成大会组委会起草章程草案并事先交由各常委研究，以备大会讨论。这一过程的关键人物，第四次大会组委会秘书长、韩国民主党外事委员会主席郑义溶在2007年2月23—24日举行的第七次常委会上当选常委会的联合主席，以他为首的第四次大会秘书处也成为政党会的临时秘书处。

在亚洲政党国际会议常委会上发言

我在作为工作人员参加政党会第四次大会以后，又陪同常委会中共代表刘洪才出席了2007年2月23—24日在首尔举行的第七次常委会。那次会议除了完成第一阶段的机制化工作外，最主要的议程是决定下一次大会的主办方。

对政党会常委会的各国代表来说，确定大会主办方变得越来越复杂。初期，政党会像是一个政治俱乐部，办会还不复杂。然而，从第二次会议起，一次比一次正规，绝大多数亚洲国家政党，包括执政党在内，都难以投入如此巨大的人力、物力、财力主办大会。而有意愿又有能力主办大会的党或国家，常委们可能又有其他顾虑。在第七次常委会之前，印度尼西亚、印度、巴基斯坦、孟加拉国、伊朗、土耳其和哈萨克斯坦等国的7个政党表示愿意主办下一次大会。后来，印度国大党和孟加拉民族主义党撤销了主办申请，印尼和土耳其的政党没有派出代表出席这次常委会，哈萨克斯坦的祖国之光党在会上也不坚持主办要求。伊朗代表十分积极，表示该国政党协调委员会愿意主办下一次大会，但其他国家的代表对届时该国的国际国内环境能否确保大会顺利召开表示担心。最后，常委会决定，先请伊朗主办一次常委会，而由巴基斯坦穆斯林联盟（领袖派）主办第五次大会，以后再考虑由伊朗主办大会。

会议还决定，为了吸引更多政党参与政党会的活动，除了两年一次的大会以外，还将举办专题会议，并确定了第一批三个题目：不同信仰之间的对话；创建小额贷款项目；以及国家对政党的补贴安排。这次常委会还增选澳大利亚自由党、土耳其正义发展党和统一俄罗斯党为常委会成员，并对拉美加勒比政党常设大会联合办会的提议表示赞赏并予以批准。

多边、双边交往相辅相成

政党会这一多边渠道还可以在双边渠道存在问题时发挥辅助作用，这一价值在早期更为明显。比如2004年，尼泊尔仍然处于紧急状态，各政党不能正常活动，但尼共（联合马列）的总书记尼帕尔仍然可以到北京来出席政党会第三次大会；作为常委会成员，他也可以前往首尔参加相关会议，从而使中共和尼共（联）的交往得以保持。其他亚洲国家的政治家当然也利用政党会实现其国内政治意图。

2008年3月28—29日在巴基斯坦伊斯兰堡举行的第九次政党会常委会就是一个例子。上一节已经提到，第八次常委会委托伊朗政党协调委员会于2007年11月22—23日在德黑兰举行，同时决定第九次常委会于2008年3月在巴基斯坦举行，听取穆沙希德汇报第五次大会筹备情况。当时，巴基斯坦国内政治形势发生重大变化，穆盟（领袖派）在第13次大选中惨败，巴基斯坦人民党和穆盟（谢里夫派）成为执政党。于是，常委会中中国共产党的代表刘洪才以出席政党会常委会的名义前往巴基斯坦，同时拜访了所有以往无法正常活动的主要政党。在常委会上，穆沙希德告诉大家，考虑到国内政局的新变化，巴基斯坦3个主要政党决定按照韩国上一次大会的做法，联合主办大会。他还宣布了大会预定于10月17—19日举行，主题为"走向亚洲世纪"，3个分议题是能源与经济合作推进区域一体化、增进信任和睦相处和遏制极端化倾向。这次常委会还决定将临时秘书处改为常设秘书处，并任命郑义溶为秘书长。

多边活动与国内政治相结合的另一个例证是2010年2月26—28日在加德满都举行的第十二次常委会。前面说到，尼共（联）总书记尼帕尔一贯积极参加政党会的活动，而当他2009年5月成为尼泊尔总理后，便利用自己广泛的国际联系配合国内推进和平进程和制宪努力。2010年初，他以尼泊尔总理和政党会常委会成员的双重身份邀请常委会其他成员访问尼泊尔并召开第十二次常委会。当时，中联部副部长刘结一接替刘洪才作为政党会常委会中的中共代表前往加德满都，既出席政党会常委会，又拜访尼泊尔各主要政党。这次常委会结束时发表了一份声明，表示支持尼泊尔政府和人民完成和平进程和制宪努力进而致力于经济发展的努力。

我经历的又一个多边双边相辅相成的例子是2012年9月参加政党会常委会代表团对缅甸的访问。到那时，我作为常委会中中共代表已有两年多时间。为了启动政党会与缅甸各主要政党的交往，郑义溶于 2012 年 7 月访问了缅甸，会见了执政的巩发党和主要反对党全国民主联盟的领导人，邀请两党派特邀代表出席第十七次常委会，进一步商谈双方之间的合作。随后，政党会常委会组成一个代表团访缅。

这个特派团由 12 名常委及其随行人员组成，于 9 月 11—13 日访缅。其间代表团会见了代表院议长、巩发党副主席瑞曼和民盟领导人昂山素季，同由总书记吴泰乌为首的巩发党执委会代表团举行了会谈，并发表联合声明。巩发党领导人欢迎代表团到访，赞赏政党会邀请缅甸主要政党参与其活动的决定。他们还重申继续推进系统全面的政治和经济转型的坚定决心。政党会代表团赞同缅甸正处于一个从旧时代向新时代转变的历史变革之中的判断，欢迎缅甸政府和巩发党采取的为一个新的民主国家奠定坚实政治、经济和社会基础的主动措施。代表团认识到，为了建设民主国家，按照缅甸实现和平政治转型的七步路线图进行的 2010 年 11 月 7 日大选，以及全国民主联盟后来做出的参加 2012 年 4 月补选的决定，对建立多党议会具有重要意义。

访问期间，代表团还于 9 月 11 日在仰光会见了昂山素季。她表示，民盟被禁多年，经过注册成为合法政党只有七八个月时间，还有许多事情需要学习。民盟在补选中取得的优异成绩表明它得到广泛支持。进入议会后，民盟议员并不感到孤立，而是交了很多朋友，学到很多东西，受到极大鼓舞。

双方正式发言后，昂山素季还同政党会代表团每个成员进行了交谈。我告诉她，政党会是亚洲唯一的政党多边平台，它可以使不同国家、不同政治体制下、具有不同意识形态的政党开展对话与交流，因此可以为本地区的和平、发展与繁荣做出独特贡献。我强调，中国一贯与缅甸人民怀有胞波情谊，尊重缅甸人民关于本国发展道路的选择。我还告诉她，中国共产党将继续保持同缅甸巩固与发展党的交往,同时也愿意在独立自主、完全平等、相互尊重、互不干涉内部事务四项原则基础上同缅甸其他政党发展党际关系。她回答说,缅中两国人民长期保持传统的友好关系,在争取民族独立与解放的斗争中相互支持与帮助,缅甸是最早承认中华人民共和国的国家之一;国家关系的发展归根结底取决于人民的感情,两国应该加强民间交往,她愿为此做出贡献。

访问缅甸期间与昂山素季合影

挫折与开拓

在政党会的第一个十年里,最重要的活动是两年一度的大会。从2006年在首尔举行的第四次大会起,中国共产党一般都要派出以中共中央政治局委员或书记处书记为团长的高级代表团出席。对具体联系和分管政党会工作的中联部一局来说，出席政党会大会往往是当年的一场重头戏。前面讲到，政党会第七次常委会决定，第五次大会将于2008年10月在巴基斯坦举行。然而，同年9月在巴基斯坦发生了一次严重的恐怖袭击事件。常委们先是决定推迟举行大会，随后又在第十次常委会上接受哈萨克斯坦祖国之光党的提议，将第五次大会改为2009年9月24—27日在哈萨克斯坦的阿斯塔纳举行。时任中共中央政治局委员、中共上海市委书记俞正声率团出席，来自33个其他亚洲国家的66个政党和8个观察员组织也出席了这次大会。会议延续了第七次常委会批准的原来由穆沙希德为大会确定的主题和分议题，即"走向亚洲世纪"和能源与经济合作推进区域一体化、增进信任和睦相处和遏制极端化倾向。大会按照惯例通过《阿斯塔纳宣言》。

与此同时，政党会开始探索拓展活动形式。首先是举办专题会议。当时，许多亚洲政党都面临经费短缺的困难，这不仅影响政党自身活动，而且往往成为贪腐的一个根源。德国、日本等发达资本主义国家形成了一套比较系统的国家拨款资助政党活动的办法。于是，政党会就此举办专题会议，由发达国家代表介绍他们的作法。由于中国的社会制度与体制机制都不同，我们对这一题目兴趣不大，就没有派团参加。然而我们也考虑要选择一个大家都关心的题目举办专题会议，以此增进其他国家政党对我们的了解。也是在阿斯塔纳，俞正声宣布次年中国共产党将在中国举办有关扶贫的专题会议。应该说，这是中国共产党利用政党会的平台独立举办活动的开始。

亚洲政党扶贫专题会议计划于2010年7月17—20日在云南昆明举行。就在筹备这次会议期间，我被任命为中联部副部长。

按照惯例，我将在政党会的常委会里代表中国共产党。我感到，在政党会的框架内，不应只是开大会念稿子，而应有更多、更有效的方式增进相互理解，从而使党际交往为总体外交发挥更为积极的作用。首先，要有更多的"合作伙伴"。

出席亚洲政党扶贫专题会议

我们联系国务院扶贫办和中共云南省委一道主办会议，请他们提供更为丰富、生动的素材。其次，调整活动安排，首先到云南的地县乡村各级考察扶贫工作和项目，然后再开会讨论，最后请中央领导会见。这样，通过实地参观和书面材料，中国的扶贫工作以及中国共产党各级组织的活动都变得生动起来。在此基础上，友好政党的领导人到北京会见高层领导时，中共的方针政策已不再是抽象的概念，而是生动的画面。

这次会议及其相关活动从 2010 年 7 月 13 日开始，一直延续到 20 日。28 个亚太国家 55 个政党的代表，来自非洲和拉丁美洲政党及其组织、联合国开发计划署和亚洲议会大会的观察员出席。中共中央总书记、国家主席胡锦涛和联合国秘书长潘基文向大会发来贺电。中共中央政治局委员、国务院副总理回良玉出席开幕式并发表主旨讲话。会前，外国代表前往云南楚雄和红河州考察当地的扶贫工作与项目，实地了解中共各级组织的设置和开展的工作。随后，在会议期间围绕大会主题"扶贫工作——亚洲政党的共同责任"和两个分议题"探索扶贫减贫的亚洲途径"、"亚洲扶贫减贫与实现千年发展目标"进行了热烈的讨论。大会通过了关于扶贫减贫的《昆明宣言》，充分体现了与会者对扶贫事业的坚定信念以及对联合国千年发展目标的支持。会后，时任中共中央政治局常委、国家副主席习近平在北京会见了主要与会者。所有这一切都体现了中国党和政府对扶贫事业的高度重视，以及锲而不舍通过党际交往推进区域合作与发展的坚定信心。

在这一成功经验的鼓舞下，中联部又在政党会框架下举办了两次专题会议。一次是 2011 年 9 月 2—6 日在广西壮族自治区首府南宁举办的关于"包容性发展"的专题会议，另一次是 2013 年 5 月 29—31 日在陕西省会西安举办的"推进绿色发展、建设美丽亚洲"的专题会议。我参与了这两个会议的筹办并担任组委会秘书长。

由于 2010 年是第一次亚洲政党国际会议召开 10 周年，常委会决定当年 12 月 1—4 日在柬埔寨首都金边举办第六次大会和十周年庆典。大会由柬埔寨人民党和奉辛比克党联合主办，主题是"争取亚洲更加美好的未来"。我陪同时任中共中央政治局委员李源潮出席了这次大会并对柬埔寨进行访问。

出席亚洲政党国际会议第16次常委会

跨洲合作

亚洲政党国际会议的成功引发国际关注和合作意愿。

这种关注首先来自一个类似组织,拉丁美洲和加勒比政党常设大会。常设大会不是基于相似的意识形态,这一点不同于拉丁美洲的其他几个政党组织,却同亚洲政党会更加接近。它是1979年10月由当时墨西哥执政党革命制度党发起、13个拉美国家和一个地区的22个政党共同在墨西哥瓦哈卡成立的。到2006年,共有53个成员党,其中30个曾经在本国执政,14个当时仍然执政。它的领导机关是由主席、副主席、秘书长和副秘书长组成的协调委员会。在很长一段时间里,协调委员会的主席一直由墨西哥革命制度党的主席担任。2000年,墨西哥革命制度党在国内失去执政地位,2005年,拉美政党常设大会年会选举阿根廷正义党资深领导人安东尼奥·加菲罗担任协调委员会主席。

2006年，亚洲政党会常委会邀请拉美政党常设大会派观察员出席在首尔举行的政党会第四次大会。拉美政党会的代表对亚洲政党国际会议的大会留下了深刻印象。于是，在次年举行的亚洲政党会第七次常委会上，拉美政党大会的代表建议两个组织召开联席会议，商讨如何应对共同挑战。为了实现这一目标，拉美政党常设大会派出代表团于2008年访问亚洲政党会秘书处，于2009年出席了在阿斯塔纳举行的亚洲政党会第五次大会，并建议2009年7月30—31日在阿根廷首都布宜诺斯艾里斯举行亚洲政党会常委会和拉美政党会协调委员会第一次联席会议。

两大洲政党组织的联席会议如期举行。会议的主题是"全球性挑战和政党的作用"。出席会议的有22名来自亚洲政党会的代表和50余名拉丁美洲和加勒比地区15个国家的代表。会议由加菲罗和德贝内西亚共同主持，阿根廷共和国外交和贸易部长出席了开幕式，并代表阿根廷政府致欢迎辞。会议进行了三场分组讨论，议题分别是政党在社会中的作用、政党与国家和地区发展以及政党在洲际多边合作中的作用。与会者表示，亚洲和拉丁美洲两个大陆占世界面积的一半，人口的68%和GDP的53%，然而这两个大陆上仍有很多国家的命运受到外国利益和机构的严重影响。有鉴于此，他们愿意通过政党之间日益频繁的交往，加强两个大陆的合作与团结，从而应对共同挑战、捍卫和平与繁荣的共同目标。在这一过程中，他们赞同尊重每个国家文化与社会价值的多样性，坚持法制和良政，拒绝以任何形式的暴力来解决国家之间的分歧，进一步推进多边合作以应对当前的全球挑战。

与会者认为，在亚洲和拉丁美洲两个大陆，政党作为人民意愿的代表者，在确立国家关系方面发挥更大作用的时刻已经到来。他们认识到，没有坚实的政治基础，就无法面对今天新的挑战，特别是以可持续的方式应对全球金融危机。他们认为，政党应当在以下方面发挥关键作用：建立公正的国际秩序，制订共同战略使世界对整个人类更加公正和美好。各国政党应推动两大洲的合作和一体化，特别是在教育、技术、环境和提升公众对民主与良政的觉悟方面。

与会者表示，他们将优先开展下列领域合作从而使国际秩序更为公正公平：扶贫减贫、推动不同信仰与文化之间的对话、为发展中国家创设小微贷款和债转股项目、推进和保护外籍劳工的权益、推动技术合作、保护环境和生态多样性、打击贩毒和有组织犯罪。

与会者同意，共同努力增进相互了解和信任，密切政治、经济、社会和文化交往，为各自政府在国际事务中扩大合作与协调创造政治条件，特别是帮助那些在全球化和金融危机中受到更多消极影响的国家。

最后，与会者认为有必要使两个组织之间的联席会议机制化，并同意下一次会议在亚洲举行。

2010年12月1—4日，亚洲政党会第六次大会暨十周年庆典在柬埔寨首都金边举行。其间，亚洲政党会和拉美加勒比政党常设大会联席会议一并举行。

在举行了两次联席会议之后，亚洲和拉丁美洲政党领导人自然而然地将目光转向非洲大陆。实际上，早在2004年亚洲政党会第三次大会在北京举行时，南非非洲人国民大会和南非共产党等非洲政党就曾应中共邀请派代表以观察员身份出席大会。当亚洲和拉丁美洲两个大陆的政党组织策划于墨西哥城举行第三次联席会议时，他们决定也向南非、苏丹和摩洛哥的政党发出邀请。亚洲、拉美政党组织第三次联席会议于2012年10月13—14日在墨西哥城举行，会议决定成立亚洲拉美商务理事会，同时表示支持非洲国家政党成立地区组织，为将来三个大陆政党合作奠定基础。

出度跨洲政党联席会议

2013年4月，约40个非洲政党代表聚首苏丹首都喀土穆，成立非洲政党理事会。赞比亚爱国阵线总书记卡宾巴当选理事会主席，苏丹大会党副主席纳菲阿·阿里·纳菲阿当选为秘书长。大约一个月之后，他们两人以及阿尔及利亚和塞内加尔的政党代表来到西安，出席政党会框架下的专题会议。当时，拉美政党常设大会的代表也应邀出席那次会议，于是三个大陆的政党组织代表第一次坐下来一起讨论如何在21世纪实现各自国家和大陆的绿色发展。

我在2014年离开中联部副部长的现职领导岗位，也不再代表中国共产党出席政党会常委会。后来，我以前的同事告诉我，2016年4月22—24日亚洲政党会、拉美政党常设大会和非洲政党理事会在印尼首都雅加达召开了第一次三边会议，从而使三个大陆政党的合作有了更为坚实的基础与形式。会议决定定期召开三边联席会议，共同商讨推进三边合作机制化。

在这次会议上，一些欧洲议会保守党议员团的代表也作为观察员出席。与会各方一致同意保持联系，共同探讨今后建立全球政党论坛的可能性。

尾 声

  我参加的最后一次亚洲政党国际会议大会，是 2012 年 11 月 22—23 日在阿塞拜疆首都巴库举行的第七次大会。当政党会第八次大会 2014 年 9 月 18—20 日在斯里兰卡首都科伦坡、第九次大会 2016 年 9 月 1—4 日在马来西亚首都吉隆坡举行时，在政党会常委会中代表中共的分别是陈凤翔和郑晓松副部长。在脱离政党会事务三年以后，我于 2017 年 5 月 16 日遇到来北京出席"一带一路"高峰论坛的何塞·德贝内西亚和穆沙希德·侯赛因·赛义德。在那次高峰论坛上，中联部负责主持一场有关"民心相通"的分论坛，他们两位获邀出席，并为之做出贡献。民族贸易促进会常务副会长蓝军邀请我们一起参加庆祝论坛成功的晚宴，使我不由得想起共同度过的时光。政党会这一多边平台，使我们作为中国共产党的代表，得以同时接触众多政党的领导人和代表。然而多边活动的顺利开展，也需要更多的努力去理解、合作、妥协、创新，从而使所有人从中获益、且得大于舍，而没有人会受到伤害。我的毕生事业是国际交往，因而得以行走四方。不仅是"行万里路"，还能"交天下友"，其间政党会无疑提供了一条独特的渠道。

第十二章　下南洋

我在担任中联部一局局长期间，相对于南亚方面工作，在东南亚方面下的功夫要少一点。原因之一，是一局副局长、我的北外校友运随东是学缅甸语出身，毕业后一直在一局工作，可以说对那一片地区如数家珍。另外，局里类似她那样学东南亚国家语言出身的人还不少，他们有的担任处领导，有的分管相应国家，让人放心。原因之二是，尽管历史上同这一地区的党际关系相当复杂，但眼下相对平稳，既无实现突破的迫切需要，也没有不时出现头痛的事。因此，我对东南亚地区的关切，主要是如何使党际交往在国家总体外交中扬长避短，发挥独特作用。

印度尼西亚与东帝汶

在东南亚地区，印度尼西亚人口最多、面积最大，实际上它也是世界上最大的岛国。我2005年4月到一局工作时，分管部领导蔡武正计划5月到该国访问，局里的同事建议我先率工作小组访问东帝汶，然后到印尼同他汇合。我接受了这一建议，于是东帝汶这个2002年联合国最新成员国成了我访问的第一个东南亚国家。

当时，东帝汶刚刚结束过渡期实现独立，国内可以说百废待兴，连一家像样的饭店都没有。据说，唐家璇国务委员去出席独立庆典，只能同各国贵宾一道在一艘游轮上下榻。我们往访时则住在当地华人开办的一家小旅馆里，但卫生条件还算差强人意。尽管如此，就政治关系而言，双方并无困难。唐家璇国务委员往访时两国就签署了建交协议，东帝汶当时的主要政党都发源于争取民族独立的斗争，曾长期得到中方的支持，现在也愿意继续同我们开展党际交往。

拜会东帝汶解阵领导人

结束对东帝汶的访问后，我于5月30日前往印尼泗水同蔡武副部长汇合，以期首先获得一些对该国的感性知识，然后再赴首都展开高层会见。在雅加达，我陪同蔡武同志会见了副总统、专业集团党总主席卡拉，国会议长阿贡，前总统、民主斗争党总主席梅加瓦蒂，议会副议长、民族觉醒党总主席穆海敏以及国民使命党总主席苏特里斯诺、民主党总主席哈迪等几乎所有主要政党的领导人。可以看出，经过几年的政治动荡，该国形势趋于稳定，经济基本恢复正常，前一年赢得选举上台的苏西洛总统有效掌控局面。国内出现了几个主要政党坐大的新政治格局。所有这些政党都表示了同中共开展交往与合作的强烈愿望，从而使两国关系更为深入、全面。我们认为，双边关系正出现重要机遇，应该全面规划、突出重点、分阶段、有步骤地以不同形式、内容、渠道加强工作。要从新一代政治家的特点出发，采取更为灵活、实际的措施，尽可能满足他们的特殊需要。要特别重视两国青年政治家的交往，使双边关系更具后劲。

首次访问印度尼西亚

随同蔡武访问印尼之后，我们先后接待了所有印尼主要政党派出的代表团。绝大多数代表团成员都是第一次访华，他们看到的中国同事先想象的相去甚远。通过这些交往，我感到我们也要尽可能多地了解对方国家的情况，从而使交往更加符合双方的需要。差不多两年以后，我有机会带领一个工作小组再访印尼。随后，又于2008年3月陪同刘洪才副部长访问印尼。同年11月，一位中共中央政治局常委访问印尼。随访结束后，我留了下来，进行实地考察。除了在首都拜访各主要政党总部，会见主管党务和对外关系的领导人以外，我们还去了日惹和万隆，重点考察几个主要政党的基层组织及其相关活动情况。这类考察时间比正式访问宽裕，看得更细，气氛也更轻松。特别是在饭桌上，往往有机会了解对方的经历，并从中获得更多关于该国政治的感性知识。除了各政党，我们还专门走访一些专家学者和媒体，通过尽可能多的渠道了解情况和看法。

  通过这些访问与考察，我感到同印尼政党开展交往也要从实际出发。由于历史原因，中国和印尼恢复正常外交关系时间不长，该国不久前又经历了金融危机和政治动荡，政治转型仍处于发展变化过程之中。尽管所有主要政党都表示愿意同中共开展交往与合作，但这些政党中，像专业集团党那样的老党仍处于转型之中，曾在印尼政坛发挥重要作用的民主斗争党还在努力恢复昔日影响，一些带有宗教背景的政党也在探索如何发挥政治作用，而对外交往如何服务于它们的核心关切尚不清楚。中印尼两国国情不同，政治体制差别很大，政党的纲领、目标、关切、方针、组织结构和日常活动都不一样。党际交往的现实目标，应是努力增进两国现实和潜在执政集团的相互理解，结合双方的关切，探索适当的交往形式和内容，实现互利共赢。作为负责联络的职能部门，我们要对交往对象的国情、发展趋势、政治格局等有比较客观的认识，在知己知彼的基础上，努力开拓创新，实现双赢。

  在关注印尼这个东南亚最大国家的同时，我们也没有忘记年轻的东帝汶。2009年3月21日凌晨，我乘航班由北京飞往新加坡，然后转机前往东帝汶首都帝力。苏建大使和使馆其他官员，执政联盟的代表以及东帝汶外交部官员到机场迎接。我们稍事休息即前往拜会革阵主席卢奥洛。随后，同大会党领导人共进晚餐。在这些会见中，各政党领导人向我介绍了国内形势，目前的主要关切，希望中方提供的支持，以及对党际交往的具体期待。我对他们的通报表示感谢，介绍了中共同本地区其他政党交往的情况，也说明了我个人对今后交往形式与内容的初步设想。

第二天上午，苏建大使和经商处黄参赞一道陪同我们参观双边合作项目。东帝汶独立后，中国政府提供部分援助资金建设办公楼和住房，并开展水稻种植研究。我们驱车前往中国专家组驻地，看望远离祖国和亲人、在海外执行项目的同胞，听取介绍，并对他们顺利执行经援项目、增进同当地人民的友谊表示祝贺。当时还有一些中国武警在东帝汶参与联合国维和行动，我们走进营地看望他们，鼓励他们圆满完成使命，为祖国和中国军人争光。下午，我们走访了一些政党基层组织。当晚，我们同外长共进晚餐，并向他介绍了此行的目的和情况。他表示非常高兴看到党际交往对双边关系做出积极贡献。

在同印尼的党际交往中，我参加过的级别较高而又独具特色的一次，是2009年底时任中共中央政治局委员、北京市委书记刘淇对印尼的访问。

2009年，印尼顺利举行大选，苏西洛总统成功连任，民主党地位跃升。政治体制改革继续稳步推进，政党在国内的影响力进一步增强。民主党、专业集团党等主要政党希望继续加强与中共的友好交往。同时，国际金融危机继续蔓延，一些发展中国家经济形势严峻，希望中国能够施以援手，帮助它们克服困难。而中国应对金融危机也需要与周边发展中国家加强合作。东南亚是海外华人聚居地区，印尼华人为北京成功举办奥运会做出重要贡献。同时，北京市同印尼雅加达省是友好城市，交往合作关系良好。据此，代表团广泛接触印尼政要和政党领袖、地方官员和华人华侨，深入做各界人士工作，宣介我周边政策，强调加强互利合作，取得良好效果。

刘淇书记此访受到对方高度重视。印尼总统苏西洛，国会议长、民主党秘书长马尔祖基，民主党总主席哈迪分别会见，民主党副总主席穆巴拉克举行欢迎宴会。雅加达省长博沃，日惹省长、十世苏丹哈孟库·布沃诺，巴厘省长巴蒂斯卡等地方领导人纷纷主动会见代表团。访问期间，刘淇还出席了北京市与雅加达省《深化友好城市合作备忘录》、《2010—2011年友好城市交流项目协议》的签字仪式，会见了为北京奥运做出贡献的印尼知名华商李文正、彭云鹏、黄志源、林逢生等。

　　苏西洛总统在会见时愉快地回忆起不久前在APEC首脑会议期间与胡锦涛主席的会见，并提出将两国贸易额提高到500亿美元的构想。他表示，民主党将学习中共在组织、执政能力和基层组织建设等方面的经验，把民主党打造成稳定国家政治、促进经济发展的重要力量。他还希望中国扩大在印尼的投资，开辟更多直航线路，加强两国在农业、基础设施、能源、运输等领域合作，拉动两国经济发展。马尔祖基议长表示，将着力推动政党与议会间交往与合作，增进两国政治互信和人民友谊。哈迪表示，民主党将积极参与两国建交60周年系列庆祝活动，支持两国政党举办研讨会。印尼政党领导人高度肯定政党交往的积极作用，希望继续保持政党高层往来，充实合作内容。印尼地方官员表示愿意进一步探讨旅游、文化、卫生等领域合作，带动地方经济发展。雅加达省表示将派艺术团访华，庆祝两国建交60周年。巴厘省和日惹省希望中方扩大与两省基础设施建设和旅游业的合作。

　　刘淇书记积极评价双边关系现状，重申我继续发展友好关系的真诚愿望，强调中共愿进一步以党际关系为平台，推动双边关系发展。他还介绍了中国经济、社会发展形势及应对金融危机的主要举措，强调愿加强务实合作，提升合作层次，实现共同发展。

　　刘淇感谢印尼知名华商在北京奥运会申办、筹备和举办过程中给予的支持，介绍了奥运后北京市经济社会发展情况，鼓励华商关心祖籍国发展，为增进两国关系做出更大努力。几位华商表示，自身的事业发展同祖籍国的富强密切相关，将充分利用自身优势促进双边合作。

访问期间，代表团还考察了雅加达城市建设，参观了力宝集团园区，前往古都日惹和巴厘省，参观了婆罗浮屠、普兰班南和海神庙、乌布文化村等。

新加坡、马来西亚和泰国

我第二次有机会前往东南亚，是2005年7月18—28日陪同中共新疆区委副书记胡家燕访问新加坡、马来西亚和泰国。

在历史上，新中国同东南亚地区国家的关系曾经出现过一些曲折。中国实现改革开放政策之后，这一地区在我对外交往中的重要性日益上升。当我担任一局局长时，中共同这些国家的执政党均开展了正常交往。

新加坡从面积和人口来说都算不上大国，但却具有全球重要性。该国开国总理、人民行动党领袖李光耀先生曾以"从第三世界到第一世界"来形容新加坡的成就，在当代世界史上有此殊荣的国家和地区为数不多。我们首先走访了新加坡人民行动党总部，听取总部执行理事关于人行党历史和有关情况的介绍；随后，又旁观了两位担任政府副部长的人行党议员每周一晚上会见选民的例行活动；此外，还听取了政府社会发展和青年体育部、反贪局和中央公积金局的介绍。

在马来西亚，我们应邀出席执政党马来民族统一机构（简称巫统）的56届年会，向巫统主席、政府总理巴达维转交了中共中央的贺电，并同23个国家32个政党代表一起拜会了巫统副主席、政府副总理纳吉布。我们还会见了马华公会主席陈祖排。中共从 90 年代起即派代表出席巫统年会，但除此之外两党交往进展不大。

访问"东马"：沙捞越

而在泰国，中泰党际交往正处于黄金时期。我们应执政的泰爱泰党邀请往访；其间，前总理差瓦立和现任副总理披尼宴请；泰爱泰党总书记、政府交通部长素利亚同代表团会谈。我们还赴清迈参观访问。

同年 11 月，时任中共中央政治局委员、书记处书记、中宣部部长刘云山应泰爱泰党邀请访问泰国。他会见了泰爱泰党主席、政府总理塔信，泰爱泰党副主席、政府副总理颂奇和素利亚。刘云山转达了中国领导人的问候，就党际关系、双边合作同泰方交换意见，并通报了中共十六届五中全会情况，探讨了在文化新闻领域开展合作的可能性。

当时泰爱泰党正处于全盛时期。几年之间，这个由塔信一手创建的年轻政党不仅在大选中获胜，取得组阁权，而且完成任期，再次胜选并单独组阁。我们在双边会谈时询问泰爱泰党获胜的秘诀，对方告诉我们，他们的许多骨干曾在中国接受培训，"为人民服务的思想已经融化在我们的血液中"。

在那次访问中，代表团还前往清迈参观访问，了解泰爱泰党基层组织活动，包括通过"一乡一品"等项目帮助老百姓发展经济、改善生活等内容。

然而不久，泰国的政治格局发生重大变化，泰爱泰党不仅丧失执政地位，而且被迫解散，其中教训不可谓不深。尽管这没有妨碍中共继续同其他泰国政党开展交往，但交往的层次和频度还是发生了一些变化。

2010年4月，我有机会作为时任中共中央政治局委员、书记处书记、中组部部长李源潮的随行人员访问了马来西亚和新加坡。这也是我第二次往访两国。

马来西亚和新加坡都是中国的周边友好国家。马来西亚作为东盟的重要成员，积极发展对华关系。2008年，马来西亚的执政联盟在大选中受挫，朝野斗争加剧。2009年4月，完成领导人更替，新总理纳吉布重视发展对华关系。新加坡人民行动党长期执政，国内长期保持政治稳定、积极发展的局面。但在国际金融危机的冲击下，经济下滑势头明显。2010年是中新建交20周年，新方多次表达邀请我中央领导往访的愿望。这次派出高级代表团往访两国，有助于推动同马来西亚执政党巫统建立机制化交往和深化与新加坡人民行动党的交流合作，也将进一步增进与两国的政治互信，推动双边合作深入发展。

两国对此访高度重视，给予高规格礼遇和热情接待。访马期间，李源潮会见了代总理、巫统署理主席慕尤丁，并与巫统秘书长阿德南举行会谈。在新加坡，李源潮会见了总统纳丹，内阁资政李光耀，国务资政吴作栋和代总理兼国防部长、人民行动党第二助理秘书长张志贤，出席了吴作栋、张志贤和副总理兼人行党第一助理秘书长黄根成举行的欢迎宴会。

访新期间，李源潮还出席了中共中央中组部和新加坡总理公署联合举办的"中国—新加坡领导力论坛"，参观了新加坡议员、部长与选民见面活动；考察了人行党总部、建屋发展局的组屋项目，走访了居民家庭；参观了新加坡国立大学李光耀公共政策学院和南洋理工大学，出席了首期公共行政与管理中文硕士班开班式。

访问中，李源潮宣介中共加强执政能力建设，致力科学发展、和谐发展、和平发展，推动建设持久和平、共同繁荣的和谐世界等理念，全面考察马新两国发展战略和优势领域，与两国党政领导人和知名专家学者就国际问题、双边关系、党际交往、人才培养等进行广泛深入交流。

李源潮表示，中方愿在世界政治经济格局不断调整变化的新形势下与两国深化友好，增强互信，学习借鉴各自发展经验，扩大互利合作，实现共同发展。两国领导人均表示，中国不断发展壮大，在亚洲和全球的影响与日俱增，两国高度重视加强与中国的友好合作。慕尤丁表示，马中高层互访不断，政党、省市和部委交流频繁，中国已成为马第一大贸易伙伴、第一大进口来源国和第二大出口目的国，马方期待继续扩大各领域合作。新领导人表示，新中平等相待，相互尊重，双方关系与合作日益密切。两国签署自贸协定，以苏州工业园区和天津生态城为代表的全方位合作不仅造福两国人民，对地区发展与繁荣也具有重要意义。新方愿继续推动双边合作迈上新台阶。

李源潮向两国领导人详细介绍中国应对国际金融危机的举措和成效。两国领导人高度赞赏中国对全球经济稳定发展的贡献，称赞中国的发展给亚洲国家带来了振兴机遇。李源潮表示，中共与巫统、人行党都是长期执政的重要政党，执政经验丰富，执政理念相近，面临许多相似的发展任务与挑战，希望继续深化党际交往，加强在党建、人才培训和治国理政经验等方面的交流互鉴。阿德南表示，巫统高度重视同中共友好关系，希望促成两党机制化交往，更好地学习中共执政经验。张志贤、黄根成表示，中共在发展经济、建设国家的实践中有很多值得学习的好做法，人行党愿与中共在人才培训、党建等方面扩大合作，相互借鉴，共同进步。他们表示，新中领导力论坛和干部培训合作是双方密切合作的新领域。中国成功培养出一大批优秀领导人才，为中国的发展做出巨大贡献。新中国情不同，但两党都肩负推动经济发展、促进社会和谐、提高人民生活水平的共同任务，面临加强领导力等方面的类似挑战，可以交流经验、相互学习、相互借鉴。

隔海相望的近邻

我第一次去菲律宾，是 2006 年随同中共中央政治局委员、书记处书记、中宣部部长刘云山率领的中共代表团出访，可谓来去匆匆。那次，刘云山先访问了巴基斯坦，随后要去韩国出席亚洲政党国际会议第五次大会，中间顺道访问了菲律宾。当时我想，对这样一个海上近邻，还是应该有更多的了解。于是次年 4 月，我专门前往菲律宾进行实地考察。

在中国共产党新时期的对外交往中，同菲律宾政党的交往应该算是开展得最晚的之一。局里的同事告诉我，直到 2002 年我们才开始同菲律宾的政党开展直接交往，其中主要原因是该国曾长期处于"紧急状态"，政党不能正常活动。此外，菲律宾的政治体制很大程度上抄袭美国，政党的作用比英国类型的内阁制和法国式的半总统制更小。政治上处于主导地位的是几百个由大庄园主演变形成的家族，他们往往垄断各级议会的议席以及当地的行政权力。2007年，是菲律宾的"中期选举"年，我想利用考察选举的机会增加一些有关菲律宾政治的感性知识。

我们于4月8日抵达马尼拉。在这里，帮我们安排活动的不是友好政党的国际部门，而是一些"菲律宾青年政治家协会"（简称"菲青会"）的"私人"朋友。早在新时期中国共产党同任何菲律宾政党建立党际关系之前，我们就通过中国国际交流协会接待菲青会代表团来中国访问。这些"青年政治家"往往来自政治世家，年纪轻轻即"继承"了长辈的政治遗产，成为各级议会的成员。琳达就是他们当中的一个，她自告奋勇当我们的"导游"，前往一个距离首都不远的小镇观摩选举活动。

4月9日一早的路上，琳达给我们简要介绍了这次选举的背景，甫一抵达小镇就带我们认识了众议院本选区的候选人——一位当地政治世家的女主人，随后我们同她一起到早市上"拜票"。活动结束后，这位女政治家邀请我们到她家做客，并自豪地告诉我们，她的家"是一座宫殿"。即使有预告，当走进她家时发现仍然比我想象的大得多。在这里，我们见识了什么叫"世家"：大片的农场，连绵不断的鱼塘、饲养场，甚至还有工业园区。在她家，我们见到了她的丈夫、卸任的众议员、小镇的现任市长。他为人热情、开朗，告诉我们他曾经营一条丰田装配线，但现在主要生产夏普洗衣机，雇佣了两千多工人，在香港和沈阳都有办事处。他们家在美国也有房地产，儿子和女儿都在那里念书。作为市长，他的月薪约合400美元，其实是在提供公共服务。市政府有约150名全时雇员，还有约150名合同工。午饭后，我们同女候选人一起前往乡下。这个省（菲律宾的省更接近中国的县）共有5个选区，但论面积她的选区占三分之二，相对而言城市化程度较低。选区下辖6个镇，各有30个左右村。我们去了两个村。其中一个村有约500选民,一个8人委员会负责管理本村事务。我们还看了他们的菜地,种的茄子和辣椒,用小水泵提水灌溉。但村民告诉我们,他们种的旱稻要靠天吃饭。另一个村规模更大,更像一个乡镇中心;当晚要举办大型活动,一些人正在调试扩音系统。

4月10日,我们乘坐借来的总统专用直升机前往潘迦希南,拜会老朋友众议长德贝内西亚。他专门安排了直升机,使我们可以当天往返。这次,观摩选举只是次要目的。更重要的是双方一起探讨,在国情如此不同的两个国家,党际交往应该如何进行。双方的另一个共同兴趣,是使亚洲政党国际会议这一多边渠道更好地发挥作用。这里是又一个典型的世家:连绵阡陌,成片鱼塘,各种副业,关系良好的村民,家庭成员周到的分工。

亚洲政党国际会议创始主席何塞·德贝内西亚

随后我们在首都进行了密集的拜会活动，会见政治高层、政党领袖、选举主管部门的负责人、媒体人士和政治观察家。从中得出印象：菲律宾的执政党既不执政，也同党没有什么关系，只是支持总统，为本选区争取更多拨款。显然，就像许多英属殖民地独立后的制度往往仍然与前宗主国有相似之处，这里的政治体制机制同美国相近。可以说，菲律宾的政党同美国一样，无一定纲领、无一定组织、无一定成员。

4月12日，我们乘航班飞往达沃。达沃市人口约150万，在菲律宾是个省级市，有点像中国的直辖市。晚上，我们同时任市长、后来的菲律宾总统罗德里戈·杜特尔特共进晚餐。他给我们的感觉比所有遇到的其他菲律宾省市长更像中国官员。他掌握着约25亿比索的预算，其中资本项目约占30%。市政府有约三千雇员，财政供养的还有6000多教师和医护人员。他曾当过教师，做过生意，在政府投资公司任职，并于43岁当上了市长。干满三届后辞职竞选众议员，然后再回来又干了三届市长。他的民众满意度测评高达90%以上，在全国居于前列。他们家无疑也是"世家"：他父亲曾任省长，他女儿竞选副市长，在没有对手的情况下自然当选。我听他就如何从政、发展本市的经济和社会事业侃侃而谈，就像是一位中国的地方主官。

菲律宾也是距离台湾最近的国家，很长时间属于对台斗争一线。连带着的另一个特点是华人很多，包括许多高层人士也有华人血统。

颇为巧合的是，与我同样参加"公选"的李进军和宋涛先后担任驻菲律宾大使，他们以活跃的思路、开阔的眼界、创新的方式和踏实的工作，努力促进中菲两国合作和党际关系。

到这时，我已对一局分管的大多数国家进行以政治体制为主要内容的实地考察，亲眼看到各国由于历史、文化、对外关系、发展水平等方面的原因，选择了不同的发展道路，形成了各具特色的政治体制，有些还曾出现反复、动荡，至今仍处于过渡或转型之中。这些，都是对象国国情的组成部分，是我们开展双边政党交往不能忽视的客观条件。相对非洲国家而言，亚洲国家在殖民入侵之前的社会经济发展水平更高，对许多亚洲国家来说，殖民统治就像一段插曲，重新实现民族独立之后各国掌控本国命运的能力更强。有"小龙"、"小虎"之称的东南亚国家在经济发展等方面取得了令人刮目相看的成绩。目前处于转型之中，总的趋势是政党的作用和重要性上升。要使党际交往具有可持续性，就必须下功夫了解对象国国情，在知己知彼的基础上开拓创新。

越南、老挝和柬埔寨

2010年3月20—31日，我陪同时任中央委员、中共陕西省委书记赵乐际访问了尼泊尔、老挝、柬埔寨和越南。此行的目的是加强政治互信、深化互利合作和推动共同发展。4国都是中国的友好邻邦，其政党同中共保持着密切交往。赵乐际当时是任职时间最长的省委书记之一，此类访问为中共和4国友好政党的高级干部提供直接交往的机会，增进相互了解，推动地方合作，也使我有机会集中访问中南半岛三国。

我们在结束对尼泊尔的访问后，乘航班前往曼谷，转机飞往老挝，展开对万象和琅勃拉邦的访问。与尼泊尔相比，万象显得更宜人、清洁和宽阔。2003年曾经访问过老挝的陕西同事告诉我，同上次相比，经济发展带来的变化显而易见，街道上各种车辆明显多起来，嘈杂而繁华。访问的活动安排有条不紊。本扬副主席会见了赵乐际书记，老党中办负责人同代表团会谈并设宴欢迎。在会谈中，赵乐际向老方介绍了中国国内最新情况，特别是陕西省发展经济和加强扶贫工作的有关情况。他对老方有关民族文化传统以及社会宗教等各方面工作的介绍表现出浓厚的兴趣,并同老方探讨了在不同领域开展合作的可能性。老方出席宴会的许多人都是中国的老朋友,有些还在战争期间在中国上学,其中一位还先后担任过驻中国和俄罗斯的大使。

在琅勃拉邦,我们更多地了解了老挝的历史文化,会见了地方和基层的党政干部,结合陕西省历史文化保护工作参观了当地世界文化遗产项目,并实地考察了一些经济建设项目。

结束对老挝的访问后,我们乘越航前往柬埔寨。金边显然人口更多,市容更加繁华,街上中文广告招牌也更多。在柬埔寨,除了标准活动安排外,最有意思的是参观金边市郊一位加拿大籍柬埔寨华人投资开办的工业园区。在那里我们考察了两位来自中国大陆的女士兴办的制衣厂。她们两人,一个来自黑龙江,一个来自广西,开始都是当工人;后来一个当了会计,一个成了班组长;再后来两人凑了10万美元,租了标准厂房,雇了600多名工人,开办了自己的制衣厂。开始做针织,每月流水差不多10万美元,能有1万多毛利。到了金融危机期间,有4个月几乎没有订单,她们于是转而同一家香港公司合作,做来料和来样加工的衬衫,逐步走出困境。我们参观的另一家企业,老板是个河南人,来柬埔寨也差不多10年了,厂里有超过一千名工人。这个园区本身也是一个有意思的故事。老板方先生是一个柬埔寨华人,年轻时去加拿大学会计,毕业后到一家国际知名的会计师事务所工作。1991年回到柬埔寨,先是做外汇汇兑,进而开办银行,然后进军房地产开发。1996年,利用美国向柬埔寨提供的优惠政策开办工业园区。他以每平方米2美元的价格购买了30公顷土地,盖了40栋标准厂房,建了电厂,提供水、气等公用设施,以每平方米1.5美元左右的价格出租厂房。当时区内有来自上海、宁波、广东、台湾、新加坡和马来西亚的客商。

我们对越南的访问是从胡志明市开始的。其中最有意思的也是对两个工业园区的参观。第一个是中国电气和越方西贡工业园开发公司合办的铃中出口加工区，股本1700万美元，双方各占50%。整个园区分三期建设，我们参观的是距市中心16公里、占地62公顷的第一期。从1995年开始，到2000年底，基础设施建设完成，建成厂房也已租出。园区吸引了来自台湾、香港、韩国和日本的31家投资商，投资总额超过2.5亿美元，主要生产轻工和机电产品。2008年，园区雇佣了4.4万工人，出口产品价值7亿美元。二期距离一期约7公里，占地61.7公顷，2000年5月取得许可，11月动工兴建。当时已经吸引了40家投资商，或租用标准厂房，或租地自建设施。三期距市区43公里，占地202公顷，计划8年建成，吸引100家投资者。2002年12月取得许可，2003年5月动工兴建，2004年中对投资者开放。我们去参观时已有70余家商户迁入，其中21家来自中国大陆，其他来自台湾、香港、韩国、日本、新加坡、马来西亚和泰国。按每公顷吸引的投资、出口额和雇员数目衡量，该区属于越南最成功的出口加工区之一。主人还向我们介绍了园区为吸引外商采取的优惠措施。

我们所参观的第二个园区属于最早兴建的之一，而且是一家台湾公司（占股70%）同一家专门设立的越南公司（占股30%）合资成立的。该园区距市中心仅4公里，靠近海港和机场，占地约300公顷，其中195公顷为工业用地。园区建有375兆瓦电站、工业和污水处理系统、物流中心、保税区、银行和邮电服务设施、国际学校、医院、技术学校、职工宿舍和高标准住宅小区。这个园区实际上是越南国内规模最大、配套设施最完整的包括工业、商业、居住和娱乐部分的开发区项目。

出席中越友好庆祝活动

结束对胡志明市的访问后,我们飞往越南首都河内。在首都进行的主要是政治性活动,包括高层会见、会谈、瞻仰胡志明主席遗容、宴请等。同时,赵乐际书记还出席了陕西省在越南举办的经贸展览、洽谈等活动。今后陕西将不仅向越南出口苹果,还将合资组装载重卡车。在河内,我们还参观了一所文庙,看到内有用中文镌刻的越南古代金榜题名的进士名单。我意识到,从尼泊尔一路走来,无论泰国、老挝还是柬埔寨,甚至在越南南方,都可见到印度文化的影响,而中华文明的影响只有在越南北方可以看到。

访问任务完成后,我们驱车180公里抵达中越边界,换乘中方车辆继续前往广西壮族自治区首府南宁。这是我唯一的一次乘汽车回国的经历。

缅 甸

由于本世纪头10年缅甸的政治转型令世人瞩目,按理说,我在担任一局局长期间应当在该国事务上投入更多精力。但是如前所述，当时一局副局长、我的校友运随东女士是缅甸问题专家，因此我愿意留给她更多发挥空间。实际上，我第一次去缅甸，是在担任驻埃塞俄比亚大使期间。当时，我的老朋友、原中联部欧洲局局长李进军正在那里担任大使，我借回国休假的机会绕道去看望他，顺便到这个南方邻国一游。当时，缅甸仍然处于军政权执政时期。为了给政治转型创造条件，军政权先是成立了名为"巩固与发展协会"的群众组织，随后又逐渐把它改造成一个政党，并委派一批军人担任骨干成员，希望藉此改变军人政权的形象。中联部很早就通过中国国际交流协会同巩协开展交往，等到巩协转变成巩发党之后则直接与之交往。

我到一局后首次前往缅甸是2009年3月，作为时任中共中央政治局常委李长春往访的随行工作人员。那时候，大家都希望此类高访不仅有助于增进政党的交往，而且能够推动不同领域的务实合作。就缅甸而言，两国正在就油气管线建设进行谈判，同时还有合作修建铁路和水电站等项目的讨论。这类务实合作涉及双方的实际利益，如果按照普通程序进行可能旷日持久。如能通过高层推动，有助于克服困难，达成共识。因此我们建议密切跟踪商务谈判进展情况，争取在访问中予以推动，加快双方合作进程。这个建议被有关方面采纳，于是我们着手联系一些政府部门和企业，加紧了解情况，认真分析形势，仔细准备材料，确定随行人员。

3月24日，我在印尼巴厘岛加入代表团。第二天，全团飞往仰光，中国驻缅大使等加入代表团，举行最后一次内部会议检查有关准备情况。26日清晨，代表团飞往内比都，在那里进行会见、会谈以及议定书和备忘录的签署，参加宴请活动，并于当晚返回仰光。27日，在仰光考察。28日，前往古都曼德勒。29日，代表团结束对缅甸的访问。

2010年9月，我利用陪同何勇陪访的机会，再次来到缅甸。

陪同何勇拜会缅甸总统吴登盛

"工作休假"

2012年8月，在我担任中联部副部长期间，为了实现中联部同新加坡政府外交部的直接交往，新加坡驻华大使罗家良邀请我往访，名义上由新加坡李光耀基金会作为主人。中国传统礼仪文化中常讲客随主便，于是我便同夫人张迈一道，前往新加坡"工作休假"。

一抵达樟宜国际机场，我就发现李光耀基金会及其赞助人显然十分认真。新加坡外交部两个司局的官员前来接机。我们的主人按照我们的希望制订了一份详细的日程，其中包括一些我盼望已久而又一直未能如愿的内容。

第二天一早，我先去拜会了基金会主席张赞成。他代表基金会正式欢迎我到访，并告诉我，我是第 34 位由基金会接待来新访问的人士，也是中国的第四位。随后，我前往外交部同常任秘书比拉哈里进行磋商。我想，这位高级外交官可能没有太多机会接触中共代表，于是表示感谢新加坡外交部的邀请，然后简要介绍了中国共产党的对外交往。他向我通报了不久前举行的东盟外长会议的情况，并告诉我这是 45 年来东盟外长会议第一次未能形成新闻公报。谈话中他表示迫切希望中美两国改善关系，并欢迎所有能为此做出贡献的努力，这给我留下了深刻印象。他重申新加坡外交部希望同中联部建立更为经常的交流制度。我们还就缅甸最新动向等地区形势交换了看法。下午，我先拜会了外交部长尚慕根，然后前往主权投资公司淡马锡控股。晚上，张赞成夫妇邀请我们夫妇出席欢迎宴会。席间，细心的主人特意为我准备了生日蛋糕。

在异域过生日

第二天同样繁忙和富有收获。上午主要是会见学者。第一场围绕国际关系，新方以马凯硕为首。另一场围绕新加坡国内问题展开，新方领衔的是一位中国学者、我的老朋友郑永年，而我关注已久的《动态治理》一书的作者梁文松也在座。随后，我们同人行党分管国际关系的陈振泉、刘燕玲等共进午餐。下午，我拜会了人民行动党第二助理秘书长、政府高级副总理张志贤。以前，我曾多次陪同李源潮等中共领导人与他会见，而这次我成了他会见的对象。他表示很高兴看到强劲有力的双边关系为两国的发展做出重要贡献，赞赏中国对社会和经济形势中存在的突出问题对症下药，表示新加坡将认真借鉴中国的做法。会见结束后，我前往中国大使馆，会见一批中国企业家和金融家，听取有关人民币国际化进展情况的介绍。晚上，外交部的池伟强先生举行欢送宴会。席间仍有蛋糕和长寿面。

告别之旅

2014年2月，我率中共友好代表团最后一次访问缅甸。这时我已经超过了60周岁，到了退出一线领导岗位的年龄，算是对东南亚地区的告别之旅。

当时，缅甸的政治转型尚未结束，未来的政治格局仍不明朗，各方都期待得到中方的理解和支持，因此主人给予我们最高礼遇。总统和议长、巩发党主席分别会见代表团，巩发党副主席举行欢迎宴会，总书记与代表团会谈。我们还走访了民盟总部，拜会了副主席。所有这些活动都不是走过场，有的超过了两个小时。我们还请巩发党安排参访省以下直到基层的各级组织，听取有关工作情况的介绍。巩发党仰光省主席开玩笑说，我是第一个从总统见到村长的外国人。我说缅甸也是第一个我能做到这一点的国家。

缅甸是我以中联部副部长身份访问的最后一个国家。

"首要"地区

在不同历史时期，东南亚曾因为不同原因对中国具有特殊的重要意义。在近代史上，中国沿海的广东、福建等省份曾有很多同胞"下南洋"，寻找生路。即使是今天，东南亚仍然是海外华人最大的聚居地区。在第二次世界大战期间，东南亚的华侨曾经捐助了大量的人力、物力和财力，支持中国的抗日战争。20世纪六七十年代，该地区的一些国家抓住全球经济转型的机会，大力吸引外资，加快经济发展，成为著名的东亚"小龙"或"小虎"。它们的成功是推动中国实行改革开放的重要因素。中华人民共和国与该地区国家的关系曾经出现过一些曲折，中国共产党同该地区政党发展关系也是比较晚的。尽管如此，中国与该地区的关系越来越重要，中国共产党同该地区的交往内容也越来越丰富。

我从事周边国家党的对外工作一路走来，经历了很多的事，结识了很多朋友，同时也留下可供大家借鉴的经验。

首先可以看到，从2005年起的10年间，中国共产党同周边国家的交往取得了长足的进展。苏东剧变、冷战结束之初，周边的许多国家经历了政治体制转型或动荡，与我党的交往总体偏少。多数国家经历转型之后，政党地位、作用上升。面对繁重的建党治国重任的各国政党领导人同我交往意愿上升。印度总理莫迪和巴基斯坦总理伊姆兰·汗等上台前还都曾应中联部邀请访华。这当然不是因为我们押对了宝，而是因为这些国家几乎全部有可能上位的领导人都曾通过政党渠道同我有过交往。

其次，党际交往取得的进展既有客观因素，也有主观因素。客观上如巴基斯坦军政权启动了还政于民的进程和尼泊尔由"紧急状态"过渡成为"联邦民主共和国"，使这些国家的政党地位上升，成为国家大政方针的决策者。但更为重要的是，随着我们对这些国家国情认识的深化，我们的交往方针、目标、形式和内容更加切合实际。各国历史、文化、传统、国情不同，社会制度、政治体制不同，尽管都叫"政党"（甚至都叫共产党），实际地位、作用、关切、指导思想、方针政策可能相去甚远。首先要相互了解、理解和谅解；其次要努力探索具体的合作途径，使党际交往服务各自的当务之急和大局；进而在合作的实践中建立和增进互信。党际交往不仅要服务于我总体外交和党建大局，同时也要能使对方获益，从而提升对方的交往兴趣，使交往更具可持续性。

第三，同周边国家开展的党际交往逐渐形成自己的特色和优势，成为我周边总体外交中极具"中国特色"的组成部分。如前所述，这些国家大多仍处于"转型"阶段，政局复杂，党派之间斗争激烈，各党的对外交往都有服务自身政治目标的考虑，从而给党际交往带来复杂因素。我不介入对象国国内政治和意识形态分歧，而是利用我国在周边日益上升的经济影响力和改革开放成就举世瞩目带来的"软实力"，以交流治国理政和党的建设经验、培训干部为交往主要内容，以解读"中国奇迹"为"撒手锏"，以为务实合作牵线搭桥为助推器，使党际交往的层次、内容、形式符合双方的关切。

最后，极富中国特色的党际交往，也可成为我国公共外交的重要组成部分。公共外交着眼于公众，不拘泥于解决双边关系中的具体问题，而是以增进两国公众之间的相互理解、信任与合作为目标。中国共产党是中华民族的先锋队和领导核心，南亚国家的主要政党是公众的政治团体，相对其他"非政府、非营利"组织和社会团体，它们更接近决策中心，组织程度更高，具有更广泛的群众基础。中国共产党同南亚、东南亚各国主要政党及其群众团体、智库的交往，可以成为公共外交当中最集中、最有效的渠道。总之，在中国和平发展的进程中，中国需要更多地了解世界，世界也需要更多地了解中国。了解带来合作机遇，合作的成功实践可以增进信任。在这方面，党际交往可以大有可为。

结 束 语

至此，我亲身参与中国共产党对外交往的全部故事就讲完了。

我们这代中国人经历了数百年未有之变局。我们的祖辈、父辈无论经历了多少艰难困苦，依然奠定了中华民族复兴的基础。在我们这代人一生期间，中国经济在整个世界经济中所占比重从百分之二三提高到15%左右。这一切是在改革开放的条件下实现的。中国通过加入全球化，充分利用了人类文明的全部成果，同时也把近百年来逐渐形成的自身优势发挥到了极致。换句话说，中华民族伟大复兴中国梦实现的过程，也是对外开放和走向世界的过程。

对外开放和走向世界既是"摸着石头过河"的过程，也是全方位的。当然有一定理论和方针的指导，但更有实事求是、解放思想、与时俱进、开拓创新。主持公正、伸张正义；围绕中心、服务大局，兼顾安全发展利益；从传统的国家关系、"国际共产主义运动"、对外贸易、民间交往到招商引资、新型国家和政党关系，乃至政策沟通、设施联通、贸易畅通、资金融通、民心相通。中国共产党的对外交往是其中不可或缺的组成部分。

通过参与中国共产党的对外交往，能够得出哪些体会？

首先，党的对外工作同国内工作的各条战线一样，是新时期实现国家富强民族复兴人民幸福中国梦全部努力的组成部分。"中国梦"的实现，当然主要靠国内工作，首先做好自己的事，历来被认为是中国对人类最重要的贡献。但是，对外开放毕竟是新时期中国经济高速发展的原因之一，30多年接近两位数的增长显然有几个百分点是靠国际经济合作实现的。没有对外开放，中国难以引进资金、技术、管理、人才，增长速度会低得多；没有成熟的发达国家市场，中国会遭遇更多过剩危机。对外关系当然不仅限于经贸关系，还需要总体外交创造和平有利的国际环境。党的对外交往，除了配合总体外交实现对外方针和意图，还开辟了一条对外交往的直接渠道，使中华民族先锋队更多的重要成员能够直接走向世界、接触世界、认识世界，同世界开展合作，并在接触、了解和合作过程中让世界更直接地了解自己。为党的对外工作贡献毕生精力是令人自豪的。

其次，以投身党的对外交往为毕生事业，需要终生学习，不断提升相关能力。从事党的对外工作，最基本的技能是外语，熟练掌握外语是服务交往、提升交往质量的必要条件。当然，掌握外语，不仅是能够用外语听、说、读、写、译，还要了解语言所浓缩、表达的历史、文化、传统乃至思维习惯。当今世界，英语实际上是世界语。掌握英语，就能和相当比例的外国人直接交流。但用英语讲各国的事情，显然仅凭语言知识是远远不够的。在开展对外交往的过程中掌握主动的基础是"知己知彼"。了解一个国家、一个党，最简单的办法是研究其历史，但大致了解历史还不是掌握主动的充分条件。迄今的世界大国在其崛起的过程中，也都创立了研究其他民族、国家和地区的专门学科，如人类学、民族学、区域研究等等。对中国来说，"区域和外国综合国情研究"仍属新兴学科，还在创建过程中。而发展关于世界其他地区和国家的知识体系同发展经济一样，也要对外开放，借鉴"他山之石"，当然最终要有本国特色和原创。迄今为止，世界思想文化领域包括社会人文科学领域的格局,同经济、军事、科技、教育领域总的格局相似,都是西强我弱,或者说,我们都处于由"大"向"强"转化过程之中。提升我国软实力、话语权、影响力和感召力的需要越来越突出。处于执政党对外交往一线,我们理应为中外交流与理解做出贡献。

接受中央电视台"对话"节目专访

第三,党的对外工作要有与时代特征和党的中心工作相适应的目标、对象、内容、方式、手段。中国共产党曾经只同共产党或者马列主义政党交往,现在则同世界上几乎所有重要政党都有交往,甚至包括一些未建交国家的主流政党。在"极左路线"甚嚣尘上的年代,党的对外交往的目的是"宣传毛泽东思想、支援世界革命",而现在则是要广交朋友、把握世情、开展合作、实现共赢,大踏步赶上世界现代化潮流。显然,现代化必须以世界为坐标,不可能在封闭条件下对国家治理体系和能力进行顶层设计。处理好国家关系显然不是中国与世界关系的全部内容。对外传递关于自身的准确信息,无疑一贯是党的对外交往的重要内容，但目前这种对外传播显然要建立在对外部世界更准确、更深刻、更扎实认识的基础之上。同时，通过对外交往，交流治国理政经验、学习借鉴外国经验的成分也在上升。当前，党的对外交往最直接的目标，不是把交往对象变成中国共产党的外国党员，而是要使世界各国决策集体的核心人物知道，中国之所以正在做这些事，是由中国国情、历史、文化决定的，有中国人的道理，而且很可能成功。

第四，在党的对外交往过程中突破难点和瓶颈有规律可循。首先要找准在大局中的位置，包括在党的事业和总体外交中的位置。其次要找到服务大局的途径，即如何使党的对外工作服务于党的事业、服务于总体外交、解决中央关切、支持国内工作。再次，找到特定的合作对象，即可以帮助你实现意图的交往对象（不仅仅是政党，还包括政府部门、民间团体、企业事业单位、教育科研机构）。再次，深入研究合作对象（国家、政党、团体、机构），设身处地理解它的各种利益、需求、能力、手段，从而找到同它们开展合作、实现共赢的具体方式、途径和措施。小到一次交往、一次合作、一个项目，大到双边关系建立、确立、定位、提升，大抵都是如此。

如同国内工作要从国情出发、既不能走歪道邪道也不能急于求成一样，对外交往同样要从实际出发，只是这个实际范围更广，构成更复杂，认识、把握更为困难，然而成功带来的回报也更为丰厚。不能一厢情愿，也不能照搬书本，要借鉴国际惯例和它山之石，坚持知行合一。

当前，我们前所未有地接近实现中华民族伟大复兴中国梦，中国也前所未有地接近世界舞台的中心，然而中国整体乃至各行各业同外部世界的互动将更为频繁、深刻、重要。越来越多的人将加入全球化的进程，抓住更重要的机遇，其间也必然有更多挑战。

青山踏遍，千帆尽望眼；风物长宜，人类共命运。笔落情长，我为一生从事党的对外工作感到荣幸，更为中华民族的伟大复兴感到无比自豪。

致　谢

　　我从事党的对外工作，一路走来得到组织的培养和很多领导的关心。在陪同中央领导会见外宾和出访中，聆听教诲，获益良多。特别是多任中联部长，朱良、李淑铮、戴秉国、王家瑞、宋涛，更是对我耳提面命，带我成长。还有部领导班子成员间真诚相见，相互促进，共同提高，为此我内心常怀感激之情。回忆往日，若说有所收获，离不开我所分管的中联部地区局同志的鼎力支持使得工作蒸蒸日上，这些成就当属众人的所扶所助。这些我在书中讲述工作时多有所表达，笔落情长，恕难以一一致谢。

　　当然，这么多年来，我的夫人张迈陪伴我，不仅全力地支持，同时也为我付出了很多。我俩是大学同学，毕业后她曾在外文局《中国文学》杂志社做笔译工作，又到一家专业国际旅行社成立"文化交流中心"。她时常引以为自豪的是创办了许多"中国的第一个"国际活动，如中国第一个国际合唱节、第一个国际管乐节等等。当我被任命为驻埃塞大使时，她关闭了自己的"中心"，到使馆去当大使夫人。其间她发挥善于组织活动的长项，不仅交了许多朋友，包括总理夫人和多位大使的配偶，还在使团中组织了一年一度的"亚洲之夜"和义卖活动。我们曾一同利用"工作休假"访问新加坡。正是有这样的相濡以沫，才使我能全身心地投入到工作中。

　　最后，我还要感谢当代世界出版社和《当代世界》《纵横》杂志社的同志们。本书的一些章节曾在杂志上连载，这次结集出版，他们付出了辛勤的劳动。

　　当然，书中若有不当之处，还望读者指正。

2018 年 9 月　北京